大师谈名人

THE MASTER'S INTELLIGENT SERIES

孙崴◎编著

时代文艺出版社
SHIDAI WENYI CHUBANSHE

图书在版编目（CIP）数据

大师谈名人 / 孙葳 编著. —长春：时代文艺出版社，2011.4（2023.7重印）

（大师智慧书系）

ISBN 978-7-5387-3564-2

Ⅰ.①大… Ⅱ.①孙… Ⅲ.①散文集－世界 Ⅳ.①I16

中国版本图书馆CIP数据核字（2011）第054859号

出 品 人　陈　琛
选题策划　朱凤媛
责任编辑　苗欣宇　　田　野
装帧设计　孙　俪
排版制作　徐俊轩

本书著作权、版式和装帧设计受国际版权公约和中华人民共和国著作权法保护
本书所有文字、图片和示意图等专用使用权为时代文艺出版社所有
未事先获得时代文艺出版社许可
本书的任何部分不得以图表、电子、影印、缩拍、录音和其他任何手段
进行复制和转载，违者必究

大师谈名人

孙葳 编著

出版发行 / 时代文艺出版社

地址 / 长春市福祉大路5788号　龙腾国际大厦A座15层　邮编 / 130118

总编办 / 0431-81629751　发行部 / 0431-81629758

官方微博 / weibo.com/tlapress

印刷 / 永清县晔盛亚胶印有限公司

开本 / 710×1000毫米　1/16　字数 / 235千字　印张 / 15

版次 / 2012年1月第1版　印次 / 2023年7月第3次印刷　定价 / 58.00元

图书如有印装错误　请寄回印厂调换

目录

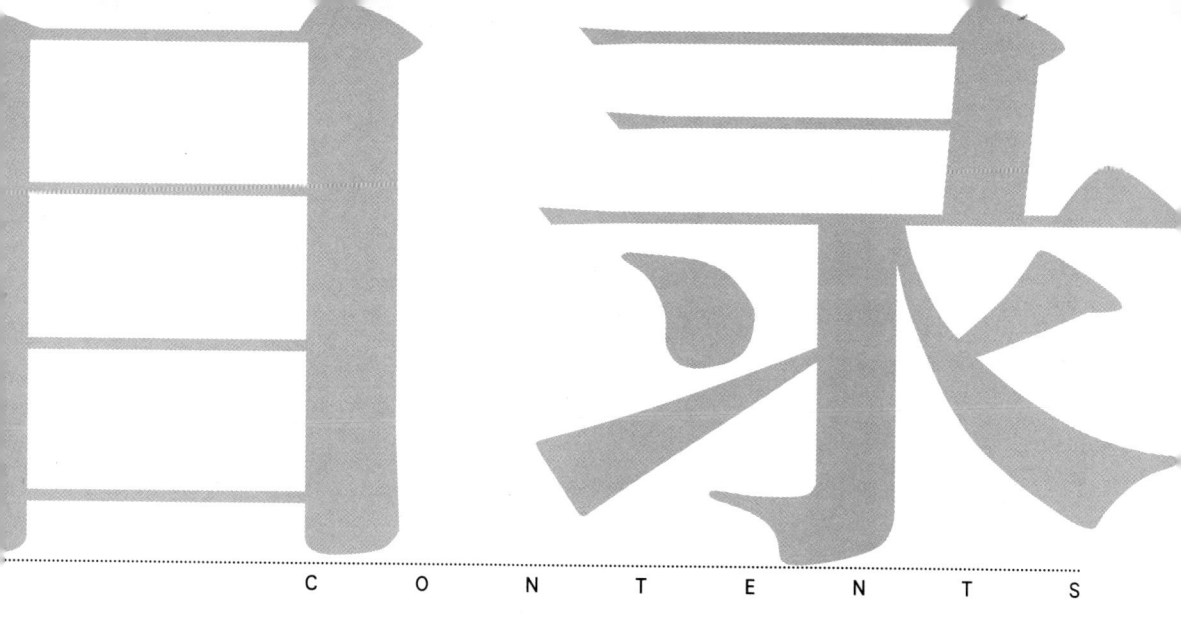

瓦萨里	达·芬奇轶事 / 001
蒙田	论盖世英雄 / 015
培根	论帝王 / 021
	论贵族 / 024
歌德	说不尽的莎士比亚 / 027
	纪念莎士比亚命名日 / 037
	席勒——幸运的事件 / 041
	与拿破仑的会见 / 044
兰姆	兰姆自传 / 047
巴尔扎克	谈谈艺术家 / 049
雨果	巴尔扎克葬礼上的悼词 / 055
	巴尔扎克之死 / 057
	微笑本身就含有曙光 / 061
	悼念乔治·桑 / 065

爱默生	:	一个普通美国人的伟大之处 / 067
夏洛蒂·勃朗特	:	艾里斯·贝尔与阿克顿·贝尔生平纪略 / 071
屠格涅夫	:	最后一次会见 / 079
惠特曼	:	哦,船长!我的船长!——悼林肯 / 081
马克·吐温	:	流行病 / 083
法朗士	:	居斯塔夫·福楼拜 / 085
普鲁斯	:	肖邦故园 / 091
萧伯纳	:	贝多芬百年祭 / 099
汉姆生	:	论易卜生 / 105
泰戈尔	:	探望狱中的甘地 / 111
叶芝	:	最后的吟游诗人 / 115
高尔基	:	列夫·托尔斯泰 / 121
		安东·契诃夫 / 146
		谢尔盖 叶赛宁 / 163
茨威格	:	莱依纳·马利亚·里尔克 / 169
		告别里尔克 / 173
门肯	:	致威·杜兰特书 / 187
伍尔芙	:	多萝西·华兹华斯 / 191
		蒙田 / 198
		笛福 / 205
		艾迪生 / 210
		简·奥斯丁 / 217
劳伦斯	:	我的小传 / 227
尼赫鲁	:	光辉逝去 / 233

瓦萨里

乔尔基欧·瓦萨里(1511—1574),意大利画家和建筑师,是米开朗琪罗的弟子。
他的《意大利著名建筑师、画家和雕刻家汇集》,
生动鲜明地描绘出文艺复兴时期250年当中社会生活和人类精神面貌的急剧改变,
是一部极可珍贵的艺术文献。

※ 达·芬奇逸事

  上天往往像降雨一样赐给某些人卓绝的禀赋,有时甚至以一种神奇奥妙的方式把多方面的才艺汇集在一人身上;美貌、风度、才能,这个人都应有尽有,不论从事何种工作,别人都是望尘莫及。这充分证明他得天独厚,其所以能超群绝伦并非由于人力的教导或安排。雷奥那多·达·芬奇正是这样一个众所共见、无人不知的例子。姑且不谈他相貌秀美——虽然这点至今还没有得到足够的称扬——在他的每一行动举止之中都表现出言语无法形容的安详娴雅的风度。他神妙的才能使他可以很快就完全掌握任何意欲研究的困难学科。他兼具充沛的精力和惊人的熟练，同时胸怀壮阔，胆识过人。由于这种超凡的天赋，他的声名真称得起流传遐迩，不仅生时喧腾众口，死后更是与日俱增，将来也定能永垂不朽。

雷奥那多·达·芬奇（皮耶罗·达·芬奇先生的儿子）确是一位出类拔萃的天纵奇才。假设他不是这样生性多能，兴趣广博，他无疑可以在科学上达到极高的造就；只有他缺乏恒心，所以对许多研究都是有始无终。即以数学而论，虽则他学习为时甚短，却已经能不断提出疑难问题，使他的老师目瞪口呆。他也曾开始研究音乐，决心学好弹奏曼陀铃的本领；由于他天生具有一副崇高的想象力和活泼细致的脑筋，所以能自弹自唱，随心所欲地编制曲调和歌词，使人听之忘倦。

尽管他喜好的事物这样繁多，他却从未放弃素描，并且经常做各式各样的浮雕——这是他最感兴趣的两门活动。他的父亲皮耶罗先生发现儿子有这种癖好之后，考虑到他非凡的才能，曾把他的某些素描拿给一位亲密友人安德雷亚·戴尔·维罗奇奥看，并且专诚请问：如果雷奥那多从事素描，将来有无前途。维罗奇奥看到雷奥那多早期习作就这样惊人，立即劝他叫孩子继续深造。皮耶罗先生当下依言而行，把雷奥那多就送往安德雷亚的画坊里进一步学习。雷奥那多欣然前往，在那里不止学习素描，还推而广之，研究与素描有关的全部艺术。因为他资质聪颖，又深通几何学，所以他不仅从事雕塑（早年他就用赤土做过几个微笑的妇女头像——这些现在还有石膏复制品——以及孩子的头像，宛如出自名家之手），并且曾为房屋底层和整所建筑画过某些设计图样。

此外，早在少年时代，他就曾经建议更改阿诺河的河道，以便形成一条沟通比萨和佛罗伦萨的运河。雷奥那多还设计过磨坊、漂布机和其他可借水力操作的机器；但是因为他早已决定把绘画当做终生事业，所以他仍用大部分时间描绘人物。有时他先用泥土塑造若干人物模型，再把浸过灰的柔质碎布搭在上面，然后煞费苦心地用笔尖以黑白两色在用过的细滑丝布上照样勾勒出来。我的素描画册里收藏有某些样品，即出自他的手笔，真是惟妙惟肖。他用纸作画也非常细心。这方面他造诣之高可说举世无双。我有一幅他用明暗法画的人头像，美好生动，无可比拟。雷奥那多的才艺纯系天授，其心手如一的程度只有令人叹服。此外，他记性奇佳，足以与他的智力相符，因此在论辩当中，能做到旁征博引，语语有据，使最强的对手都得甘拜下风。

雷奥那多经常构筑模型，设计方案，打算划移或穿通山岭，使行客能畅通无阻。他还曾利用杠杆、起重机和绞轮来说明举起或摇曳重物的道理；他并且研究过清除港口淤泥和自深处汲水的办法——这些计划使他废寝忘食，昼夜不息，结果画出难以数计的草图，至今仍散落在该行业的诸位专家手中。我自己就见过不少。另外，他还耗费很多时间，设计过一串纠结奇妙的绳索，每根起讫都很清楚，全体归成一个圆形。其中有个特别复杂难解的绳圈，曾经雕版流传，中心写着"雷奥那多·芬奇学院制"的字样。

在他的设计草图中，有一幅他曾经屡次拿给当时负责佛罗伦萨市政的诸位官吏们看——他们多数都是非常精明干练的人士——企图向他们证明他能把城里的圣乔万尼教堂抬起，另行安置在一列阶梯上，完好无损。凭他无碍的辩才，他能讲得头头是道，听上去真仿佛切实可行；虽说等他走后，谁都明白该项工程根本无法实现。他娓娓动听的辞令使所有人士都对他倾心。雷奥那多的家业本来十分单薄，微不足道，工作时间也很少，但是他却拥有许多仆役马匹。他不仅特别爱马，也喜爱所有动物，对待它们体贴入微。据说他每逢走过鸟市，总是先付钱给鸟商，然后开笼放生，让众鸟恢复自由，凌空翱翔。由于他天资过人，不论把心灵或精神寄托在什么事物上，都能做得超越凡流，尽善尽美，兼具和谐、真实、良善、秀丽和优雅诸特点，绝非旁人所能企及。

雷奥那多深通艺理，故此对许多计划都仅仅做出开端，未能完成；因为他觉得人力无法体现他原来在想象或心目中所看到的事物原形。他常常自己设想种种困难课题，都是匪夷所思，出人意表，不管艺人两手如何精巧熟练，也无从做到完美逼真，毫无遗憾。他的想法日新月异，变化无穷。在自然科学方面，除开其他研究，他还曾致力于考察植物性能和观测天体——包括行星运转、月亮盈亏和太阳的轨道。

前文已经提及，他在童年时就被父亲送往维罗奇奥的画坊里学习绘画。某次，师傅承担下一幅以圣约翰为耶稣施洗为题的画。雷奥那多在画里添入一个手持衣衫的天使。虽说当时他尚在髫龄，那天使却比他师傅画的其余部分都更精彩。维罗奇奥看到这个童子青出于蓝，愧恨交并，从此竟然誓绝操笔作画。

后来雷奥那多又接受委托，设计一幅门帘上的画——该门帘准备由弗兰德斯工人用金线和丝线织成后，送给葡萄牙国王，画的题目是人类祖先在乐园中犯罪的经过。他首先用明暗法画出一片草原（明处以白铅涂染），里面布满各种植物和飞禽走兽，就其细巧和逼真的程度而论，以断言，世上任何技艺入神的画家都要自叹不如。以其中的无花果树为例：叶子宽窄匀当，枝条扶疏，使人难以想象有谁能像他那样耐心。另有一棵棕树，叶做扇形，圆润可爱，堪称登峰造极，没有雷奥那多的天才和工力断难着笔。但是门帘最后并未织成，这幅设计图就留在佛罗伦萨，不久以前由雷奥那多的叔父赠献给高贵的欧塔维亚诺·美第奇，目前仍为那幸运的家庭所有。

据说皮耶罗先生在乡间居住的时候，某次曾接见他产地上的一个农民。这农民砍倒一棵无花果树，自己制成一面盾牌，带给皮耶罗先生，要求他在佛罗伦萨找人代画盾面。皮耶罗先生当下慨然应许，因为那农民是个渔猎能手，曾为他出力不少。于是他把盾牌带往佛罗伦萨，交给雷奥那多，叫他设计绘画，但是并未言明是受谁的嘱托。雷奥那多接过盾牌后，发现形体凹凸不平，制造简陋，就把它先在火上烘直，然后送给一个车工，细加磨治，及至送回来时，果然已经旋得平滑浑圆，一改昔日粗糙畸形的状态。于是他把盾面涂上一层石膏粉，仔细调匀，然后思索应该以何为题，结果选中美杜莎（希腊神话中的女妖，面貌凶丑，能看见的人僵化为石）的头颅，因为它能使人一眼望去，心惊胆落。为此，雷奥那多在自己一间从来不准旁人进去的房子里放入许多蜥蜴、刺猬、壁虎、蛇蝎、蜻蜓、蚂蟥、萤火虫和其他他能够捉到的丑怪动物；把各自的特点加以改造综合，绘成一个骇人的妖兽，口吐毒焰，周身笼满从一条阴暗岩缝中迸出的烈火，黝黑的喉咙里毒气泛滥，两眼喷火鼻孔冒烟，真是万分可怖。他这样不倦地劳动，直到那些动物的尸体使全屋充满腐烂的气息，恶臭难闻；但是由于他兴致勃勃，专心致志，竟然毫无觉察（或者毫不介意）。后来那农夫和皮耶罗先生都不再催问这件工作了。

到画完的时候，他对他父亲说：可以随时来取盾牌，因为他已经完工，可以交差了。于是皮耶罗先生于某日清晨亲自去取。听到敲门声,雷奥那多亲自出来开门,但是叫他父亲先在门外稍等,自己返回屋里,把盾牌安置在一个画架上,拉起窗帘,使盾面微显阴暗,然后才叫父亲进来观看。皮耶罗先生不知其中底蕴,举目一望,惊惶退却,完全没有料到那是一面盾牌,也不知道上面的怪物只是绘制的,当下转身逃走。雷奥那多拉住他说:"这面盾牌果然起作用了,请你拿去吧,因为它正该产生这样的效果。"皮耶罗先生感到这简直是超乎奇迹,当即对雷奥那多独出心裁的想法倍加赞许,但是暗暗从商店里买了另外一面盾牌,交还给农民,盾面图案是一颗被利箭射穿的心。农民收到后,终身对皮耶罗先生感恩无尽。不久以后,皮耶罗先生把雷奥那多所画的盾牌偷偷卖给一帮商人,价格一百金币;随后那些商人又以三百金币的价格转卖给米兰公爵。

雷奥那多后来又画了一幅绝妙的圣母像,被教皇克利门特七世视为至宝。画里有诸般陈设,其中有一个水碗,里面摆着鲜艳的花朵,叶上的露水光润欲滴,惟妙惟肖。他还为他的友人安东尼奥·赛尼绘过一幅海神,也是神采飞扬,栩栩如生。海面波涛起伏,海马驾车疾驰,周围出没着形形色色的奇鱼怪兽,还有风神和其他精心绘制的海中生物。这幅画后来由安东尼奥之子费比奥·赛尼转赠给乔万尼·加第,并附有如下的题词:

维吉尔与荷马都曾描绘过海神
驾着骏马在惊涛骇浪里飞奔;
但是那两位诗人仅是凭想象,
芬奇是目睹——应该算后来居上。

雷奥那多曾发奇想,打算用油彩画美杜莎的头,发间缠着一圈相互纠结的怪蛇,这真是别开生面的大胆创造。但是这样一幅作品需要时间,因此像他其余的许多计划一样未能完成。这个头像现存于科西摩公爵的宫廷中,上面还有一个半身的天使,一臂举起(自肩至指画得粗细合度),另一臂按着胸膛。这位伟大天才还有一点值得钦佩:因为想使作品色调尽量浓淡分明,他对最深的黑色仍不满意,总是孜孜不倦,深益求深,以求把光亮反衬得更加明耀夺目。最后他终于调制成一种全黑的颜色，其中毫无光亮，绘出物品宛如夜间所见，与白昼景象截然不同。这番努力完全是为了加强色调对比，为了发现和达到艺术的完美顶峰。

　　雷奥那多对相貌古怪、须发异常的人深感兴趣，每逢遇到这种特别引他注目的典型，就尾随在后，终日不舍，直到把形象深深印入脑中，然后回家动笔，一挥而就，仿佛该人就站在眼前。这样画下的头像为数甚多，男女皆有。我个人在那本屡经提及的素描册里就收藏有几幅以墨水笔勾勒的作品。还有一幅用炭画的老人头像，十分精彩，该人名叫亚美利哥·维斯普奇。另一幅画的是吉卜赛军官斯卡拉谟契亚。此画后来由江布拉里传给圣劳仑佐教长多那陀·瓦尔当布里尼先生（原籍阿列邹）。另有一幅《三圣朝主图》也是他的手笔，堪称精心杰作，头部画得尤其神妙。该画如今收藏在佩鲁兹长廊对面的亚美利哥·本奇家里。可惜的是，正如许多其他作品，也没有完成。

　　1493年，米兰公爵乔万尼·加莱亚曹去世，鲁德维柯·斯佛察当选为他的继任人。这位公爵最喜爱曼陀铃，因此以重礼聘请雷奥那多前往米兰，为他演奏。雷奥那多随身携带一个自制的乐器，大部分用白银铸成，形如马头，式样新奇，能使发出的乐声显得更加清亮柔美。

　　结果他受到的欢迎远远超过所有其他前来表演的乐师。此外，他还是当时第一流口占诗句的捷才。公爵十分赏识他的言谈和多方面的才艺，把他视为心腹，曾经要求他绘制一幅以耶稣诞生为题的神坛供图，后来由公爵献给皇帝。雷奥那多还为米兰圣玛利亚感恩修道院的黑衣僧侣画了一幅十分工妙的《最后的晚餐》。由于他把诸使徒的头像画得优美高贵，已臻至极，后来画到基督的头时，竟不得不半途而废，因为他深感救世主所应具有的神圣风度非画笔所能表达。但是这幅作品虽未完成，却被米兰市民和外地人士奉为至宝。雷奥那多把诸使徒的疑虑、焦急和渴望知道谁将出卖主的心情描绘得淋漓尽致，人人面部都显示出爱慕、恐怖、愤怒，或是悲伤与困惑，因为他们对主的意喻莫测高深。另一方面，他对犹大的冥顽、仇恨和奸诈也揭露得十分真实透彻，令人惊叹。连画中最微小的细节，也可以看出作者的无比苦心，即以桌布为例，一丝一缕，若隐若现，地道的亚麻布也不过如此。

　　据说修道院院长曾不停地催促雷奥那多赶快画完。他不能理解为什么画家有时用大半天工夫坐在画前，只管沉思冥想。照他看来，这完全是浪费时间。他的主意是要把雷奥那多当做雇来在他花园里掘地的苦工一般，昼夜劳动，永不停笔。这样催促雷奥那多还不算，他竟一直跑到公爵那里唠唠抱怨，把公爵烦扰得无可奈何，最后只好派人把雷奥那多召来，婉言劝他尽快结束，但同时也声明这完全是出于院长的纠缠。

雷奥那多知道公爵深明事理，因此虽然他不屑对院长辩解，对公爵却做了一番详细的表白。他首先阐述艺术的规律，说明有才能的人有时恰恰是在看来无所事事的时候，产生最丰硕的成果；因为他们需要先使概念在脑中明确化，然后才能赋予它们艺术的形象。他又告诉公爵画中还缺少两个人头。一个是救世主的，世上无从寻觅，而他自己在默想静观中也还未能充分体认像这样一位大慈大悲投生人世的神祇应该具有怎样完美无疵的容颜。另外还缺一个犹大的头，也得煞费苦心，因为很难找到现成一副相貌，足以适合这样的败类：在接受许多恩惠之后，竟不惜出卖他自己的主人和救世主。他只能尽力去找，但是万一找不到，还有办法——反正那无理捣乱的院长的头可以借来一用。

公爵听后大笑不止，连称有理。院长落得当场出丑，窘态百出，只好跑回花园里去督促工人掘地，不敢再来麻烦雷奥那多。后来犹大的头果然画成，看上去真是极尽邪恶奸狡之能事；但是救世主的头则如上文所说，没有画完。这幅画在构图和精心勾勒的细节上都体现出极为崇高的风格；为此，法国国王热切希望把它运往法国。他曾屡屡搜求工匠，让他们想法用木料和铁做成架子把画保护好，以便搬运时不致损坏，费用多少，在所不惜。但是画本来是在墙上，因此国王的愿望无法实现；这样，米兰市民才保住那幅珍品。

在《最后的晚餐》绘制过程中，雷奥那多还为鲁德维柯公爵和他的长子麦克西米伦画了一幅肖像。这肖像和《最后的晚餐》都画在同一膳厅的墙上，恰好遥遥相对。旁边是一幅老式画法的《基督受难图》，另一边是公爵夫人碧亚屈琪和公爵次子弗朗彻斯柯的肖像（二位公子后来都曾任米兰公爵）。两幅肖像都画得极为工巧。

雷奥那多在那所膳厅里作壁画的时候，曾经向公爵建议为公爵铸一座巨大的骑马铜像，以资纪念。但是他开始塑造的模型就过于庞大，根本无法完成。因此众议纷纷，有些妒贤嫉能的小人竟然认为雷奥那多开始时就没有作完成的打算。的确，该像体积之大为熔铸提出了无法克服的困难，要使首尾接成一片显然不可能。

旁人大概是看到雷奥那多的许多作品都是有始无终，所以听说此事，就有上述的想法。其实，我们应该作如下的猜测：由于他生来胸怀壮阔，不免有些好高骛远，正是这种精益求精、永无止境的脾气才构成真正的障碍；也就是佩特拉克所谓的"工作因热望而停顿不前"。所有看见过雷奥那多原制的巨人泥像的人都声称：其气魄之雄壮宏伟堪称空前绝后。这个模型原来保存完好，后来法王路易率兵来到米兰时，才被毁坏无遗。另有一个较小的蜡制模型（同样被认为是穷极工巧）和一本画家为自己参考所写的论述马体筋骨的著作，也都散失了。

其后，他日益专心研究人体结构，和另外一位杰出学者马康托尼奥·戴拉·托莱经常合作，相互协助。马康托尼奥当时正在帕维亚讲学，对此门科学曾有著述。据我所闻，他是最早把加仑的学说用来解释病理的人，对以前一直埋藏在愚昧黑暗中的解剖学阐明发挥的功绩甚大。在这方面，雷奥那多的天才和劳动给予他极可贵的支援。他有满满一册素描（颜色用红粉笔，线条用墨水），里面细心摹画下许多他亲手解剖过的尸体。首先是全身骨骼的结构、安排和位置；其次又依次添入所有的神经，最后又加上肌肉：第一组的肌肉与骨衔接，第二组使之凝聚，第三组专司动作。每一部分都有文字解说，字体怪异，自右至左，用左手写成；只有熟悉此种阅读的人，借助镜子，才能读懂。

这些解剖草图现在大部分归弗朗彻斯柯·达·梅尔策先生所有。梅尔策是一位米兰缙绅。雷奥那多在世时，他尚是幼童，因为容貌俊美，深为画家所喜爱；现在他已经成为一个和蔼可亲的老者，但是仍然把那些草图视为奇珍，和一幅雷奥那多的肖像放在一起，收藏惟谨。凡是阅读过上述文字的人一定都会感到无比惊奇：这位绝伦的天才怎能同时论述艺术，又谈到肌肉、神经和血管，对一切都是这样勤恳钻研而又卓有成效。此外米兰画家N.N.还收藏有雷奥那多一些其他文章，也是用左手写的，内中讨论的是绘画、一般素描和着色等问题。不久以前，这位画家曾到佛罗伦萨来见我。当时他说起有意印行这部著作。为此，他把该书带往罗马；但是下落如何，我至今不得而知。

让我们回到雷奥那多的作品上来吧。恰好在这时，法王来到米兰；雷奥那多应约准备一些格外别致的东西，以示欢迎。于是他造成一头假狮，可以自己行走几步，然后敞开胸膛，让人看见腔中塞满了百合花。在米兰居留期间，他还收下一个当地人作为门徒。此人名叫萨赖，年轻秀美，生得一头拳曲的柔发——这点是雷奥那多一向特别赏爱的。他指点给萨赖许多有关艺术的诀窍。至今米兰还有许多署名萨赖的作品，都曾经过雷奥那多的润色。

回到佛罗伦萨以后，他听说塞维修士正委托菲利披诺为他们福音教堂中主要的礼拜堂绘制一幅神坛供画，当下他表示自己颇想接受这桩工作。此话经人转告菲利披诺之后，菲利披诺马上自行告退，因为他是一个生性和善、与世无争的人；于是修士们就把任务交给雷奥那多。为了使他能顺利工作，他们请他全家迁入修道院里，承担一切生活费用。

雷奥那多被他们供养了很长时间，却始终不曾落笔。最后他才草创了一幅底稿，上面画的有圣母、圣安娜和婴儿耶稣，笔法奇妙，不仅使其他画家看了叹为观止，而且在完成之后，摆在一间屋里展出，接连两天都有男女老少争先恐后前来观瞻雷奥那多的神笔，有如参加某个庄严盛大的节日，把屋子挤得水泄不通。他们一致拭目震惊——这并不足为奇，因为玛利亚的脸上容光焕发，充分体现基督之母所应有的圣洁和秀丽，艺术家使她流露出一种既羞涩又柔顺的神色，两眼望着怀中抚爱的圣子，充满喜悦之情。在低目注视的圣母脚下，圣约翰正在与一头羊羔嬉戏；欢欣万状的圣安娜站立一旁，望着他们，面带微笑，深庆自己尘世的后裔已经蒙佑成神。这一切都无愧于雷奥那多卓越的头脑和天才。关于这幅底稿后来被运往法国的经过，别处将有交代。

雷奥那多还为亚美利哥·本奇的妻子姬奈弗拉画了一幅美妙的肖像，把塞维僧侣委托给他的任务完全放弃。结果僧侣只得将任务交还菲利披诺，但是菲利披诺也未能完成那幅供图就去世了。

雷奥那多还答应为弗朗彻斯柯·戴尔·乔亢多的妻子蒙娜丽莎绘制一幅肖像，时作时辍，耗费了四年光阴，结果仍未完成。此画现存于枫丹白露，为法国国王法兰西斯所有。凡是想瞻仰巧侔造化的艺术境界的人们在这幅头像面前都能如愿以偿，因为一切细致的神态和容貌特点都刻画得惟妙惟肖。双眸明亮，略带润湿，恰似实际生活中所见的眼睛；眼眶周围那些淡红、微发青紫的圆圈也好像天然所生；睫毛的绘法尤其是备见苦心；双眉表现得酷似真实，或纤或浓，每根细毛都植根在皮肤里，弯曲翘转，各有法度，连所有的毛孔都摹画得极为逼真。鼻梁和娇红的鼻孔宛如生人所有。嘴的轮廓很美，双唇的玫瑰色调又和脸色融合谐调，颊上的绛霞完全不像经过画工渲染，而像真正的血肉。不论何人，只要仔细观察喉部，一定都感到他能看见脉管在搏动。总之，可以毫不夸张地说，这幅画足以使最高傲的艺术家浑身颤抖，最见多识广的鉴赏家赞不绝口。蒙娜丽莎原来就是一位绝色美人，雷奥那多在为她画像的时候，又预先作好布置，使她身边不断有人在歌唱、弹奏乐器或讲述笑话，为了叫她心情舒畅，不致流露出画家经常赋予肖像的那种阴郁神色。因此，这幅肖像的脸上表情欣悦，嫣然微笑，动人魂魄，真可说是天仙化身，绝非人世所有。此画历来被推为神品，因为天然真实也不能使它增加分毫。

这位大师的许多杰作使他声名煊赫，远所皆知；因此一切艺术爱好者，甚至佛罗伦萨的全体市民，都热切盼望他能留下某些纪念物。人们纷纷议论应该委托给雷奥那多一些什么宏伟重大的任务，以便使他能充分发挥他的天才、巧艺和智慧，把城市变得更加华美，为邦国增光。

当时，巨大的市议厅刚刚建成，设计图样的共有四人：朱利安诺·地·桑·加洛、西蒙奈·波莱尤利（别名克罗那卡）、米开朗琪罗·波那罗蒂和巴奇欧·达尼奥罗（详情将在别处交代）。因为完工速度很快，当即由"旗手"和主要士绅商定，颁布决议，邀请雷奥那多为大厅画一些精彩作品。这任务就由当时任"正义旗手"的皮耶罗·索德里尼交给雷奥那多。雷奥那多表示乐意接受，于是先在新圣马利亚教学的某间屋子（俗名"教皇大厅"）里起草一个底稿，画题是米兰公爵菲利浦驾下统帅尼柯洛·庇契尼诺的事迹。

画中有一群骑兵，正在争夺一面军旗展开混战。此画素来备受推崇，不只因为构图巧妙，还由于全画表现出一种大气磅礴的手笔。景中其他细节不谈，最奇妙的是，不但双方军士都露出盛怒、蔑视和渴望复仇的神气，连战马也是同样，有两匹马前足交搭在一起，正在用牙齿拼个你死我活，斗争之激烈不下于抢夺军旗的士兵。一人双手抓住旗杆，正在催促坐骑加速飞奔，身体侧转，似想用力把旗从敌兵手中夺走。四名敌兵都是一手紧握军旗不放，另一手挥舞利剑，企图把杆柄斩断。另有 名年老的战士，头戴红帽，也进来插手抓住旗杆，另一手高举弯刀，大声咆哮，想要一下砍断两个敌兵的手；但是那两名敌兵也不甘示弱，咬紧牙关，决心誓死保卫他们的军旗。地面上还有两个缩画的兵士，正在马蹄翻滚之间做殊死搏斗。一个已经被扑倒在地，另一人压在他身上，手臂高高举起，握紧匕首，企图用全力刺穿他的喉咙；但是他仍旧拼命挣扎，手足并用，想逃脱近在目前的死亡。

言辞很难充分描述雷奥那多在这幅画里所表现的高度技巧——士兵周身上下的作战装束，连同头盔、鸟羽和其他饰物都刻画得十分精致，马匹的形体动作更是神妙已极。谈到画马，雷奥那多堪称独步一时。他能以最大限度的真实性传达出马的健美肌肉和灵活动作。

据说雷奥那多为绘制这幅图画，特地叫人造成一具构筑复杂的架子，并合时可以增高，降低时可以加宽。他原意是想用油彩把底稿画在墙上，但是底层颜料敷得过于粗糙，因此在进行的时候，画面开始陷入，线条变得狼藉模糊。雷奥那多看到这个情况，不久以后就搁笔中止。

雷奥那多生性高洁，对财利从不计较。传说有一次他到银行里去取皮耶罗·索德里尼每月支付给他的薪金。当时出纳想给他一些纸包的小钱，雷奥那多愤然甩手而去，声称："我作画不是为了赚铜子儿！"由于画未能完成，有些人说他是蓄意欺骗皮耶罗·索德里尼，对他深表不满。雷奥那多听说此事，就向诸友人告帮，凑足他所领到过的数目，携款往见索德里尼，打算归还，作为赔偿，但是索德里尼没有接受。

李奥十世登上教皇宝座之后，雷奥那多陪同朱利安诺·德·美第奇公爵前往罗马。这位教皇很喜欢探索科学，尤其酷好炼金术。在途中，雷奥那多自己调制成一种蜡膏，趁半软时，捏成形形色色轻小中空的动物。如果把气吹足，这些动物就能凌空飞翔；气泄完后，就又落到地面。某天，美景宫的葡萄剪修工人发现一头形状奇异的蜥蜴。雷奥那多为它特地制成一副翅膀，用的是其他蜥蜴身上剥下的皮，里面浸灌水银，使它在爬行时两翅微微颤动。此外，他还给那蜥蜴配上眼睛、角、须，把它调练驯熟，养在一个盒子里。遇到宾友来访，他就拿出来叫大家观赏，吓得人人抱头逃走，丧魂失魄。

他还时常把洗净的羊肠刮磨得薄而又薄，能团握在掌心中；然后在邻近室中安好一架铁匠用的风箱，将羊肠一端套上，不断向里面送气，直到羊肠胀大到足以塞满他所在的那间宽阔屋子，迫使屋内其他人都远远蜷缩在一个角落里。然后，他叫他们看清原物是形质透明的，里面装满空气，本来体积虽小，现在却可以充塞所有空间——用他的话说，这正是天才的绝妙象征。类似的玩笑把戏他还发明过不少，最常利用的是镜子和光学器械。在调配绘图油彩和保护图画所用的漆质方面，他做过许多异想天开的实验。

大致在这个时期，他还为教皇李奥手下的文案官巴尔达萨莱·屠里尼先生（派西亚人）绘成一幅小画，画题是圣母怀抱着圣子，笔调细腻，备见苦心；但是不知由于原来为底层配色的匠人手艺疏忽，还是他自己调制彩漆时过于追求新奇，总之，这幅画现在已经大为暗淡褪色。另外还有一幅小型的圣子像，神态美好凝重，令人叹绝。这两幅画当前都在派西亚，为朱里奥·屠里尼先生所珍藏。据说，某次雷奥那多受教皇李奥的嘱托要绘一幅图画，他马上就开始提炼油料和药草，准备制造护漆。教皇知道，长叹一声说："此人尚未动笔，就已想到完工，看来这回准是一事无成了！"

在米开朗琪罗·波那罗蒂和雷奥那多之间不断有激烈竞争。米开朗琪罗甚至因此而离开佛罗伦萨，朱利安诺公爵替他找到一个借口，说他是应教皇之召，去往罗马绘制圣劳伦佐正墙的壁画。雷奥那多听说之后，也起程前往法国。那时法王已经购得他若干作品，对他十分倾慕，希望他能画一幅圣安娜像。但是雷奥那多积习未改，依旧是满口允诺，一笔不画，让国王徒然等待了很长时间。最后，他年老患病，卧床数月，自知死期已至，当即大发愿心，苦学天主教的仪式和圣教道理，然后痛哭流涕，忏悔往罪。那时他已经无力站立，但是还坚持起床，由朋友和仆人扶持着，毕恭毕敬地接受了圣餐礼。国王平日就常访问他，和他友好交谈，这时也来到室中。雷奥那多为了欠身致敬，叫人扶起自己，坐在床上对国王讲述他的病况详情，同时悲叹自己触怒了神和人，因为他未曾竭尽本分，为艺术效力。这时他突然感到一阵剧烈的痉挛（这是死亡的预兆）；国王立即站起，叫他把头枕在自己臂上，力求减轻他的痛苦和表示对他的恩宠。这位天纵奇才雷奥那多，意识到这是无上的殊礼，就这样躺在国王怀中溘然逝世，享年75岁。

雷奥那多的死使所有认识他的人都感到万分悲痛，因为任何其他画家都没有像他这样为绘画增添荣耀。他面貌俊秀，神采奕奕，能使最悲戚沮丧的人看了也欣然欢悦；他口才捷敏，能使最顽固的人听从他的意旨，回答或是或否。他膂力过人，能遏制任何横暴行为，甚至能把做门环用的铁圈或马蹄铁像铅一样扭弯。由于天性乐善好施，他对一切友人，不论穷富，只要有一技之长，无不接纳款待。最贫苦卑贱的住宅，只要藏有他的作品，立刻显得蓬荜生辉，身价十倍。雷奥那多的出生固然使佛罗伦萨增光不少，但是他的死去也使该城感到不可弥补的损失。他对油画的贡献在于创立一种加深暗影的手法，使后世画家笔下的人物能因之显得更加有力，线条分明。他铸塑人像的本领可以用圣乔万尼教堂北门上摆设的三个铜像为证。这些铜像是乔·弗朗彻斯柯·鲁斯梯契铸成的，但是经雷奥那多亲自指导。毫无疑义，不论就设计和精工而论，这些都是应算作当代炼铸品中最美好的典范。

雷奥那多写过两部著作：一部论马体结构，一部论人体结构，都使我们蒙益不浅。由于他天赋超群，多才多艺，尽管他说得多，做得少，他的声名仍将永不熄灭。乔万尼·巴蒂斯塔·斯特罗奇先生曾以如下言辞赞美他：

他一人足以降优

所有其他人，包括菲迪亚、阿派赖，

和他们门下全体骄傲的信徒。

米兰画家乔万尼·安东尼奥·波特拉菲欧是雷奥那多的弟子。他资质敏慧，技巧高明，在1500年曾为博罗尼亚城外的大悲教堂绘过一幅油彩的门扇画，画中人物有圣母、圣子、施洗约翰和裸体的圣瑟拔斯显，另外还有施舍该画的人的跪祷肖像，手笔精致可爱。画上有波特拉菲欧的署名，自称是雷奥那多的弟子。这位画家在米兰和其他城市画过不少作品，但是我只提到这一幅，因为这是他最得意之作。雷奥那多还有一位弟子，叫马柯·乌基奥尼，曾为圣马利亚和平大教堂画过一幅《圣母升天图》和一幅《迦拿婚筵图》。

（吴兴华　译）

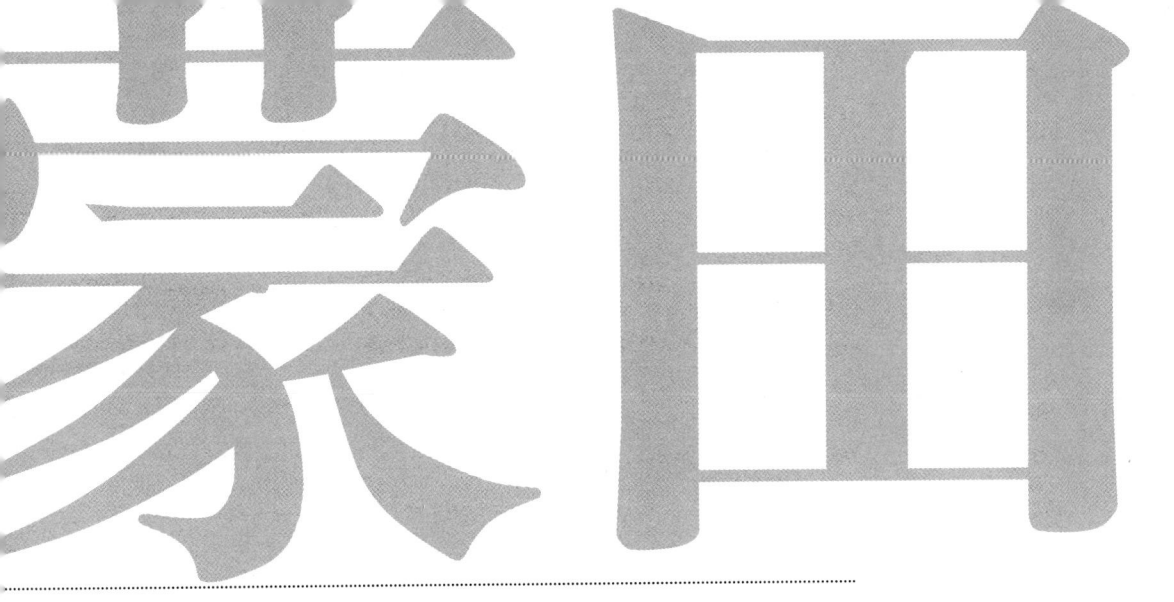

米歇尔·德·蒙田(1533—1592)，法国散文家。
他因论述当代思想与人格的《随笔集》而闻名，这本书采用一种新的文学体裁，在世界文学史上有很大贡献。

※ 论盖世英雄

荷马——天下唯一的作家

如果有人要我选择我心目中的英雄人物，我觉得有三位凌驾于其他人之上。

第一位是荷马。他以自己的权威给世界创造了那么多受人崇敬的神，自己却没有得到神的地位。他是个贫穷的盲人，在各门学科还没有一定的规则和看法时，他却门门精通，以致后来制定法规的，从事战争的，创导宗教的，研究不论什么学派的哲学的，提倡艺术的，都把他看做是无事不知、无物不精的祖师爷，把他的书也看做是包罗万象的知识宝库。

荷马创造出这类空前绝后的杰作，简直违反了自然规律，因为事物初生时总是不完美的，随后才茁壮成长；诗歌，如同其他许多学科，还处于童年时代，他却会使它成熟、完美、臻于大成。出于这个原因，根据他的传世佳作，可以把荷马称为诗人中第一人和最后一人；在他以前他无人可以摹仿，在他以后也无人可以模仿他。据亚里士多德的说法，荷马的语言是唯一有动感和情节的语言；都是言之有物的语句。亚历山大大帝在大流士的遗物中发现一只富丽堂皇的宝箱，他下令这只箱子给他留着，存放他的荷马的书籍，并说这是他在行军中最优秀、最忠诚的顾问。阿纳克桑德里德斯的儿子克莱奥梅尼，出于同样的原因说荷马是斯巴达人的诗人，因为他是军事学的好教官。此外还有这种奇怪的论调，那是普鲁塔克对他的赞扬，说他是天下唯一的作家，从不使人陶醉，也不使人厌烦，对读者总是常见常新，永葆青春。

这位淘气鬼亚西比德，向一位从事文艺的人要一本荷马的书，那人没有，就捆了他一记耳光，好像发现我们的教士没有经文似的。有一天，色诺芬尼向锡腊库斯暴君希伦诉苦，说他很穷，无法养活两个仆人。暴君回答："什么，荷马要比你穷得多，他尽管死了，还是可以养活成千上万的人。"当珀尼西厄斯称柏拉图是哲学上的荷马，还有什么可说的呢？

除此以外，什么样的荣耀可以与他的荣耀相提并论？

没有东西像他的名字和作品那样得到千古传诵；也没有东西像特洛伊、海仑和她的战争那样家喻户晓——虽然这些战争可能从来没有发生过。我们的孩子还是取他在三千多年前创造的名字。谁不知道赫克托耳和阿喀琉斯。不但那些有关的民族，就是大多数国家，都要在他创造的作品中去推本溯源。土耳其皇帝穆罕默德二世写信给我们的教皇派厄斯二世："我奇怪为什么意大利人结盟反对我们，我们和他们有共同的祖先特洛伊人，我跟他们都要为赫克托耳的死向希腊人报仇，而意大利人却笼络希腊人来反对我。"国王，政治家，皇帝多少世纪以来都在扮演他们的角色，而这个世界只是他们的一座大舞台，这不就是荷马写的一出贵人闹剧吗？

希腊七座城市都争说是他的诞生地，即使他的身世不明也给他带来许多光荣：

斯米尔纳、罗得岛、科罗芬、萨拉米斯、希俄斯岛、阿戈斯和雅典。

亚历山大——在有人的大地上所向无敌

另一位是亚历山大大帝。他很早就开始他的事业，用那么少的手段完成那么辉煌的意图；当他还是一名少年，已在追随他在全世界作战的名将中间树立了威信；命运对他的特殊眷顾，使他完成了许多偶然的，有的我甚至要说是轻举妄动的功勋：

他把阻挡雄心的障碍统统推翻，耀武扬威地在废墟中走出一条路来。

——卢卡努

他的伟大还在于：只有33岁，已在有人的大地上所向无敌，才过了半辈子做成了人所该做的一切，以致你无法想象，他若有常人的寿命，在他合法行使权力时期，他的武功文治会如何昌盛繁荣；你无法想象这个人会做出什么来。他提拔他的军人当上了王爷，在他死后由四位继承者分治帝国，这些继承者都是他的军队中普通将官，他们的后裔统治这块庞大的土地也维持了很久；他一身集中那么多的美德：正义、节制、豁达、守信、笃爱、对被征服者讲究人道（他的道德品质好似也无可挑剔，虽然他有一些个别的、不多的、特殊的个人行为是可以谴责的。但是不可能处处按照正义的规则来施展鸿图。对于这样的人物应该以他们行为的主流来作出判断。底比斯的毁灭，米南路和埃弗辛医生的谋害，对大量波斯战俘的屠杀，对印度军队背信弃义的处决，对包括儿童在内的科赛人的诛戮，都是不可原谅和过分的做法。但是对待克利图斯一事上，他对自己的赎罪又过于郑重其事，这件事如同其他事说明他的复杂性格中的宽厚一面；他的性格中主要还是善良的成分为多，所以有一句话说得很妙：他的美德来自天性，他的罪恶来自命运。至于他有点好吹嘘，听到坏话欠耐心，把马槽、武器、马嚼子扔在印度到处都是，这些事在我看来都是他少年得志而引起的）；考虑到他在军事上的雄才大略以外，还有勤奋、预见、耐性、守纪、敏锐、高尚、决心、幸福和其他，即使汉尼拔没有向我们指出，他也是天下第一人；还有他的身材面貌世上罕见，简直是一位天人；脸上眉清目秀、神采奕奕，全身气宇轩昂。

他的才学出众，能力高强；他的荣耀不沾疵瑕，持久而不会消失。在他逝世后很多年流传一种宗教般的信仰，认为他颁发的奖章会给佩戴的人带来幸福，撰写他的功绩的帝王要比撰写其他任何帝王功绩的历史学家还多。即使今天伊斯兰教徒瞧不起其他人的历史，唯对亚历山大的历史则情有独钟；谁考虑到这一切，谁会认为我舍恺撒而取亚历山大是有道理的，——也唯有恺撒还可以叫我对自己的选择表示犹豫。不可否认的是恺撒创造丰功伟绩更多靠的是恺撒之力，而亚历山大创造的丰功伟绩更多靠的是命运之力。他们有许多事不分轩轾，在某些方面还是恺撒略胜一筹。

恺撒的野心本身虽有更大的节制，但是造成的后果则是毁灭性的，国家灭亡，全世界陷入一片混乱，因而从全盘来观察，从各方面来衡量，我不能不倾向于亚历山大。

伊巴密浓达——希腊第一人

第三位最杰出的人物，依我来看，是伊巴密浓达。

论光荣，他远远不及其他两位（光荣不也是事物实质的一部分么）；论果断和勇敢，那也不是受野心驱使的人的那种果断和勇敢，而是受智慧和理性指导的人的那种果断和勇敢。他思想有条有理，到了随心所欲的境界。以他的美德来说，我的意见是绝不输于亚历山大和恺撒；因为，虽然他在战场上不是百战百胜，战绩也不是那么辉煌，但是从战功本身和结合一切环境因素来考虑，也不可以等闲视之，在军事上的胆略与度谋并不亚于他们。希腊人众口一词，称颂他是国内第一人；但是希腊第一人，也很容易成为世界第一人。至于他的学识，早有这样的定论流传至今：从来没有人知道得像他那么多，对自己又说得像他那么少。因为他是毕达哥拉斯派，凡是他说的东西，无人比他说得更好。他是个杰出的演说家，很会打动人心。

他的道德和觉悟，远远超过所有管理国家大事的人。因为国家大事是头等重要的大事，唯一真正标明我们是些什么人；我也把国家大事看得比其他事的总和还重要，伊巴密浓达在这方面不输于任何哲学家，包括苏格拉底在内。

在伊巴密浓达身上，清白是他固有的木质，始终如一，不可动摇。相比之下，亚历山大在这方面显得不完整、不坚定、不纯、软弱和有偶然性。

古代人对所有其他的大将军进行详尽的研究后，都可发现使某个人超群出众的某种特长。然而只有伊巴密浓达，时时处处洋溢德操和学问；在人生的任何阶段从不做有损于人格的事；不论公务还是私生活，和平时期还是战争岁月，不论是生还是死，做人都讲究光明磊落。我还不知哪个人的外貌和命运，叫我见了会引起那么多的尊敬和爱。说真的，他的好朋友描述他执意要过贫困的生活，我觉得不免有点过分。这种行为很高尚也非常值得称道，我认为太苦涩，即使有心也是摹仿不来的。

唯有西皮奥·伊米利埃纳斯，他的结局也那么自豪壮烈，学问也那么博大精深，使我对自己的选择表示怀疑。这两位人物在普鲁塔克的书中，是最高贵的一对，一位是希腊第一人，一位是罗马第一人，这是举世公认的，这些生命到时候俱被时光带走，是多么令人扫兴的事！

这就是人生！这就是伟人！

作为非宗教圣徒，作为大家所谓的雅士，跟普通人过同样的世俗生活，却表现出的优越感，一生瑰丽雄奇，是在世的人中间最丰富多彩的，据我知道那是亚西比德的一生。

我还想再提到伊巴密浓达的几件事，说明他的宽仁善良。

他自称他一生中最大的满足，是让父母享受卢克特勒的胜利，这是一场辉煌的胜利，他觉得让他们享受比让自己享受会得到更多的乐趣。

他认为，即使为了祖国的自由，也不能滥杀无辜一人；所以当他的袍泽派洛皮达发动战争解放底比斯时，他表示非常冷漠。他还觉得，在战场应该回避和宽恕在对方阵营里的朋友。

他对敌人讲究人道，引起比奥舍同盟对他的怀疑。斯巴达人驻守科林斯附近的莫莱关隘，他神奇地迫使他们放弃；他让他的部队穿过他们阵地中央时也不穷追不舍，他因此被免去了统帅之职：他为此而被撤职还觉得非常光荣；然而对比奥舍人却是一桩耻辱，因为不久以后他们又不得不让他官复原职，承认他们的光荣与贡献多多少少有他的功劳，他到哪里，胜利像影子似的跟到哪里。他的祖国随他一起昌盛，也随他一起衰亡。

培根

弗朗西斯·培根(1561—1626)，英国唯物主义哲学家、
随笔作家和詹姆士一世的大法官，英国唯物主义和整个近代实验科学的创始人，
曾提出"知识就是力量"的名言。
著有《论科学的价值和发展》、《新工具》、《随笔》等。

※ 论帝王

　　所欲之事甚少，所惧之事甚多，此乃一种可悲的心态。然而这往往就是为帝王者之心理。他们已称孤道寡，至高无上，故而缺乏更高的企求，这便使他们心中多有苦思；但同时他们身边又总是险象环生，这又使他们心中少有宁静。此情亦是《圣经》曰"君王之心测不透"的原因之一。因若无一种占支配地位的企望来规范妒羡戒疑等诸多感情，任何人的内心都难测或叵测。于是乎每每也有帝王

替自己营造欲望，把心思寄托于一些琐事：或设计一座建筑；或新创一种祭礼；或栽培一位臣僚；或精于某种技艺，如尼禄之精于竖琴，图密善之精于射箭，康茂德之精于角斗，以及卡拉卡拉之精于驾车；此类事例，不一而足。有人会觉得这似乎难以置信，殊不知此乃人之天性使然，即在小事上有所进取比在大业上停滞不前更使人心情舒畅，精神振奋。世人尚可看到，有些帝王早年东征西讨无往而不胜，但由于征服不可能无限，成功总有尽头，结果他们在晚年或变得迷信，或郁郁寡欢，例如亚历山大、戴克里先和世人尚记得的查理五世，等等。因习惯勇往直前者一旦发现自己止步，往往会自暴自弃，不复故我。

接下来且说帝王权力之平衡。这种平衡很难保持，因为平衡和失衡均由王权和自由这对矛盾构成，不过平衡是让这对矛盾融为一体，失衡则是让这对矛盾交替出现。关于这点，阿波罗尼乌斯给韦斯帕芗的答复极富教益。后者问："尼禄因何被推翻？"前者答："尼禄虽善弹琴并善调琴，可治理帝国却时而把弦绷得太紧，时而把弦放得太松。"而毫无疑问，最有损于帝王权威者莫过于既不合时宜又极不均匀地使用权力，忽而滥施淫威，忽而放任自流。

不可否认，近代君王巩固霸业之智谋与其说是可防患于未然的真谋实策，不如说是待灾难临近时如何消灾避难的权宜之计；然而这纯粹是在同运气较量。君王们务须注意，别忽略或容忍欲作乱者备下柴薪，因为谁也没法阻止火星迸发，而且也难测火星会来自何方。君王巩固其霸业之困难既多又巨，但最大的困难往往是在他们心里。因为君王们想法矛盾是常有的事，（正如塔西佗所说）"为人君者之欲望通常都极其强烈但又互相矛盾"；因既想达目的又不忍用其手段乃当权者之致命错误。

君王们不得不与之打交道者有其接壤邻邦、妻子儿女、高级教士、王公贵族、新贵士绅、市贾商人、平民百姓以及士卒兵丁，而为君者若稍有不慎，以上人等均会带来危险。

关于如何与邻国打交道，由于情况多变，故不可能有一成不变的规律，但有一条原则永远适用，即为君者须保持应有的戒备，勿让任何邻国（通过领土扩张、贸易垄断或重兵压境而）过分强大，以致给本国造成前所未有的威胁。预见并阻止上述情况之发生通常应是政府枢要的工作。在英王亨利八世、法王法兰西斯一世和神圣罗马帝国皇帝查理五世三雄鼎立的年代，三国之间就这样互相监视，一方若得巴掌大一块领土，其余两方也会马上着手使之均衡，或以结盟之手段，必要时则诉诸战争，绝不会牺牲本国利益以换取和平。与上述情况相似的还有由那不勒斯王斐迪南、佛罗伦萨共和国僭主洛伦佐·美第奇和米兰大公卢多维卡·斯福尔扎结成的联盟（圭恰迪尼称该联盟为意大利的安全保障）。某些经院哲学家对战争的见解并不可信，他们认为战争的原则是人不犯我，我不犯人，殊不知对潜在危险之恐惧亦是发动战争的正当理由，即使那种危险尚未变成现实。

说到帝王们的后妃，历史上不乏祸起后宫的残酷事例。莉维亚因毒死其丈夫而声名狼藉。奥斯曼帝国苏丹苏里曼一世之宠后罗克桑拉娜不仅是害死太子穆斯塔法的罪魁，而且是扰乱皇家宫廷、混淆皇家血统的祸首。英王爱德华二世之后亦是废黜并谋害她丈夫的主谋。所以当后妃们密谋让自己的儿子继位，或者是当她们与人私通之时，君王尤须提防上述危险。

至于君王们的子嗣，由他们引发的祸乱也屡见不鲜，而不幸的悲剧通常都始于君王们对其子嗣的怀疑。上文提到的穆斯塔法之死对苏里曼家族就是一场灾难，因谢利姆二世被认为是其母的私生子，故时至今日世人还怀疑自苏里曼一世之后的历代土耳其君主均非正统。君士坦丁大帝处死年轻有为的大儿子克里斯普斯，这对他的家族亦是一场灾难，结果他的儿子康斯坦提努斯和康士坦斯都死于非命，他另一个儿子康斯坦提乌斯结局亦不见佳，因为他虽说是死于疾病，但那是在朱里安起兵反他之后。马其顿国王腓力五世诛其子季米特里乌斯，后因发现系误杀而悔恨身亡。历史上这类事例不胜枚举，但少见为父王者从对子嗣的猜疑中得到好处；不过儿子们公开举兵反叛当属例外，如苏里曼一世诛逆子巴耶塞特，又如英王亨利二世败其三个逆子。

高级教士妄自尊大亦可给君王造成危险，如当年的两位坎特伯雷大主教安塞姆和贝克特，他俩曾试图用主教的权杖与君王的利剑抗衡，只是他们不得不与之抗衡的是几位顽强而自信的君王：威廉二世、亨利一世和亨利二世。这种危险并非由于教会本身，而是由于教会有国外势力撑腰，或是由于神职人员之选任不是靠君王或有圣职授予权者的决定，而是靠平民百姓的拥戴。

说到王公贵族，对他们敬而远之并不为过。对贵族加以抑制虽可加强王权，但却会减少君王的高枕无忧，而且在实施其主张时也不那么随心所欲。笔者在拙著《英王亨利七世传》中对此已有过评述。亨利七世对贵族加以抑制，结果他执政时期充满了麻烦和骚乱，因为贵族们虽说继续忠于皇室，但对亨利进行的事业却不予合作，所以他实际上不得不日理万机。

至于新贵士绅，鉴于他们只是个松散的阶层，故不会对君王形成多大危险。他们有时会高谈阔论，但那几乎无甚妨害。何况他们是一种中和力量，可使王公贵族的势力不致过于强大；而且由于他们是君王与平民间的直接纽带，所以他们最能缓和民愤。

至于市贾商人，他们好比国家的门静脉，若门静脉血量不盛，国家即使有健全的四肢也难免会出现血管供血不足的情况。对商人课重税于君王的岁收好处甚微，因为从小处所得将会失于大处，原因是若各项税率增加，商贸的总量反倒会减少。

平民百姓对君王几乎不构成危险，只要他们没有强有力的领头人物，或是君王不对他们的宗教、习俗和生活方式横加干涉。

至于士卒兵丁，若让他们建制不变、久驻一方并习惯于领赏，那对君王将是一种危险。土耳其御林军之骄纵和古罗马禁卫军之贪残均可作为后事之师。防范之道是让兵无常帅、驻无常地，并不给赏赐，如此君王可高枕无忧。

帝王君主好比天上的星宿，可带来盛世，亦可造成浊世。他们受人崇拜，但却永不安宁。所有对君王的戒律实际上可归纳为两记：一是记住你是凡人，二是记住你是神或神的化身；前者约束君王的权力，后者则限制君王的欲望。

※ 论贵族

谈到贵族，我们首先把他们当做社会集团中的一部分，然后才考虑个别人物的情况。一个完全没有贵族的君主国必然是一个纯粹而极端的专制国家，例如土耳其帝国。贵族是调剂君权的，而且可以把人民的眼光多少从皇室那里引开些。

但在民主制度下，则不需要贵族。比起有贵族门第的国家，民主制国家一般比较平静，不容易发生叛乱。因为人们的注意力在事业而不在个人。即使注意到个人也是为了事业的原因，所关心的是某人是否最胜任某事而不问他们的标徽或血统。

我们了解到瑞士人的国家尽管宗教派别和地域差别很不一致，却能长治久安，就是因为维系他们的是实利而不是对等级的尊崇。荷兰的联省共和国政治之所以清明，是因为奉行平等的原则，政治协商比较公正，人民纳税捐献也较心甘情愿。

一个巨大而有势力的贵族集团固然增加了君王的威严，但也减少了君主的权力。它给人民以生气和激情，但削减了人民的福利。最好贵族不要强大地超越君权和国法，而又能保持高位。当庶民想犯上的时候，他们那种桀骜不驯的浪潮在急速逼近君王威严之前，先在贵族这防波堤上消散其冲击力。

贵族人数众多是一种超负荷消费，往往引起国家的贫穷和烦扰，并且，贵族中必然有些人随着时间的推移而家道衰落，形成了尊荣与财产之间的不协调。至于贵族中的个人，假若看见他便令人起敬，如同我们看见一座古堡或古建筑物依然屹立未颓，或者一棵成材的好树坚实而完美一样，那么，当我们看到一个历经时间风浪考验而隆盛不衰的古老贵族之家时，就会觉得他们尤为可敬了。因为新贵族不过是权力的产物，而老贵族则是时间的积累。最初升为贵族者一般地比他们的后人富有才力，但却不那么干净。因为很少人在飞黄腾达时所用的手段不是善恶交替的。但是这些贵族留在后人的记忆中只有丰功美德，而他们的污点短处，则与身俱灭。这也是合乎情理的。

生为贵族者通常轻视劳作，而自身不勤劳的人往往嫉妒别人的勤劳。何况贵族地位难再高升，当自己停留原位而看见别人步步上升时难免不发嫉妒之念。另一方面，贵族身分能抵消别人对他们的那种消极的嫉妒，因为贵族好像生来就享有荣华富贵似的。当然，君王若能在他们的贵族中选贤任能，本人将感到心安理得，并且也有助于国事的进展。因为，人民会自然而然地服从他们，以为他们生来就有发号施令之权的。

歌德

约翰·沃尔夫冈·冯·歌德(1749—1832),德国著名诗人,
欧洲启蒙运动后期最伟大的作家。
歌德的创作涉及诗歌、戏剧、小说、散文等多外领域,
主要代表作有《浮士德》、《少年维特之烦恼》等。

※ 说不尽的莎士比亚

关于莎士比亚已经论述过很多,看来似乎再没有什么可说的了。然而精神的特性就在于它永远在启发精神。这一回我要从几个方面考察莎士比亚,首先把他作为一般意义上的作家,然后把他与古人和现代人相比较,最后把他作为真正的剧作家加以考察。我想试图阐明,他的那种模仿对我们曾产生过什么影响,以及它到底能发生什么影响。对于已经发表过的观点,同意的部分,我就再把它重复一下，不同意的部分，我要简要地、正面地表示不同意，但不进行反驳，也不与之争论。现在先谈第一点。

一、莎士比亚作为一般意义上的作家

人所能达到的最高境地，就是他明确地意识到他自己的信念和思想，认识到自己并且由此开始也深切地认识到别人的思想感情。有些人生来就有这种天赋，并且通过经验发展这种天赋，以实现实际的目的。这样就产生了一种能力，使人能在社会上以及在各种活动中获得更高意义上的成功。作家也是生来就有这种天赋，不过他发展这种天赋不是为了直接的、人世的目的，而是为了更高的、普遍的、精神的目的。如果我们称莎士比亚是最伟大的作家之一，我们就必须同时承认，并不是轻而易举地就能找到一个人，他能像莎士比亚那样洞察世界，也并不是轻而易举地就能找到一个人，他能像莎士比亚那样说出自己内心深处的见解，并且让读者跟他一起在更高的程度上领悟世界。我们读了莎士比亚的作品，世界就变得完全透明，我们突然发现，我们对美德与陋习、伟大与渺小、高贵与卑贱都非常熟悉，而且这一切，甚至还不只这一切，都是用最简单的方式实现的。但是，若要问这都是些什么方法，回答看上去好像是这样：莎士比亚是为我们的眼睛写作；然而，这是我们的幻觉，莎士比亚的著作并不是为肉眼写的。这一点我想解释一下。

眼睛也许可以称作是最明亮的感官，通过眼睛可以最容易地传情达意。但是内在的感官比眼睛更明亮，通过语言可以把一切事物最完美地、最迅速地传达给它，因为语言才是真正能开花结果的东西，而我们的眼睛所看见的东西本身却是外在的，对我们不会产生深刻的影响。莎士比亚完全是对着我们的内在感官说话，通过内在感官，想象力所编织的图像世界立即有了生命，像活的一样；于是就产生了一种完整的效应，对于这种效应我们不知道如何解释。这也正是所以有那种以为一切都是在我们眼睛前面发生的错觉的根源。但是，如果我们仔细观察一下莎士比亚的剧本，我们会发现，其中诉诸感性的行为要比表达精神的词句少得多。他让一些容易想象的事，甚至一些最好通过想象而不是通过视觉来把握的事发生在他的剧本中。《哈姆雷特》的鬼魂，《麦克白》的女巫以及一些残暴行

为都是通过一些想象的力量才获得它们的价值，而那些各种各样的小插曲就更得依靠这种想象的力量了。这一切在阅读时顺利地、理所当然地从我们眼前掠过，而在表演时则显得累赘碍事，甚至令人厌恶。

莎士比亚是通过有生命力的词句发生影响的。而诵读是传达词句的最好方式，听众的注意力很集中，无论表演恰当还是拙劣都不影响他们。闭目倾听自然正确声调的诵读，而不是像演员那样朗诵莎士比亚的作品，这是再高不过、再纯粹不过的享受。人们跟随一根线索，听他讲各种事件。虽然听了对性格的描述之后，我们也可以想象出某些人物的形象，但只有通过一系列的词语和言谈我们才能知道这些人物的内心活动，而所有的人物好像事先都已经约好，不让我们有一点不清楚或是怀疑的地方。在这一点上，英雄和小卒、主人和奴仆、王公和差役是同谋，甚至于次要的角色往往比主要角色更为活跃。在大的世界性事件发生时把空气吹得飒飒作响的一切，在巨大事件发生的瞬间人们心灵中隐藏的一切，都被说了出来。一切在心灵深处被胆怯地封存着的、隐藏着的东西，在这里被自由而通畅地采掘出来；我们获知生命的真谛，然而却不知道是怎样获得的。

莎士比亚与世界精神结伴，他也像世界精神一样看透了这个世界，什么都不能瞒过他。不过，如果说世界精神的职务是在行动之前，甚至常常是在行动之后保守秘密的话，那么作家的旨意则是将秘密吐露出来，让我们在行动之前，或是就在行动过程中相互了解。为非作歹的有权势的人，好心肠的平庸者，被激情牵着走的人和静观世界的人，他们都把自己的心事袒露出来，常常没有一点含混，各个都很能言善谈。总之，秘密一定得吐露，就是石头也得吐露秘密。因此没有生命的东西也蜂拥而至，要吐露秘密，一切次要的附属物都跟着说话，大自然的各种因素，天上、地面和海洋的现象，雷、电、野兽都在大声呼喊，它们往往看上去是一种比喻，但每一次都参加进来一起行动。

但是，文明世界也必须献出它的珍品。科学与艺术，手工业与各种工艺行当都解囊奉献，莎士比亚的著作是一个广大的、活跃的市场，然而他有这样的财富应归功于他的祖国。英格兰无处不在，它四面环海，云雾笼罩，它把活动的足迹伸向了世界各地。作家生活在一个值得尊敬的重要的时代，他把这个时代的文化教养，甚至是不良的教养极其清楚地展现给我们。可以说，假如他不是跟他生活的时代融为一体的话，他就不会对我们发生那么大的影响。再也没有人比他更轻视物质的行为了，他很了解人的灵魂行为，在这方面所有的人都没有区别。有人说，他对罗马人的描写好极了，我以为不然，那是彻头彻尾的英国人。当然，他们都是人，地地道道的人，因此罗马人的长袍他们穿着也合身。如果我们是立足于这一点的话，那么就会发现，莎士比亚的这种时代差错是非常值得称赞的。正是因为他的人物的外在习惯有这样的时代差错，才使他的作品具有如此的生命力。

就简单地说这几句话吧，当然，这几句话绝对概括不了莎士比亚的全部功绩。他的爱好者和崇拜者们肯定还会补充许多。这里我们想再指出一点：莎士比亚的作品表明，像他这样的作品是很难得的，他的每一部作品都有一个不同于别的作品的概念，这个概念是该作品的基础，并在它的整体中发生作用。

譬如说，由于人民群众不愿意承认优秀人物的特权而产生的愤怒贯穿在《科利奥兰纳斯》整个剧本之中。在《恺撒》一剧中，一切都涉及这样一个概念，即优秀的人物不愿让最高的位置由别人占据，因为他们错误地认为他们能够以集体的方式发挥作用。《安东尼和克莉奥佩特拉》一剧竭尽全力要说明，享受和行动是互不相容的。如果我们继续这样探讨下去的话，我们会更加景仰他。

二、莎士比亚与古代和今人之比较

世界是莎士比亚的兴趣所在，正是这种兴趣使他的伟大思想富有生气。因为虽然像预言、疯癫、梦魇、预感、异兆、仙女、精灵、鬼魂、恶魔和巫师这样一些神秘魔幻的要素，适当的时候在他的作品中也会出现，但这些虚幻的形象绝不是他著作中的主要成分，而真实的生活和精干的生命才是他的著作立足的伟大基础，因此出自他笔下的一切我们都觉得是那么纯真和实在。因此人们已经认识到，他不属于现代作家，即所谓的浪漫的作家，他更应归属于朴素类作家，因为他的价值是以现实为基础的，他极少柔情脉脉，甚至可以说，只是在最极端的情况下才有一点渴望的味道。

然而尽管如此，如果仔细地观察一下，他还是一个真正的现代作家，他与古人之间隔着一道鸿沟；而且这不是就其外在形式而言，这种外在形式的差别完全可以撇开不管，而是指最内在的深层含义。

但是，首先我得声明，我绝无这样的意图，把下面使用的术语看做是穷尽一切的，把它们看做是既不需要补充也不需要修改的。我这样做只是一种尝试，并不是想要为我们已经知道的那些对比再添加一个新的对比，而是要说明，我的这个对比已经包含在那些对比之中了。

这些对比是：

古典的 现代的

朴素的 感伤的

异教的 基督教的

英雄的 浪漫的

现实的 理想的

必然 自由

应当 愿望

一个人所能遭受到的最大和最多的痛苦，产生于每个人胸中存在着的应当与愿望之间的，还有应当与现实、愿望与现实之间的不协调关系，正是这些不协调关系时常使人在生命的过程中陷入窘境。由不期而然地、毫无损失地就能加以克服的轻微错误而引发的最微不足道的窘境，是造成可笑情景的基础；相反，无法解决的，或者还没有解决的最厉害的窘境带给我们的则是悲剧因素。

古代文学作品中占统治地位的是应当与现实之间的不协调，在近代文学作品中则是愿望与现实之间的不协调。我们暂且把这一根本性的区别跟其他的对比放在一起，看看这样做是否有好处。我刚才说，在这两个不同的时代中，时而这一面，时而那一面占统治地位，可是因为应当与愿望在一个人的身上不能截然分开，因此这两个侧面总是同时存在，虽然其中一个占优势，另一个处于从属地位。应当是强加给人的东西，必然是一颗苦果，愿望是人自己加给自己的东西，人的意志是人的天国。不容变通的应当让人厌烦，无法实现的行动使人害怕，坚毅顽强的愿望使人愉快，而坚定不移的意志甚至可以使人忘却行动上的无能而感到宽慰。

如果我们把玩纸牌比作一种文学创作，那么玩纸牌也是由这两种成分组成的。玩纸牌的形式与偶然性相结合，它代表应当，正如古人以命运的形式认识应当一样；愿望与玩纸牌者的技巧相结合，起着抵御应当的作用。按着这个意思我想把打"威司脱"牌称作是古典的。这种打牌的形式限制了偶然性，甚至限制了愿望本身。我得同现有的伙伴和对手玩我抓到的牌，因此必须驾驭一系列偶然，而不能避开这些偶然因素。打"龙伯"和类似的牌，情况正好相反。玩这些牌时，给我们的愿望和冒险留有许多方便之门，我可以拒绝接受分给我的牌，我可以在不同意义上使用这些牌，我可以一半或者全部把它们屏弃，可以向运气呼救，甚至可以通过一种相反的处理方法从最坏的牌中得到最大的好处。因此，这样的打牌方式同现代思维和创作方式完全相同。

古代的悲剧是以不可避免的应当为基础的，愿望竭力抵御应当，但这只是使它更加严酷，来得更加迅速。神谕宣示所是一切可怕事物的所在地，在这个区域里《俄狄浦斯》首屈一指。在《安提戈涅》中应当作为义务似乎显得温和一些，但不是也转变成许许多多其他形式而出现吗？不过，只要是应当就是专横的，不管它是属于理性范畴，如道德法则、城市守则，还是属于自然范畴，如生成、发展和消亡的法则以及生与死的法则。面对这些法则我们感到胆战心惊，而没有想到，只有它们才能造福于整体。愿望的情况正好相反，它是自由的，看上去是自由的，而且对于个体有利。因此愿望靠阿谀奉承讨人喜欢，人们一旦与它相识，就要被它缠住。它是近代之神，我们对它俯首帖耳，唯恐有什么东西与之对抗。这就是为什么我们的艺术和我们的感知方式与古典艺术和古典感知方式永远相隔的原因。应当使悲剧宏伟有力，愿望使悲剧渺小软弱。在后一种情况下，产生了所谓的戏剧，因为我们用愿望代替了应当这一庞然大物。不过，正因为愿望在我们软弱的时候帮助了我们，使我们在痛苦的期待之后最终还得到少许慰藉，所以我们很受感动。

在我们做了这些评述之后再来谈莎士比亚的时候，我希望我的读者能够自己去进行比较和实用。莎士比亚热情洋溢地将古与今结合起来，在这一方面他是独一无二的。在他的剧作中，他竭力要使愿望与应当达到平衡，二者进行强烈的抗争，然而，最终总是愿望处于劣势。

没有人把个人性格中愿望与应当的最初的伟大衔接比他描绘得更为出色了。

单个的人，从性格方面看，应当意味着：他是有限的，是个特殊。但是，这个单个的人作为人又怀有愿望，因此他是无限的，要求一般。这样就已经产生了一种内在的冲突，而莎士比亚让这一冲突处于突出的地位，使它比其他一切冲突更显著。不过，此外还有一种外在冲突，这种外在冲突常常会更趋尖锐，因为一个难以实现的愿望由于某些机缘会上升为不可避免的应当。过去我曾就《哈姆雷特》一剧证明过这一原则，但是，这一原则在莎士比亚的其他作品中也同样出现。正如哈姆雷特由于鬼魂而陷入他无法应付的困境一样，麦克白是由于女巫和黑刻提以及超级女巫即他的夫人，勃鲁托斯是由于他的朋友而陷入同样的困境。甚至在《科利奥兰纳斯》也能找到类似的情况。总之，一种超越个人力量的愿望是近代才有的。但是，莎士比亚不是让这种愿望从内部迸出，而是通过外在的机缘把它激发出来，因而愿望就变成了某种应当，这就跟古代文学差不多。

古希腊文学中所有英雄的愿望都只限于个人能做到的事，这样就产生了愿望、应当和实现之间的美好平衡。但是，由于他们的应当总是过于严酷，因而即使我们能对此赞叹不已，也不会感到欣悦。那种或多或少或者完全排除一切的必然性，再也无法与我们今天的思想相容，可是莎士比亚却以他自己的方式接近于我们今天的思想。他使必然的东西具有了道德意义，从而把古代世界和近代世界衔接起来，这令我们愉快和惊讶。如果他有什么可供学习的话，那么这一点就是我们在他的那个学校里必须学习的东西。

我们既不该责备也不该抛弃我们的浪漫派，但它总是一味地过分推崇和片面地迷恋莎士比亚，结果使我们看不到乃至毁坏它强有力的、朴实的、优秀的一面。与浪漫派相反，我们应当试图把那个巨大的、似乎不能统一的对立在我们胸中统一起来，尤其是因为这是独一无二的伟大大师所为，就更应如此。因此，我们对这位大师极为敬重，常常不知道为什么就把他推崇到高于真正创造出奇迹的那些人之上。当然，莎士比亚也有他的有利之处：他恰好出现在一个收获季节，能在一个生命力旺盛的新教国度里工作，那里宗教的信仰狂热稍事休歇，因而像他这样一位忠于自然的人才有这样的自由，可以发展他那纯洁的内心世界，而不必受制于某一固定的宗教。

以上是1813年夏天写的。对这些文字请既不要斤斤计较，也不要百般挑剔，只请记住前头已经说过的：眼前这篇东西只是一次尝试，它想指出，不同的文学巨匠是怎样试图以他们的方式统一和解决那个巨大的、以多种形态出现的对立。这里再作陈述已属多余，因为自从那时候起，各方面都提醒我们注意这个问题，而且我们也已经得到了关于这个问题的极好解释。我特别想提起的是布吕姆纳尔的极有价值的论文《论埃斯库罗斯悲剧中的命运观念》和《耶拿文学报》增刊中关于这篇论文的出色评介。接下来我就立即转入第三点，这一点直接涉及德国舞台，并与席勒的为德国的未来创建舞台的意图有关。

三、莎士比亚作为剧作家

当艺术鉴赏家和艺术爱好者高高兴兴地欣赏一部作品时，他们总是由于作品的整体而感到愉快，他们总是贯注于艺术家所表达的作品的统一性之中。然而谁要是想从理论上谈论这些作品，想对这些作品作出某些断言，也就是说，想由此得到某些教训并以此来教导别人，他就有责任进行分析。我们把莎士比亚作为一般意义上的作家进行研究，然后把他与古人和今人加以比较，我们认为，这样我们已经完成了分析的任务。下面我们想考察一下作为剧作家的莎士比亚，以此来结束我们的尝试。

莎士比亚的名字和业绩属于文学史；但若是把他的全部业绩都放到舞台戏剧史中去的话，这对于过去和未来时代的所有剧作家都是不公平的。

一个得到普遍认可的有才能的人也可能对他的能力使用不当。出类拔萃的人做的事并不件件都是最好的。莎士比亚属于文学史，这是必然的，他在舞台戏剧史当中的出现却是偶然的。

如果说，他在文学史当中受到人们无条件的崇敬，那么在舞台戏剧史当中人们就必须考虑他所顺应的那些条件，不能把这些条件当做优点或是典范来颂扬。

我们要把那些渊源相近，在用活泼生动的方式处理时常常汇合在一起的文学种类区分开来，这些文学种类是：史诗、对话、戏剧和舞台剧。史诗要求由一个人向群众作口头传述；对话是在一定范围内的谈话，当然群众也可以在场旁听；戏剧是在行动中进行的对话，即使这种对话只是靠想象力进行的；舞台剧是前三者的结合，它使视觉也参与工作，而且人们可以在有确定的地点和出场人物的条件下去理解它。

在这种意义上，莎士比亚的著作是最富有戏剧性的；他把最内在的生活开掘出来，通过这种处理方法去赢得读者，舞台的要求在他看来是无足轻重的，他对这些要求很随便，于是人们在思想上对他也很随便。我们跟着他从一个地点跳到另一个地点，中间被他省略的情节要由我们用想象力来填补。我们甚至得感谢他，因为他是以这样一种高尚的方式激励我们的思维能力。由于他是借用舞台形式来表现一切，这就减轻了想象力的工作；我们对"意味着世界的木片"比对世界本身更熟悉，而且我们喜欢读和听那些最奇异的事情，因此我们认为，这些事情也可以搬上舞台使其在我们的眼前发生。这就是为什么受人喜欢的小说常常被不成功地改编成剧本的原因。

确切地说，只有对眼睛具有象征性的东西才适合于舞台，也就是说，只有一个预示着另一个更重要情节的重要情节才适合于舞台。国王的儿子和继承人从微睡着的生命垂危的国王身边拿走了王冠，并戴在自己的头上，随后扬长而去。莎士比亚的这个瞬间，已经达到了登峰造极的水平。但这只是个别成分，只是一些分散的珍宝，其间由许多非舞台性的东西把它们相互隔开。莎士比亚的整个创作方法与真正的舞台是有抵触的，他具有的是一位概括者的伟大才能，而且因为一般意义上的作家总是以大自然的概括者的身份出现，所以我们也必须承认他在这方面的伟大功绩。

我们只是认为，舞台并不是与他的天才相称的空间，而且我们是为了尊敬他才这样认为的，因为正是舞台的局限性使他自己受到限制。但在这方面，他也不是像其他作家那样，为每部作品选择特定的题材，而是以一个概念为中心，把世界和宇宙同这个概念联系起来。当他对古代和近代历史进行压缩提炼时，他可以利用每一部编年史的材料，而且往往甚至是严格到一字不变。他对待趣闻逸事就不那么严谨，这一点我们以《哈姆雷特》为证。《罗密欧和朱丽叶》比较忠实于原来的传说，然而由于加进了两个滑稽角色迈立西奥和保姆，原来传说中的悲剧内容几乎全部被破坏了。这两个角色大概是由观众所喜爱的演员扮演的，其中保姆还可能是由一个男演员扮演。如果我们仔细考察一下剧情的安排，那么我们就会发现，这两个角色以及与他们有关的情节都只是作为插科打诨而出现的。在舞台上出现这种情况，我们感到无法容忍，因为我们的思维方式要求前后一致，喜欢和谐统一。

不过，莎士比亚最引人注目的地方是他对已有剧本的改动和剪裁。我们可以拿《约翰王》和《李尔王》作这种比较，因为原来的剧本都保留下来了。但就是在这种情况下，他也更多的是作为一般意义上的作家而不是作为剧作家进行工作的。

最后让我们来揭开这个谜底吧！那些博学多识的人们已经让我们看到了英国舞台的简陋和缺憾。英国舞台对自然性没有任何一点要求，而我们由于舞台机械、透视艺术和演员服饰的改进已经逐渐习惯这种要求，因而很难把我们再带回到历史初期的幼稚时代，也就是说，很难再回到那样一种状态，我们站在一个由木板搭成的台子前面，看不到多少东西，一切都只是表意符号，观众只得靠想象设想绿色帷幕后面是国王的居室，鼓号手站在一个固定的地方不断地吹奏，如此等等。今天谁还能容忍这些东西呢？在这种情况下，莎士比亚的剧本是极为有趣的童话，只不过这些童话是由几个人物来叙述。为了给人多留下一点印象，这些人各具特点，并且根据需要走来走去，登场和退场，同时给观众这样的自由，他们可以随意设想，在荒凉的舞台上这是宫殿，那是天堂。

施罗德把莎士比亚的剧本搬上德国舞台，他能获得这一伟大功绩，不正是因为他对莎士比亚这一概括者又作了一番概括吗！施罗德看重的仅仅是那些能产生效果的东西，其余的一切他一概抛弃，如果他觉得这些情节破坏了剧本对他的民族、对他的时代应产生的影响。譬如说，他删去了《李尔王》一剧的最初一场。这样一来，固然废弃了全剧的性质，但他这样做也不是没有道理。因为在这一场李尔王显得那么荒谬，以致后来人们不能说他的女儿们完全不对。人们可怜这位老人，但对他并不感到同情，而施罗德正是要激起人们对他的同情，激起人们对这些虽然违反了天性，但又不是完全应该受到责难的女儿们的憎恶。

在原来的——也就是莎士比亚改写的一剧本中，这一场在剧情的发展过程中产生了令人喜爱的效果。李尔王逃往法国，女儿和女婿，出于浪漫的奇想，化装以后来到海边朝圣。在那里，他们遇见了老人，而老人已经认不出他们。莎士比亚崇高的悲剧精神使我们感到苦涩的东西，在原来的剧本中是那么甜蜜。因此，对这些剧本进行比较，总会给喜欢思考的艺术爱好者带来新的乐趣。

但是，多年来在德国流行一种偏见，认为莎士比亚在德国舞台上必须逐字逐句一点不错地演出，即使演员和观众会因此感到窒息也应如此。由于精彩而又准确的翻译而引起的这类尝试从未获得成功，魏玛剧院的那些真诚的反复不断的努力为此提供了最好的证据。所以，如果想要观看莎士比亚的剧本的话，那就必须再度采用施罗德的改编法。但是，有人坚持即使是演出莎士比亚的剧本也不能改动一个字，尽管这种看法十分荒谬，但却一再出现。如果这种看法的维护者占了上风，那么几年之内莎士比亚就会从德国舞台上完全被排挤出去，不过，这也并不是什么坏事，因为这样一来不论是喜欢独自一人还是喜欢大家一起阅读的读者，在阅读莎士比亚作品时感到的快活都更加纯洁。

不过，为了根据我们上面已经陈述过的意思进行一次试验，我们对《罗密欧与朱丽叶》进了改编，以便能在魏玛剧院演出。改编应依据的原则，我们想尽快阐明，由此得出的结果也许可以解释，这样的改编为什么在德国舞台上无法生根。演出这样的改编剧本并不困难，当然必须根据艺术法则，十分认真准确地对待它。类似的试验正在进行，也许能为未来做点准备，因为许多努力并不总是当日就能见效。

1826年

（安书祉 译）

※ 纪念莎士比亚命名日

1769年9月，英国人在莎士比亚的故乡举行纪念莎士比亚的大会，这一活动也促使德国人在德国举行纪念莎士比亚的活动。他们于1771年10月14日同时在斯特拉斯堡和法兰克福举行纪念大会，在斯特拉斯堡纪念大会上致辞的是歌德的朋友弗兰茨·克里斯蒂安·莱尔泽，在法兰克福纪念大会上致辞的是歌德。

当命运仿佛已经使我们的身躯回归乌有，而我们还仍然希望精神能够永存时，我觉得，这种情感是我们情感中最崇高的情感。诸位先生，对我们的灵魂来说，我们的生命实在太短暂了。证据之一，任何一个人，不论是最卑贱的还是最高贵的，不论是最平庸的还是最受敬佩的，即使对一切都感到厌倦，也不会厌倦生活；证据之二，没有一个人能够达到他当初热切渴求的目标，因为即使他在人生旅途上长期一帆风顺，最终他也要倒在天知道是谁给他挖的墓穴里化为乌有，而且这常常是发生在所期待的目标有望实现的时候。

我会化为乌有！这个我，对于我来说是一切啊！因为我是通过自我才认识一切的。每一个感觉到自我的人都会这样喊着，并且迈着大步走在人生旅途上，为在彼岸还要走的漫漫长路做准备。当然，每个人的步伐大小各不相同。有的人从一开始就以漫游者最快的速度疾速奔驰，而另一个人则穿着七里靴，并且超过了他，因为后者走两步就等于前者一天的行程。我们惊叹和敬佩后者的巨大脚步，追踪他的足迹，按着他的脚步量度我们的脚步。尽管如此，那位孜孜不倦的漫游者仍然是我们的朋友和伙伴。

诸位先生，让我们动身吧！只要看看这巨人的一个这样的脚步，我们的胸怀就会比目不转睛地凝视那支千足蠕动的王妃仪仗队更加激昂和开阔。

今天我们怀着敬意纪念这位最伟大的漫游者，这同时也是对我们自己的一种尊敬。我们懂得珍重业绩，它们的幼芽已在我们的胸中萌发。

请不要指望我会写得很多而且文思清楚。心情平静非节日盛装；况且就是现在我关于莎士比亚也想得很少，我能达到的最高境地，充其量只是一种预感，一种感觉而已。他的著作，我读了第一页，就终生被他折服；读完他的第一个剧本，我仿佛像一个天生的盲人，瞬息间，有一只神奇的手给我送来了光明。我认识到，并且最强烈地感觉到，我的生存向无限扩展；我感到一切都很新鲜，前所未闻，而那异乎寻常的光亮把我的眼睛刺得疼痛难忍。我渐渐地学会了观看，我要感谢给我智慧的神灵，至今我依然能清楚地感觉到我当时所获得的东西。

我断然拒绝按固定规则去写戏剧。我觉得地点的统一犹如监牢一般可怕，情节和时间的统一是我们想象力难以忍受的枷锁。我跳向自由的空间，这时我才感到我有手和脚。现在，当我看到，那些主张规则的先生们在他们的洞穴里对我的诋毁是那么厉害，多少自由的心灵还在那里遭受摧残，我若不向他们宣战，若不每天每日都寻思捣毁他们的牢狱，那我的心就要爆裂了。

法国人把希腊戏剧奉为榜样，而希腊戏剧就其内容和形式的特点而言，即使一个法国伯爵能够效法阿尔克比亚德斯，高乃依也未必能够模仿索福克勒斯。

悲剧起初是祭神典礼中的中奏曲，后来具有了庄严的政治意义。它把祖先们的伟大行为以极其朴素而完美的形式一个一个地介绍给人民，在心灵中激发起完美而伟大的情感，因为悲剧本身就是完美的，伟大的。

然而，是在哪些人的心灵中呢？希腊的！我自己也不能解释，为什么要这么说，但我有这种感觉；长话短说，我依据的是荷马、索福克勒斯和忒奥克瑞特，因为是他们教会我有这样的感觉。

这里我要赶紧补充一句：法国人，你穿上希腊人的盔甲打算做什么？这种盔甲对于你来说太宽大太沉重了。

因此，所有的法国悲剧也都是对自己的嘲弄。

一切严格按照规则进行，各剧之间如同一双鞋那样酷似，有时也很无聊，尤其是第四幕。这一切先生们自己都遗憾地经历过，我就无须再谈了。

我不知道究竟是谁首先想到把历史大戏搬到舞台上演出。感兴趣的人可以就此题目写一篇评论性文章。是否应将开创此事的荣誉归于莎士比亚，我表示怀疑；不过，说他使这种戏剧达到迄今依然是最高的水平并不过分，因为只有极少数人的目力能望得到这个水平，而且也很难指望会有人能超过这个水平。莎士比亚，我的朋友，假如你还活在我们中间，我一定只跟你在一起；假如你是俄瑞斯忒斯，我是多么乐意做你的配角皮拉得斯（俄瑞斯忒斯为父报仇，杀了母亲，被复仇女神追踪，皮拉得斯始终跟随着他。两人是希腊神话中忠实友谊的象征）。我宁愿如此也不做得尔福神庙中那位受人尊敬的祭司长。

诸位先生，我要中断一下，明天再继续写下去。因为我现在讲话的语调虽然出自心底深处，但也许会让你们不开心。

莎士比亚的戏剧是一个美丽的西洋镜，世界的历史拴在一根看不见的时间线上从我们眼前滚滚而过。他的布局，按照通常的看法，不是什么布局，但他所有的剧本都围绕着一个秘密点运转（这个点还没有一位哲学家看到和确定过）。在这个点上，我们的自我所特有的东西，我们的意愿所要求的自由与整体的必然进程相冲突。可是，我们被败坏了的趣味如同迷雾一样挡住了我们的眼睛，因而我们要想从黑暗中走出来，几乎需要创造一个新世界。

所有的法国人以及受他们影响的德国人，甚至包括维兰德在内，在这件事情上，如同在一些别的事情上一样，没有使自己增添多少光彩。一向以诋毁一切至尊为职业的伏尔泰在这方面也证明自己是一个纯粹的特尔西脱（荷马史诗《伊里亚特》中的丑角，谩骂统帅阿伽门农，为尤利西斯所杖责）。假如我是尤利西斯的话，我要用我的手杖把他的脊梁骨打弯。

这些先生中大多数人对他塑造的人物性格也特别反感。而我却要大喊：这是自然！是自然！没有什么比莎士比亚的人物更为自然了。

于是他们来掐住我的喉咙。

让我喘气，我要讲话！

他与普罗米修斯比赛，一点一点地学着他去塑造人类。只是他所塑造的人都无比巨大，这就是我们认不出来自己兄弟的原因。然后他用他自己的精神气息使所有的人物成为活人，并且通过他们说出他自己要说的话。于是人们便看出了他与他的人物之间有血缘关系。

我们这个世纪的人怎敢对自然做出判断？我们这些人从小在自己身上感到的和在别人身上看到的都是些深受束缚和矫揉造作的东西，我们怎能认识自然呢！我在莎士比亚面前常常感到羞愧，因为常常出现这样的情况：乍一看，我心里会想，要是我就不这么写！可是随后我马上认识到，我是一个可怜虫。自然借莎士比亚之口说出了真理，而我写的人物只不过是传奇小说的怪念奇想吹出来的肥皂泡而已。

现在我该说几句结束语了，尽管我简直还没有开始。

尊贵的哲学家对于自然的阐述同样也适用于莎士比亚：我们所说的丑恶只是善良的另一面，这一面对于善良的存在是必要的，它是整体的一部分。正如有炎热的赤道和冰封的拉普兰，就必然也有一片气候温和的地带一样。

他带领我们周游世界，而我们这些娇生惯养、没有经验的人遇到一只从未见过的蝗虫便会大喊大叫："天哪，它要吃掉我们！"

行动起来吧，先生们！吹起你们的号角，让一切高贵的心灵从所谓高雅趣味的乐土中清醒过来，他们在那里睡意蒙眬，懵懵懂懂，穷极无聊，过着半死不活的生活，内心里有激情，骨头里没有精髓；他们并不是疲倦得非休歇不可，但他们懒惰得不想动弹，只是在桃金娘和月桂树丛之间游荡着，打着哈欠消磨他们那影子般的生命。

（安书祉 译）

※ 席勒——幸运的事件

在我研究植物形态变化学时，在我弄清了形态变化学的发展阶段时，我就会享受到我生活中的最美好时刻。我逗留在拿波里和西西里岛时，这种想法激起了我的热情，我用这种方法去观察植物王国，越来越喜欢，我在所有的道路上持续地加以运用：这些愉快的努力对我弥足珍贵，它们激发起去达到更高级的、为我晚年带来幸福的境况。我缺少同席勒接近的那些令人愉快的、能排除我与他不谐的迹象，这些不谐使我长期以来与他疏远。在我从意大利回来之后——在意大利我已使自己在所有艺术领域里变得更为坚定和纯正，并对在德国这期间发生的事情毫不关心——我找来一些最新的和稍早些受到极大尊敬的、有着广泛影响的诗人作品，遗憾的是这些作品令我极度反感：我只消提出海因泽的《阿尔丁海洛》和席勒的《强盗》。前者令我憎恶，因为他通过形象性的艺术把情欲和晦涩的思想方法去加以美化和进行粉饰；而后者用一种充满力量的但却是不成熟的才能，恰恰是去把伦理的和戏剧的怪论——我在致力于去清除它们——狂暴地激流般地倾泻到祖国大地上。

我并不恼怒这两个有才能的人所从事的和所做出的成绩；因为人不能拒绝用自己的方式去活动，他这样去做先是不自觉的，缺少教养的，可随后在教养的每个阶梯上就变得越来越自觉了，这样一来，世界就会出现许许多多出色的和愚蠢的东西，而混乱是从混乱中发展起来的。

但祖国上空响起的喧嚣声，狂热的大学生把那些稀奇的怪物当做是教养有素的宫廷贵夫人加以欢呼，这使我惊愕，因为我想我所有的努力已完全失败；我觉得那些对象，我形成的方式和方法都已被清除掉和陷入瘫痪。而尤为使我感到痛苦的，所有与我过从甚密的朋友，海因利希·迈耶尔和莫里茨，以及在同一意义上继续发挥作用的艺术家蒂施拜因和布里，都使我觉得在同样受到危害，我非常震惊。如果可能的话，我真想完全放弃对造型艺术的观察，诗歌艺术的创作；何处才有指望去超越那些价值非凡和形式粗暴的产品？人们应想想我的处境！

我试图去发展和表达我的至纯至正的观点，可我发现我被夹在阿尔丁海洛（《阿尔丁海洛》中的主人公）和弗朗兹·穆尔（《强盗》中的主人公）之间。

同样是从意大利回来的莫里茨，有段时间在我这里，他同我一样，这种想法越来越强烈。我规避席勒，那时他住在魏玛，与我毗邻。《堂·卡洛斯》的出版不宜于使我同他接近，我拒绝了那些与他和我同样接近的人的意愿，他们试图从中作些努力。这样，在一段时间之内我们不相往来，继续各自的生活。

他的《论优雅和尊严》一文同样不是使我和解的手段。那种把主体抬得如此之高的也同时显得狭窄的康德哲学，席勒是兴高采烈地接受下来；这个哲学发展了自然置入他本质中的那种不寻常的东西，他怀着自由和自主的极度情感，对伟大的母亲并不感恩，可她待他肯定不是后母般的。他不是独立地、生动地从最深处到最高处去进行观察，得出法则性的，而是把它与一些经验的人的本性分离开来。甚至我能够说明有一些严厉的段落就是直接指向我的，它们歪曲了我的信念；同时我感到，若是说的不与我有关，那还要更坏；因为那样一来，我们思想方法之间的巨大鸿沟会裂开得更深。

没有想到去进行接触。甚至知道去珍视席勒的高贵的达尔伯格，他的委婉劝说也无济于事，我反对任何接触的理由很难驳倒。

没有人会否认，精神上的两极之间距离远比地球直径要大，它们两方面都是作为一个极，因此也就不能相叠在一起。但在它们中间出现了一种联系，从下面发生的事情中显现出来。席勒迁到耶拿，我在那儿同样没有见他。在这同时，巴施通过难以想象的活动力图使自然研究协会的活动开展起来，这是基于多次会议，基于重要的机构而创建的。我一向出席它定期召开的讨论会；有一次我发现席勒在场，我们两人偶然地同时一道走了出来，开始了交谈，他似乎对报告人很关注，但却非常清晰与易懂地说道，用这样一种割裂方法来研究自然，根本不能激起热衷此道的业余爱好者的兴趣。这种说法令我高兴。

我回答说，这种方法甚至对行家也许都是不愉快的，但还有另外一种方法，不是把自然分离开来，分成一个个单一的，而是积极地和生动地把自然从整体到部分去加以描述。他希望我对此加以解释，但并不掩饰他对此的怀疑；他不承认我所强调的这样一种做法是来自经验。

我们到了他的住处，谈话吸引我走了进去；于是我兴致勃勃地阐述植物形态变化的学说，并用简略的几笔抓住特征，在他面前勾勒出一种有象征性的植物。他怀着极大的兴趣和决断的理解力，注视着观察着这一切；但当我讲完了，他却摇摇头说："这不是经验，这是一种观念。"我一怔，感到几分恼火；因为把我们分离开来的地方竟是如此明显。我又想到他在《论优雅和尊严》中的论点，旧的不快涌上心头，待要发作，可我使自己镇静下来，于是回答说："若是我有了观念，而不知道它，甚至亲眼看到了它还是不知道，这对我倒是一件有趣的事。"

席勒这个人比我有更多的生活智慧，更善于待人处世，他因为计划出版《季节女神》一事，想到的更多是吸引我而不是排斥我，于是以一个学识渊博的康德信徒的身份对此做了回答；由于我顽固的现实主义，时而引发起激烈的冲突，长时间的争论，随着就沉寂下来。两个人中没有一个人能认为自己是可以征服的。像下面的话使我感到十分不悦："按一种观念来衡量的经验，那怎么能算作是经验呢？因为观念的特征在于，一种经验是永远不能与观念完全相等的。"我认为是经验，他看作是一种观念，这样在两者之间就定然存在着某种中介的、相关的东西！第一步已经迈出了。席勒的吸引力是巨大的，他把所有接近他的人都抓得紧紧的；我赞同他的意图，答应向《季节女神》提供些我没有发表的东西；他的妻子——从她的童年起我向来就喜欢她和敬重她——对我与席勒之间的持续理解作出了她的贡献，双方的所有朋友都为此感到高兴。这样借助主体和客体之间巨大的也许不完全是谦逊的竞赛，我们缔结了一个同盟，它牢不可破地一直保持下来，给我们也给其他人带来某些益处。

在这次幸运的会见之后，我本性中所含有的哲学气质在随后的十年交往中逐步逐步地得到了发展；如果存在的这些困难引起了每一个行家注意的话，那就应想到尽可能去加以解释才对。因为这些人从一种更高的立足点去俯视人的理智的惬意的可靠性，这种理智是一个健康人天生就有的，他既不对对象和它们所关联的，也不对自身的权力怀疑，能去认识，去理解，去判断，去评价和去利用它们。这样的人肯定乐于承认，如果人们从事去描述向一种纯净的、自由的、自觉的状态——这有成千上万种——过渡，那这是在做一件几乎是不可能的事。谈不上是教育的台阶，但可是歧路、磨炼之路和隐蔽之路，是向更高一种文化的无意的跳动和活泼的跃高。

有谁能最后说，他一直都是在意识的最高领域里信心笃定地徜徉？在那里人们能极为从容不迫地、怀着犀利的和同样安详的注意力来观察外界，在那里人们同时以聪明的小心翼翼，以谦逊的审慎去把握内心，有着耐心的希望，一种真正纯粹的和谐的观照所应有的希望。难道不是世界使我们，不是我们自己使这样的时刻变得模糊不清？但我们可以去爱护虔诚的愿望，试着去亲切地接近达不到的，这是不被禁止的。

我们的表述首先取得的成功，要介绍给可尊敬的朋友们并同时介绍给为善和正义而奋斗的德国青年。

愿我们从他们之中能吸引和争取到新的参与者和未来的支持者！

（高中甫 译）

※ 与拿破仑的会见

我在上午十一时被召去谒见皇帝。

一个胖胖的侍卫官通知我稍待。

我被召进皇帝的房间。

在同一时间达鲁报到，他被立即召入。

我迟疑不定。

又一次召唤。

我走了进去。

皇帝坐在一张大圆桌旁用早餐；在他右边离桌子稍远的地方站着塔莱朗，在他的左边是达鲁，离得相当近，他正在同他谈赔款事宜。

皇帝招手让我走近些。

我在他面前的适当距离停下了脚步。

他仔细端详我之后，说道：您是个了不起的人。

我鞠了鞠躬。

他问：您多大岁数？

60岁。

您保养得很好——

您写了些悲剧。

我做了必要的回答。

这时达鲁说话了。此人曾使德国人遭受了那么多的痛苦，现在却来取悦他们了。他谈了德意志文学方面的事情；他对拉丁文学造诣很深，主编过贺拉斯的著作。

他谈起了我，跟我在柏林的那些宠爱者所说过的那些话有些相似，对他们的思想方法、心术至少我还是熟悉的。

他又补充说，我也从法文翻译过东西，是伏尔泰的《穆罕默德》。

皇帝说，这不是一部好的剧本，并十分详尽地分析了它是如何的拙劣。这个世界征服者本人对这部作品作了一个如此不利的描述。

他随即谈到他非常熟悉的《维特》。在表述一些非常正确的见解之后，他谈到书中的一个地方时说：您为什么这样写？这是不自然的；他详尽而完全正确地论述了他的意见。

我面带笑容倾听他的论述，微笑着回答说，我还不知道是否有人对我有同样的指责；但是我觉得他完全是对的，并且承认，小说的这个地方有些不真实。只是，我补充说，如果诗人为了引起某种效果，而且这种效果又是他在一种简单的自然的道路上所无法达到的，那他使用一种轻易发现不了的艺术手法，这也许是可以原谅的。

皇帝对此感到满意，又转而谈到戏剧，并且非常突出地谈道，一个人应当像刑事法庭的法官那样聚精会神地观看悲剧的演出，而他深深地感觉到法国的戏剧已经偏离了自然和真实。

他也谈到了他不喜欢的命运剧。命运剧是黑暗时代的东西。他说，人们现在同命运有什么可言的呢？政治就是命运。

他转身又走到达鲁跟前，同他谈起重大的赔款问题；我向后退了几步，正巧站在凸出的窗前，在30多年前，我就在这儿度过了处于某些快乐和悲哀之间的时刻，这期间我注意到，在我右边进门的地方，贝提埃、萨弗里还有一些别的人站在那里，塔列朗离得远一些。

索尔特元帅报到。

这个魁梧的人长着一头浓发，他走了进来，皇帝诙谐地问及发生在波兰的一些不愉快的事情，这使我有时间环视一下房间，想起昔日的往事。

这儿还是那些古旧的壁毯。

但墙上的画像都不见了。

这儿原来挂有一幅大公爵夫人阿玛莉亚的画像，她身着舞装，手里持着一个黑色的面具，其他的一些是高官和家族成员的画像。

皇帝起身朝我走来，示意我不要与其他人站在一起。

他背向那些人，温和地同我说话，他问我是否结婚了，有没有孩子，以及一些与个人有关的事情。同样地，他又问及了我与公爵一家的关系，也问及了老公爵夫人阿玛莉亚，公爵和公爵夫人以及其他情况；我很自然地做了回答。他看来很满意，并把我的话译成法语，只是他以一种比我更为果断的方式表达出来。

同时我得说，整个谈话中间，我不能不为他表示赞赏的种种不同表情而感到惊奇；他很少一声不响一动不动地倾听，他不是沉思颔首就是说"对"，或者说"这很好"，或者类似的话；我也不应当忘记补充，每当他说完话时，他总习惯地补充："歌德先生意下如何？"

我利用机会向宫廷侍卫长目询，我是否可以退出，他作了反应，于是我再没有说什么便告辞了。

（高仲甫 译）

兰姆

查尔斯·兰姆(1775—1834)，英国散文作家。他的诗作成就不高，最大的成就是随笔，后收为两个集子《伊利亚随笔集》和《后期随笔集》，有《万愚节》、《古旧的瓷器》、《退隐者》等名篇。

※ 兰姆自传

查尔斯·兰姆，1775年2月10日生于内殿法学院；在基督慈幼学校受教育；后在东印度公司会计室做职员；工作了33年，于1825年拿养老金退职；现在成了一位自由自在的绅士；想不起来一生中有何特异之处，只记得他有一回空手抓住一只正飞的燕子——说明手劲不小。身材在中等以下，脸型略似犹太人，不过宗教信仰可没有一点儿犹太色彩；口吃得很厉害，所以在与人谈话急切中说不出什么启迪人心的套话，倒能偶或迸出一句古怪的警句，或者一句蹩脚的双关语，因此就被人诬称为一个志在卖弄机智的人；其实，正像他曾对如此指责一个蠢人说的，这至少不比卖弄愚蠢差多少。他吃得少，喝得多；坦白说，对于杜松子酒有一种偏好；烟草也抽得很凶，但可以说像是一座熄灭的火山，仅仅冷不丁吐出一缕烟气儿。

他写过一篇散文故事，叫做《罗萨芒德·葛雷》；一部剧本习作，叫做《约翰·伍德维尔》；一篇《告别烟草歌》和其他一些杂诗，另有若干轻松散文，汇成薄薄的两卷八开本，号称他的文集，其实不过都是游戏之作而已；凡此种种，渎犯读者雅兴，罪过罪过。

他的真正文集倒是可以在铅厅街的大书架上找到，足足有一百部对开本之多。真正的伊利亚也是他，那些"随笔"就收在一两年前出的一卷小书里；他使用的那个没意思的笔名倒是众所周知，但他用自己本名所写的一切或者可能指望写的一切却全都湮没无闻。大约15年前，他还出过一部叫做《莎士比亚同时代的英国戏剧家作品选萃》，曾率先吸引读者注意英国的一些古老戏剧家。总而言之，要想把他的成就和缺点全都列举出来，就得把厄普考特先生那部书看到底，而且即便如此也未必能说得正确。

他于18……年去世，哀哉！

空口无凭，亲笔为证。

查尔斯·兰姆

1827年4月18日

巴尔扎克(1799—1850)，法国作家。
他一生勤奋不懈，完成了伟大的著作《人间喜剧》，
这部套书中包括了《欧也妮·葛朗台》、《高老头》等多部杰作。

※ 谈谈艺术家

  在我们提出的有关艺术尊严这一相当重要的问题中，有一些看法可以说是与艺术家本人有关，现在我们先来研究一下，艺术家在社会上所遇到的许多困难，来自艺术家本身，因为凡是不符合凡夫俗子的一切，便会挫伤凡夫俗子，使他感到拘束，感到不满。

  不管艺术家的有力是由于他把人所共有的智能不断运用加以锻炼；不管他

所施的威力来自大脑的畸形发展，不管天才是人的一种病，犹如明珠之于河蚌；也不管他的身世是替一部著作下注，是替得之于天铭刻在心中的某一独特思想下注，大家公认艺术家本人并不知道自己的才能的秘密。他的行动是受某些环境所支配，而各种环境的组合正是问题的奥妙之处，艺术家自己做不了主。有一种力量变幻莫测，非常任性，他就是这种力量的玩弄对象，由它摆布。

　　某一天，吹来一阵风，一切都放松，连他自己都不觉得。即使能得到高官厚禄，百万资财，他也不拿起画笔，不塑蜡制模，哪怕是片段，不写作，哪怕是一行；如果他尝试的话，那么不是他自己在拿画笔，拿蜡或写字的笔，而是另一个人，是他的第二个他，完全像他的人，那个骑马的，爱说趣话的，嗜酒贪睡的，狗嘴里吐不出象牙胡言乱语倒很聪明的人。

　　某一天晚上在街头，某一天清晨起身的时候，或是在寻欢作乐狂饮的席上，会发生这样的事：一团热火触及这个脑门，这双手，这个舌头；一个字马上就能唤起种种念头；这些念头在滋生、成长、激动。悲剧、绘画、雕塑、喜剧，它们显露的是匕首、色彩、形象和风趣。这是一种幻象，如此短促，转眼即逝，如生死一般；这是像深渊的深不见底，滔滔白浪的壮丽；这是耀眼的丰富的色彩；这是一座群像，无愧于比格马利昂（神话传说中的古代雕塑家，他爱上了自己所作的女神雕像，后爱神维纳斯给雕像以生命，使之与雕塑家成婚），得此绝代佳人，能迷住魔鬼的心窍；这是一个发噱的场面，病入膏肓的垂死者也为之解颐；那些就是艺术家的劳动，把所有的炉火烧得通红；寂静与孤独打开它们宝藏的门；天下无难事，没有不可能，最后是孕育所带来的，掩盖分娩的剧痛的孕育所带来的喜悦，心醉神迷。

　　艺术家就是这样的人：他是专横的意志的驯服工具，听从这一主子的命令，有人以为他自由自在，其实他成了奴隶；有人看见他兴奋激动，如癫如狂，纵情声色，其实他既无力量，又无主见，等于死人。这种连续不断的对照出现在他的庄严的权力中，虚无的生命中，他永远是一个神或者永远是一具尸体。

　　想从思想的产物上投机牟利的，大有人在，多半是贪得无厌。寄托在纸上的这种盘算，从来不会那样迅速地成为事实。由此艺术家所许的诺言很少能兑现；由此招来了责难，因为这些在铜钱里翻筋斗的家伙不会理解从事思想工作的人，社会上的人以为艺术家经常能够创作，就像办公室内的仆役每天早上拂去办事员的文条上的灰尘那样容易。由此，也招来了贫困。

不错，一种思想往往是个宝藏，但是这些思想，像分布在地球上的金刚石矿一样稀少。需要长时间地去寻找，或者说等待它们要妥当些；需要在无边无际汪洋大海一般的冥思默想中航行探索，测出深度，一件艺术品是一个具有威力的思想，其威力的程度相当于发明彩票，相当于给全世界带来蒸气的物理观察，相当于生理分析，用以替代在调整和比较事件时所用的旧框框。因而，一切来自智慧的行动，不分高下，并驾齐驱，拿破仑是和荷马同样伟大的诗人；拿破仑写了诗就像荷马打了仗。夏多布里昂是和拉斐尔同样伟大的画家，而普桑是和安德烈·歇尼埃同样伟大的诗人。

所以，对于一个牧人，在木块上雕了一个非常美妙的女像，说："是我发现的！"一个牧人，一个在对他并不存在的事物中，在无人知晓的领域中作探索的人，归根结底，也就是对于艺术家，外在世界无足轻重！在神奇的思想领域中所见的一切，他们的叙述从来是不忠实的。柯累乔在创作他的圣母像很久以前，早就赞叹他的圣母光艳照人，使他陶醉在这无上的幸福中。像伊斯兰教的国王一样，只是在自己畅美地享受以后才把这个形象交给你们。当一个诗人，一个画家，一个雕塑家，赋予他们的作品以强有力的真实性，那是因为创作的意图和创作的过程是同时实现的。这样的作品才是艺术家最优秀的作品，至于他们自己特别珍惜的作品，恰恰相反，总是最拙劣的，因为他们和理想的形象早就相处已久，感受过深，反而难以表达了。

艺术家在捕捉思想时所感到的幸福是无法形容的。据说牛顿有一天早晨思考问题，到了第二天早晨，有人发现他保持着同样的姿态，而他本人还以为在上一天。关于拉封丹和卡尔当，也有人提起过类似的实例。

艺术家的创造力变幻莫测，难以捉摸，除此以外，艺术家所特有的这种心醉神迷的快乐，正是招致社会上讲求实际的人的非难的第二个原因，在这些狂热的时刻里，在这些漫长的苦思中，任何杂念不能触及他们，任何金钱的考虑不能使他们动心：他们忘了一切。德·高尔比埃的话，在这一点上，是千真万确的。是的，艺术家常常只要有"水和面包"就行了。但是，当思想经历了长征，当艺术家和幻想中的人物在寂寞中，在魔术的殿堂里居住以后，他比任何人更需要享受文明为有钱的人和游手好闲的人所创造的舒适的生活。他需要一位莱奥诺尔公主，像歌德替塔索所安排的莱奥诺尔公主那样，关心艺术家的锦绣外套，花边衣领，正是由于经常运用这种出神入化的能力，漫无节制，正是由于对追求的目标深思静观，孜孜不倦，伟大的艺术便招来贫困，潦倒终身。

如果存在着值得世人感激的业绩，那就是某些女性出于至诚，忠心耿耿，关注与爱护这些光辉的人物，这些拥有世界却没有面包的盲瞽。如果荷马遇到像安提戈涅那样的一个女子，也许她也分享盛名，流芳万世。拉·福尔纳丽娜和拉·莎布里埃夫人，她们至今还在使所有爱好拉斐尔和拉封丹作品的人们深受感动，感激不尽。

由此可见，首先艺术家不是一个，按照黎希留的说法，一个利禄之徒，他不是满脑袋贪图财富的商人。他之所以为钱奔波，只是为救燃眉之急；因为吝啬即是天才的死亡。一个创造者所需要的应该是满腔热情；慷慨赠与，哪能容得如此卑鄙的思想。他的得天独厚的才能就是他的连续不断的贡献。

其次，艺术家在常人心目中是一个懒汉；这两种古怪的现象，都是漫无节制地深思冥搜的必然后果，是两种缺陷，加之一个有才能的人几乎总是来自人民。膏粱子弟，王孙公子，养尊处优，豪华奢侈，已成习惯，不会去选择这一困难重重令人心灰意懒的生涯，纵然他也喜爱艺术，但在他跨进社会朝欢暮乐的享受中，这种艺术感情会失去锐气，变为迟钝。

于是，有才华的人原先的双重缺陷之所以特别令人厌恶，正是因为它们，由于他的社会地位，似乎被人看做是懒惰和以贫傲人的结果；居然有人把他的劳动时间目为偷闲，把他的不求名利，视为无能。

但是这都还算不了什么。一个人习惯于把自己的心灵当做镜子，让整个宇宙反映在镜中，让不同的地域和风俗，让不同的人物和欲念，呼之即来挥之即去随心所欲地呈现在镜中，这样的一个人必然缺乏我们称之为"性格"的那种逻辑和固执。他有点儿像"窑姐"（恕我说话粗鲁），他像孩子一般，什么东西使他惊异，他就热爱它，着了迷。他体会一切，体验一切。看到人类生活中正反两面的这种高度的洞察力，庸俗的人却称之为判断错误的谬论。因而，艺术家在战斗中可能是个胆小鬼，在断头台上却很英勇；他可能把心爱的情妇当做偶像那样崇拜，后来又并无显著的理由把她遗弃；他对傻瓜们所迷恋的，奉为神圣的最最愚蠢的事表示自己的意见，天真淳朴；他可能毫不在乎自动拥护任何一个政府的人，或是成为一个激进的共和党人，在人们所谓的"性格"中，他表现的却是创作思想的不固定性，他有意识地一任自己的躯体受到世事变幻的摆布，因为他的心灵飞翔在高空，始终没有停止过。他行走，脚在地上，头在天空。他既是赤子，又是巨人。"利禄之徒"一起床就满心希望去看看有声望的人是怎样穿衣打扮的，或是去向上司卑躬屈膝，曲意奉承，他们多么得意啊，面对着这种种永恒的矛盾，出现在一个出身卑微，生活艰难的孤独者身上的这种种永恒的矛盾！他们只等此人呜呼哀哉，成为伟人，然后跟在灵柩后替他送殡。

不仅如此而已，思想可以说是反自然的东西。在太古时代，人类只限于"外在的生活"。而各种艺术，却是思想的滥用。这一点我们没有觉察到，因为我们接受两千年以来的文化遗产就好像后代子孙继承了巨大的财富，却没有想到祖先为积聚这笔家产所付出的辛勤劳动；所以我们不应该忽视，如果我们真正想要很好地理解艺术家，他的不幸和他在世俗生活中养成的乖僻，我们不应该忽视艺术中有超自然的东西，不可思议，最美的作品从来不被人理解。

甚至连作品的淳朴也是一种抗力，因为欣赏的人必须知道谜底。广施于内行的人的精神享受，原来隐藏在一所庙堂中，不是随便什么人都会说："芝麻，你开门吧！"

因此，为了把我们的见解，艺术家自己和外行都不大注意的这种见解表达得更有逻辑性，那么我们就试一试吧，说明一下艺术作品的目的。

塔尔玛才说几个字，便把两千观众的心灵引到同一种感情上去，全场激动。这几个字，是无边无际的象征，这几个字，是一切艺术的综合。他只用一个表情就概括了这一史诗场面的全部诗意。在每个观众的想象中，便有了画面或情节，被唤醒了的形象和深刻的感觉。艺术作品就是这样。它在最小的面积上聚积了最丰富的思想，它类似总结、概括，然而愚蠢的人，他们又是多数，居然妄想一下子就能看出是部杰作。其实连"芝麻，你开门吧！"这个秘诀还不知道；他们只能对门欣赏，隔靴搔痒。这就是为什么多少诚实的人只去过一次歌剧院或美术馆，便发誓说，下次再也不上当了。

　　艺术家的使命是要捉住距离最远的事物的内在联系，是要化平凡为神奇，把两件普通的事物接近靠拢，以期收到惊人的效果，这样的艺术家似乎经常在胡言乱语，不合情理。许许多多人都看是红的，他呢，却看出是蓝的，他对事物的底蕴，事物的内在原因，有如此深入的体会，竟使他欢呼祸患，诅咒佳丽；他赞扬某种缺点，他为某种罪行辩护；他具有疯病的各种迹象，因为他采用的手段越是接近目标，看起来好像离目标越远。整个法兰西讥笑拿破仑在布洛涅军营中布置的核桃壳般大小的小艇，15年后我们才知道英国从来没有像当时那样更接近毁灭的边缘。只是在这个巨人垮了以后，全欧洲才认识到他最大胆的图谋。因此有才能的人整天被看做傻子，大智若愚，在交际场中红极一时的人把他看得毫无用处，只能当个杂货店里的小伙计。其实他的精神看得很远，而世人认为如此重要的身边琐事反倒看不见，他正在和未来交谈。于是，他的妻子便说他是个笨蛋。

雨果

维克多·雨果(1802—1885)，法国作家。
早期政治上保守，文学上受古典主义和夏多布里昂影响。
他以丰富的戏剧、诗歌以及小说创作显示出浪漫主义文学的实绩，
主要代表作品有《悲惨世界》、《笑面人》、《九三年》等。

※ 巴尔扎克葬礼上的悼词

各位先生：

方才入土的人是属于那些有公众悲痛送殡的人。在我们今天，一切虚构都消失了。从今以后，众目仰望的不是统治人物，而是思维人物。一位思维人物不存在了，举国为之震动。今天，人民哀悼的，是死了有才的人；国家哀悼的，是死了有天才的人。

各位先生，巴尔扎克的名字将打入我们的时代，给未来留下光辉的线路。

巴尔扎克先生参与了19世纪以来在拿破仑之后的强有力的作家一代，正如17世纪一群显赫的作家，涌现在黎希留之后一样——就像文化发展中，出现了一种规律，促使精神统治者继承了武力统治者一样。

在最伟大的人物中间，巴尔扎克是第一等的人；在最优秀的人物中间，巴尔扎克是最高的一个。他的理智是壮丽的、颖特的，成就不是眼下说得尽的。他的全部书仅仅形成了一本书：一本有生命的、有光亮的、深刻的书，我们在这里看见我们的整个现代文化走向、来龙去脉，带着我说不清楚的、和现实打成一片的惊惶与恐怖的感觉。一部了不起的书，他题作喜剧，其实就是题作历史也没有什么，这里有一切形式与一切风格，超过塔席特，上溯到徐艾陶诺，经过博马舍，上溯到拉伯雷；一部又是观察又是想象的书，这里有大量的真实、亲切、家常、琐碎、粗鄙，但是骤然之间就是现实的帷幕撕开了，留下一条宽缝，立时露出最阴沉和最悲壮的理想。

愿意也罢，不愿意也罢，同意也罢，不同意也罢，这部庞大而又奇特的作品的作者，就在自己不知道的时候，加入了革命作家的强大的行列。巴尔扎克笔直地奔到目的地，抓住了现代社会肉搏。他从各方面揪过来一些东西，有虚象，有希望，有呼喊，有假面具。他发掘恶习，解剖热情。他探索人、灵魂、心、脏腑、头脑与各个人有的深渊。

巴尔扎克由于他天赋的自由而强壮的本性，由于理智在我们的时代所具有的特权，身经革命，更看出了什么是人类的末日，也更了解什么是天意，于是面带微笑，心胸爽朗，摆脱开了那些令人望而生畏的研究，不像莫里哀，陷入忧郁，也不像卢梭，起憎世之心。

这就是他在我们中间的工作。这就是他给我们留下来的作品、高大而又坚固的作品、金岗岩层的雄伟的堆积、纪念碑！从今以后，他的声名在作品的顶尖熠熠发光。伟大人物给自己安装座子，未来负起放雕像的责任。

他的去世惊呆了巴黎。他回到法兰西有几个月了。他觉得自己快要死了，希望再看一眼祖国，就像一个人出远门之前，要吻抱一下自己的亲娘一样。

他的一生是短促的，然而也饱满的；作品比岁月还多。

唉！这强有力的、永不疲倦的工作者，这哲学家，这思想家，这诗人，这天才，在我们中间，过着暴风雨的生活，充满了斗争、争吵、战斗、一切伟大人物在每一个时代遭逢的生活。今天，他安息了。他走出了纷扰与仇恨。他在同一天步入了光荣，也步入了坟墓。从今以后，他和祖国的星星在一起，熠耀于我们上空的云层之上。

你们站在这里，有没有羡忌他的心思？

各位先生，面对着这样一种损失，不管我们怎样悲痛，就忍受一下这些重大打击吧。打击再伤心，再严重，也先接受下来再说吧。在我们这样一个时代，不时有伟大的死亡刺激充满了疑问与怀疑论的心灵，因而对宗教发生动摇；这也许是适宜的，这也许是必要的。上天使人民面对着最高的神秘，对死亡加以思维，知道自己做的是什么。死亡是伟大的平等，也是伟大的自由。

上天知道自己做的是什么，因为这是最高的教训。一个崇高的心灵，气象万千，走进另一世界，他本来扇着天才的看得见的翅膀，久久停在群众的上空，忽而展开人看不见的另外的翅膀，骤然投入了不可知。这时候个个人心所能有的，只是庄严和严肃的思想。

不，不是不可知！不，我在另一个沉痛的场合已经说过了，我就不疲倦地再说一遍吧：不，不是夜晚，而是光明！不是结束，而是开始！不是空虚，而是永生！你们中间有谁嫌我这话不对吗？这样的棺柩，表明的就是不朽。面对着某些显赫的死者，人更清清楚楚地感到这种理智的神圣命运，走过大地为了受难、为了洗净自己。大家把这种理智叫做人，还彼此说："那些生时是天才的人，死后就不可能不是灵！"

1850年8月20日

※ 巴尔扎克之死

1850年8月18日，我的妻子曾在白天去看望德·巴尔扎克夫人，她对我说，德·巴尔扎克先生奄奄一息。我直奔他那里。

德·巴尔扎克先生一年半以来染上了心脏肥大症。二月革命以后，他到了俄国，在那里结了婚。他动身前几天，我在大街上遇到他；他已经叫苦不迭，大声地喘息。1850年5月，他回到法国，结了婚，变得富有，却行将就木。回来时他已经双腿肿胀。四个会诊的医生给他听诊。其中一个即路易先生7月6日对我说：他活不过六个星期。这和弗雷德里克·苏利埃患的是同一种病。

8月18日，我跟我的叔叔路易·雨果将军共进晚餐。一散席，我便与他分手，乘上一辆出租马车。马车把我送到博永区福蒂内林阴大道十四号。德·巴尔扎克先生就住在那里。他买下德·博永先生的公馆的残留部分，这座低矮住宅的主要部分出于偶然才避免拆毁；他把这些破房子用家具布置得富丽堂皇，使之变成一幢迷人的小小公馆，大门面临福蒂内林荫大道，一个狭长的院子当做小花园，小径这里那里切割开花坛。

我按了按铃。月光蒙上了乌云。街道阒无人影。没有人来开门。我按了第二次铃。门打开了。一个女仆手拿蜡烛，出现在我面前。

"先生有何贵干？"她问。

她在哭泣。

我报了自己的名字。女仆让我走进底层的客厅，在壁炉对面的一个托座上，放着大卫的巴尔扎克大理石巨大胸像。一支蜡烛在客厅中央的椭圆形华丽桌子上燃烧着，这张桌子以六个式样至善至美的金色小雕像作为支脚。

另一个也在哭泣的女人来对我说："他已奄奄一息。夫人回到自己房里。医生们从昨天起已撒手不管他了。他左腿有个伤口。生的是坏疽。医生们束手无策。他们说，先生的水肿是像猪肉皮似的水肿，是浸润性的，这是他们的话，皮和肉就像猪肉，不可能为他做穿刺术。嗨，上个月先生就寝时撞上一件有人像装饰的家具，皮肤划破了，他身体内所有的水都流出来。医生们说：哎呀！这使他们吃惊，从那时起，他们给他做穿刺术。他们说：按常规办事吧。但腿上又生了个脓肿。给他动手术的是鲁先生。昨天，起掉了器械。伤口不出脓，但发红、干燥、火辣辣的。于是他们说：他完了！便再也不来了。派人去找了四五个医生，都白费力气。所有的医生都回答：没有办法。昨夜情况恶化。今天早上6点，先生不能说话了。夫人派人去找教士。教士来了，给先生做了临终涂油礼。先生示意他明白了。1小时以后，他握了他妹妹德·舒维尔夫人的手。11个小时以来，他发出嘶哑的喘气声，再也看不见东西。他过不了今夜。如果您愿意，先生，我会去找德·舒维尔夫人，她还没有睡下。"

这个女人离开了我。我等了一会儿。蜡烛刚刚照亮客厅富丽的陈设和挂在墙上的波布斯以及霍尔拜因的出色绘画。大理石胸像好似不久于人世那个人的幽灵那样，朦朦胧胧伫立在昏暗中。一种尸体气味充满了屋子。

德·舒维尔夫人进来了，给我证实了女仆告诉我的一切。我要求见见德·巴尔扎克先生。我们穿过一个走廊。登上铺着红地毯和摆满艺术品——瓷瓶、雕像、油画、搁着珐琅制品的餐具橱的楼梯，然后是另一道走廊，我看到一扇打开的门，我听到很响的不祥的嘶哑喘气声。我来到巴尔扎克的卧房。

一张床放在这个房间的中央。这是一张桃花心木床，床脚和床头有横档和皮带，表明这是一件用来使病人活动的悬挂器械。德·巴尔扎克先生躺在这张床上。他的头枕在一堆枕头上，人们还加上从房间的长靠背椅拿来的锦缎靠垫。他的脸呈紫色，近乎变黑，向右边耷拉，没有刮胡子，灰白的头发理得很短，眼睛睁开，眼神呆滞。我看到侧面的他，他这样酷似皇帝。

一个老女人，是女看护，还有一个男仆，站在床的两侧。枕后的桌上一支蜡烛燃烧着，另一支放在门旁的五斗柜上。一只银壶放在床头柜上。

这个男人和这个女人怀着某种恐怖默默无言，倾听着垂危病人大声嘶哑地喘息着。

枕头边的蜡烛强烈照射着挂在壁炉旁粉红色和露出微笑的一幅年轻人肖像。

一股难以忍受的气味从床上冒出来。我掀开毯子，捏住巴尔扎克的手。它布满了汗。我捏紧这只手。他对挤压没有回应。

1个月前，正是在这同一个房间，我来拜访他，他很高兴，满怀希望，不怀疑会复原，笑着指出他的肿胀。

我们对政治谈论和争论得很多。他责备我"蛊惑人心的宣传"。他是正统主义者。他对我说："您怎么能这样平静地放弃这个仅次于法国国王头衔的最美的法国贵族院议员头衔呢？"

他这样对我说："我拥有德·博永先生的房子，除去花园，但加上街角那座小教堂的圣楼。我的楼梯上有扇门开向教堂。钥匙一转，我就能做弥撒。我更看重圣楼而不是花园。"

我跟他分手时，他送我走到这道楼梯，他走路很艰难，给我指出这道门，他对妻子喊道："尤其要让雨果看看我所有的画。"

女看护对我说："他在天亮时就会断气的。"

我下楼时脑际带走这苍白的脸；穿过客厅时，我又看到一动不动、冷漠无情、傲视一切、隐约闪光的胸像，我将死和不朽作比较。

回到家里，这是一个星期天，我看到几个人在等我，其中有土耳其代办黎查-贝，西班牙诗人纳瓦雷特和意大利流亡者阿里瓦贝纳伯爵。我对他们说：诸位，欧洲即将失去一个伟才。

他在夜里与世长辞，享年51岁。

下葬是在星期三。

他先停放在博永小教堂，他经过这扇门：唯有这扇门的钥匙，对他来说，比以往的包税人所有的天堂似的花园更为宝贵。

他谢世那一天，吉罗雕塑他的肖像。人们本想浇铸他的面具，但是无法做到，面孔毁坏得很快。他去世的第二天早上，赶来的模塑工人发现脸孔已毁败，鼻子塌倒在脸颊上。人们把他放进包铅的橡木棺材里。

宗教仪式是在圣菲利普—杜—鲁勒教堂进行的。我站在灵柩旁边寻思，我的二女儿就在这里洗礼的，从那天以后，我没有再看过这个教堂。在我们的记忆中，死亡连接出生。

内政部长巴罗什前来参加葬礼。在教堂里他坐在我旁边，追思台前面，他不时同我交谈。

他对我说："这是一个杰出的人。"

我对他说："这是一个天才。"

送葬行列穿过巴黎，经过大街来到拉雪兹神甫公墓。我们从教堂出发和到达墓园时，雨滴往下飘落。这一天，老天爷似乎也洒落几滴眼泪。

我走在灵柩前头的右边，手执柩衣的一根银色流苏。大仲马在另一边。

我们来到山冈上居高临下的墓穴时，那里有一大片人，道路崎岖不平而又狭窄，几匹马艰难地往上爬，要拉住往下坠的灵柩。我被挤在一只车轮和一座坟墓之间。我差点被车压着。站在坟茔上的观众抓住我的肩膀，把我提到他们身旁。

整个路程我们都是步行。

人们把灵柩放到墓穴里，这个墓穴与沙尔·诺迪埃和卡齐米尔·德拉维涅为邻。教士念了最后的祈祷，我说了几句话。

在我讲话时，太阳西沉。整个巴黎在我看来处在远处落日辉煌的雾气中。几乎在我脚边，泥土崩塌落在墓穴里，我的讲话被跌落在灵柩上的泥土沉闷的响声打断了。

（姚远 译）

※ 微笑本身就含有曙光

100年前他死了，但他的灵魂却是不朽的。他离开人世，满载着世间的成就及最光荣、最艰巨的责任，使人类的心灵得以充实、向善。他死时，被过去的人诅咒，为未来的人所祝福，然而这也是荣耀的两种最高表现，一方面为当代人及子孙歌功颂德，另一方面却也免不了因生前的追逐名利而招致憎恶。他不只是一个人，而是代表一个时代，由于他得以完成时代的使命，无疑地，借着上帝的意志，在命运及自然的法则下完成了他该做的工作。

他共活了84岁，其间刚好是从专制政体的巅峰到革命的萌芽阶段。他出生时，路易十在位，死时，路易十六已登基，因此，他的摇篮看见一个伟大的王朝的余晖，而他的棺木则目睹另一个朝代的曙光。

法国大革命前，社会的结构是：人民在最下层，人民之上是以牧师为代表的宗教；与宗教平行的是公理，由官吏们代表。而那时的人类社会，人又算什么呢？都是一些无知之辈。宗教呢？无法令人忍受。正义在哪里？或许是我扯得太远了！

让我举两件事实说说吧，它们很具有代表性。

1761年10月13日，在法国南部的图卢兹城，有位青年被发现在一栋房屋的底楼上吊了，群众从四面八方涌集过来，牧师在一旁怒骂，法官在做调查。事实上这只不过是一件自杀案，理由何在？为了宗教！谁是凶手呢？死者的父亲。因为他是法国新教徒，想阻止儿子成为天主教徒，这是道德上所不允许的罪行，因此，是这位父亲害死了他的儿子，按照正义是这样定结果的。接着在1762年的3月间，一个白发老翁，全身赤裸，四肢摊开，被绑在一个轮子上，头发在空中。绞台上有3个人，一个叫大卫的是执行这场处决的法官，一个是手握十字架的牧师，还有拿着铁刀的刽子手，犯人眼光失神而恐慌地看着刽子手。刽子手一刀砍掉了他一条手臂，犯人呻吟着昏过去，法官上前让犯人呼吸氨水，让他清醒过来，然后又是一刀，犯人再昏过去，然后又被弄醒。就这样，四肢被砍了8刀，受了8次折磨，牧师才拿十字架让他吻别，最后，刽子手用刀末厚柄将他压死。

他死后，青年自杀的证据十足，但是另一个凶杀已构成，所有的裁判都是凶手。

另一个事实发生在3年后，即1765年。在一个暴风雨夜后的第二天，人们在桥面上发现一个被虫蛀过的木头十字架，那是300年来一直都钉在桥边栏杆上的。到底是谁做了这件亵渎神圣的事，把十字架摔在地上？谁也不知道，或许是路人，或许是风。但是主教却发布了一道命令，他说他知道这件事是有人蓄意做出来的坏事，肇事者是两个男人，在当天晚上经过桥时，喝醉了酒，口中唱着歌，把十字架扔在地上。

审判团组成后，就下令逮捕这两个人，其中一人逃了，另一人被捉，他否认曾路过那座桥，不过唱歌倒是真的，但还是被判刑。审判团开始加刑于他，并要他供出同犯，受刑中，他的一个膝盖断了，逼他口供的人听到他的骨头断了的声音还昏了过去。隔天，他被送往刑场，双手被砍掉，舌头也被刺穿，最后，头被砍下掷入火中。就这样，才19岁的青年就被处死了。

伏尔泰啊！对这种判决，是你发出了惊吓的叫声，那就是你永久的光荣啊！

你反抗专制、暴政，反抗骇人的裁判，你成功了！一代的伟人啊！你将永远为人所祝福！上面我所提的事，发生在巴黎上流社会里，人们来来往往，生活非常愉快，眼睛既不朝上看，也不往下看，每个人的冷漠变成一种快乐。诗人写他们的优雅的诗句，宫廷充满了喜庆，才子辈出，人们根本就不管发生了什么事，但却因宗教的严苛，使一个老人死于车轮上，另一个年轻人却因唱了一首歌就被刺穿舌头。

值此虚浮而又黑暗的社会，伏尔泰却能独自给予这些权势、宫廷、贵族等致命的一击。还有那些盲目的群众，对下苛刻、对上卑恭、压榨人民、谄媚皇帝的官吏，以及虚伪的牧师，伏尔泰能独立对这群社会的邪恶挑战。他的武器是什么呢？那便是轻巧如风，却有雷霆般力量的笔。

他用笔去奋战，也因为他的笔而获胜。

让我们来赞颂他的伟大事迹吧！

伏尔泰在从事一种最辉煌的战争：一人对众人，思想对事实，理智对偏见，公平对不公平之战，被压迫者对抗压迫者之战，是为了美、为了善而战。他有女人的温柔，也有英雄的愤怒，他的心智伟大，心胸宽广。

他战胜了旧信条，征服了封建王公、天主教法官及罗马教牧师。他提高民众的自尊，他教导、安抚人民，并使他们渐趋文明；他为那些受冤者而战，无视一切胁迫、愤怒、诽谤、迫害及放逐，他不屈不挠。他用微笑来征服暴力，用嘲讽来战胜暴政，用反讽来克制权威，用坚毅打败顽固，用真理击倒无知。

刚刚我提到"微笑"这个词，是的，它是伏尔泰惯用的。他的另一个伟大之处就是他能抚慰一切事情，本来他在生气，最后愤怒总会消失，开始时激动，也终归平静，然后在他深沉的眼睛中，就露出微笑。

微笑代表智慧，微笑也就是伏尔泰，有时会变成大笑，但总被哲学的哀思平息下来。趋向强者就成嘲笑，趋向弱者变成安慰。它使压榨百姓的人不安，反使被压迫者有信心。它对在上者是嘲弄，对在下者则是同情。啊！让我们因那个微笑而感动吧！微笑本身就含有曙光，照亮了真理、正义、善良及一切有益之物，它使迷信一扫而光，那些丑陋的事情应该去看看他现出的微笑啊！它不但明亮，而且深具其功用，因为在新的社会里，人人平等，本着博爱、互相容忍、互助互惠的精神，人人都有权利及理智，消除偏见，维持社会和谐安宁等，这些都出自于那伟大的微笑。

我也确信，不久终有这么一天，当智慧与仁慈两者被视为一体，当在位者宣布大赦时，在天上的伏尔泰也将再度微笑。

耶稣基督与伏尔泰相隔了1800年，但在人道主义上，两人却不谋而合。

这就是伏尔泰的所作所为，也是伟大的举动。

以上我说了伏尔泰本人的事，下面我将谈到他所处的时代。

通常伟人是很少独个儿出现的。在当时，伏尔泰的四周也聚集着有识之士，18世纪的顶尖人物，孟德斯鸠、布丰、博马舍及在他之后的卢梭和狄德罗。这些思想家教导人们去运用理智，好的思考能导致好的行动，理智的公正能使心胸公正。虽然这些具有震撼性的作家都死了，但他们的灵魂永在，那就是革命。不错，法国大革命就是他们的灵魂，就是他们辉煌的成就，在这个结束过去、开启未来的伟大事件中，我们到处都可找到他们。

在历史中，以人名来称呼年代的，大概只有希腊、意大利和法兰西3个民族，例如伯里克利时代、利奥十世时代、路易十四时代、伏尔泰时代，这些称呼具有重大的意义，也是文明的最高标志。除了伏尔泰之外，其他都是一国之长，但伏尔泰却高于一国之长，而是理想的领袖，新世纪因他而始，从此将走入民主世界，以前文明即暴力，但以后将变成理念、王权及武力都为真理之光所取代，这就是由专制变成自由。此后，人权和个人的良知就是最高的法律，人们一面享受权利，一面也尽其义务。

这就是伏尔泰时代的意义，也是神圣的法国大革命的意义。

让我们转向伏尔泰吧！让我们在他的墓前鞠躬吧！让我们记住他的忠告吧！虽然他在100年前已死，但他的成就是不朽的。也让我们记住其他伟大的思想家的忠告吧！让我们停止流血事件吧！

够了！够了！专制政治！野蛮主义早该消灭，让文明兴起吧！让18世纪来拯救19世纪！那些哲学家们都是真理的门徒，在独裁者欲发动战争之前，让他们宣布人类生命权及良知的自由权，还有理性的崇高、劳力的神圣、和平和祝福。既然王权表示黑夜，就让光明从那些死者的坟墓中射出来吧！

※ 悼念乔治·桑

我为一位死者哭泣，我向这位不朽者致敬。

昔日我曾爱慕过她，钦佩过她，崇敬过她，而后，在死神带来的庄严肃穆之中，我出神地凝视着她。

我祝贺她，因为她所做的是伟大的；我感激她，因为她所做的是美好的。我记得，曾经有一天，我给她写过这样的话："感谢您，您的灵魂是如此伟大。"

难道说我们真的失去她了吗？

不。

那些高大的身影虽然与世长辞，然而他们并未真正消失。远非如此，人们甚至可以说他们已经自我完成。他们在某种形式下消失了，但是在另一种形式中犹然可见。这真是崇高的变容。

人类的躯体乃是一种遮掩。它能将神化的真正面貌——思想——遮掩起来。乔治·桑就是一种思想，她从肉体中超脱出来，自由自在，虽死犹生，永垂不朽。啊，自由的女神！

乔治·桑在我们这个时代具有独一无二的地位。其他的伟大都是男子，唯独她是伟大的女性。

在本世纪，法国革命的结束与人类革命的开始都是顺乎天理的，男女平等作为人与人之间平等的一部分。一个伟大的女性是必不可少的。妇女应该显示出，她们不仅保持天使般的禀性，而且还具有我们男子的才华。她们不仅应有强韧的力量，也要不失其温柔的禀性。乔治·桑就是这类女性的典范。

当法兰西遭到人们的凌辱时，完全需要有人挺身而出，为她争光载誉。乔治·桑永远是本世纪的光荣，永远是我们法兰西的骄傲。这位荣誉等身的女性是完美无缺的。她像巴贝斯一样有着一颗伟大的心；她像巴尔扎克一样有着伟大的精神；她像拉马丁一样有着伟大的灵魂。在她身上不乏诗才。在加里波第曾创造过奇迹的时代里，乔治·桑留下了无数杰作佳品。

　　列举她的杰作显然是毫无必要的，重复大众的记忆又有何益？她的那些杰作的伟大概括起来就是"善良"二字。乔治·桑确实是善良的，当然她也招来某些人的仇视。崇敬总是有它的对立面的，这就是仇恨。有人狂热崇拜，也有人恶意辱骂。仇恨与辱骂正好表现人们的反对，或者不妨说它表明了人们的赞同——反对者的叫骂往往会被后人视为一种赞美之辞。谁戴桂冠谁就招打，这是一条规律，咒骂的低劣正衬出欢呼的高尚。

　　像乔治·桑这样的人物，可谓公开的行善者，他们离别了我们，而几乎是在离逝的同时，人们在他们留下的似乎空荡荡的位子上发现新的进步已经出现。

　　每当人间的伟人逝世之时，我们都听到强大的振翅搏击的响声。一种事物消灭了的，其实是永远不会熄灭。这火炬燃得比以往任何时候更加光彩夺目，从此它组成文明的一部分，从而屹立在人类无限的光明之列，并将增添文明的光芒。健康的革命之风吹动着这支火炬，并使它成为燎原之势，越烧越旺，那神秘的吹拂熄灭了虚假的光亮，却增添了真正的光明。劳动者离去了，但他的劳动成果留了下来。

　　埃德加·基内逝世了，但是他的高深的哲学却越出了他的坟墓，居高临下劝告着人们。米谢莱去世了，可在他的身后，记载着未来的史册却在高高耸起。乔治·桑虽然与我们永别了，但她留给我们以女权，充分显示出妇女有着不可抹杀的天才。正由于这样，革命才得以完全。让我们为死者哭泣吧，但是我们要看到他们的业绩。具有决定性意义的伟业，得益于颇可引以为骄傲的先驱者的英灵精神，必定会随之而来。一切真理、一切正义正在向我们走来。这就是我们听到的振翅搏击的响声。

　　让我们接受这些卓绝的死者在离别我们时所遗赠的一切！让我们去迎接未来！让我们在静静的沉思中，向那些伟大的离别者为我们预言将要到来的伟大女性致敬！

（姚远　译）

拉尔夫·沃尔多·爱默生(1803—1882),美国19世纪中期杰出的散文家,演说家与诗人,超验主义运动的领袖人物。
爱默生生平以哲人自命,但他在美国文化中的不朽地位却主要在于他的散文著述。
他的重要作品有《论美国学者》、《论自助》、《论超灵》、《代表人物》、《美国人的性格》等。

※ 一个普通美国人的伟大之处

当噩耗越过海洋,越过陆地,从一个国家传到另一个国家,我们相聚在灾难的阴影中,像预料之外的日食遮盖世界,它给整个文明世界的善良人头蒙上阴影。尽管人类历史如此漫长,悲剧如此多样,我怀疑是否有任何人的逝世像这次一样对人类造成如此巨大的悲痛,或在宣布消息时引起人类如此巨大的哀伤。与其说这是由于现代艺术将各民族十分紧密地联系在一起,倒不如说是因为当今与美国的名字和制度相联系的神秘希望和恐惧。在这个国家，上个星期六使所有的人都目瞪口呆。当他们对这一可怕打击冥思时，最初只是在内心最深处有所意识。也许，到了目前这一时刻，当这装有总统遗体的棺柩正在运回伊利诺伊家乡，沿途各州正在举行志哀活动，我们应该沉默，让时间的怒吼折磨我们。然而，这最初的绝望是短暂的，我们不能就这样哀悼他。他曾是最活跃、最有希望获得成功的人。他的事业并没有毁掉。对他的工作赞誉和喝彩谱成了一曲凯歌，即使人们的伤心泪水也不能淹没它。

总统在我们面前是人民中的一员。他是地道的美国人，从未漂洋过海，从未被英国的褊狭或法国的放荡所侵蚀。就像橡树上的橡果，他是一个温和的、朴素的、土生土长的人，既不崇洋媚外，也不哗众取宠。

他生在肯塔基州，长在农场，曾是平底船员，在黑鹰战争时任船长，还当过乡村律师和伊利诺伊农村地区立法机构的代表——他的博大声誉就是建筑在如此谦卑的基础上。经过十分缓慢而愉快的准备阶段，他进入了自己的位置！我们大家都记得——那只不过是五六年前的事——他首次在芝加哥被提名时国民所表现出的惊讶和失望。西沃德先生当时声誉甚高，是东部各州的红人。当林肯这个新的、比较陌生的名字被宣布时（尽管有人对此喝彩的报道），我们冷淡伤心地听取了结果。在这样令人忧虑的时刻，仅凭一个人在某个地区的名望就赋予如此重大的责任，似乎操之过急；人们议论的话题自然是政治不可知论。然而结果并不是这样。伊利诺伊和西部的人们对他赞不绝口，他们把这些看法与同事分享，使他们可以在各自家乡的选区证明自己的正确观点。这一切都不是操之过急，尽管他们还没意识到这个人的全部价值。

他是一个普通的人，却有不寻常的运气。培根勋爵说过："展示美德使人获得名望；隐藏自己的运气。"初次见面时，你看不出他身上有什么使人目眩的品格；但别人优越却并不能使他逊色。他的面孔和风度能消除怀疑，提高自信和确保善意。他是一个没有恶习的人。他责任感强，易于服从大局。他还是农民称之为精明的人，非常善于盘算，为自己的意见作辩解，并公正坚定地说服对方。后来人们发现，他还是个伟大的工作者，而且具有惊人的工作才能，他工作起来轻松自如。工作好手本来十分少见，因为每个人都有某种毛病。而这个人却是从里到外都十分乐观，锲而不舍，对工作再合适不过了，而且本人也最热爱工作。他性子非常好，具有忍让精神和平易近人的作风；作为一个公正的人，他根据请求者的愿望，和蔼可亲地、而不是神经过敏地对待无数来访者给他造成的折磨；而作为总统，他本来可以让别人做这些事情。在战争引起的许多悲剧中，他的好性格化为一种高尚的人道主义。每个人都会记得，他在怜惜一个种族时是如何越来越亲切小心地处理问题的。

可怜的黑人在一次令人难忘的场合是这样谈论他的："林肯先生无处不在。"他的广泛良好的幽默感是这个聪明人的另一财富，他可以轻松自然地和别人进行诙谐的谈话，他十分擅长这样做，并从中得到乐趣。这使他可以不泄密，可以与社会各阶层人物接触，使即便是最严肃的决定也不那么锋芒毕露，以此掩盖他自己的目的，试探他的同事并本能地捕捉各种听众情绪。而且，最重要的是，这种好性格对在令人忧虑和筋疲力尽的危机中奋斗的人来说，是一种天然恢复剂，就像睡眠一样有效，也是一支预防针，防止操劳过度的大脑趋于烦恼成为疯狂。他说过许多优秀格言，然而它们是以诙谐的方式表达的，最初决不会获得名声，而只是被视为笑话；直至后来这些格言为成千上万的人所传诵，人们才发现它们是时代的名言。

我相信，如果此人是在印刷业不那么发达的时期执政，那么他可以靠他的寓言和格言在几年内就成为神话中的人物，像伊索、皮尔佩或七贤哲当中的一个，今后，他的信件、文件和演讲中许多有分量有深度的段落必定会赢得盛誉，而现在，恰恰是因为刚刚运用了这些想法，它们反而显得默默无闻。多么意味深长的定义，多么完美的常识，多么远大的见识，而且在重大时刻，又表现出多么高尚、浑朴的人情味！他担任总统是人类美德的胜利，是公众信心的胜利。这个中产阶级的国家终于有了一个中产阶级的总统。这是指他的风度，他的同情心，而不是他的权力。

因为他的权力是至高无上的。他掌握每天发生的问题。随着问题的发展，他对问题的理解也在加深。很少有人如此胜任。在惊恐与妒忌中间，在辩护人与当事人的一片喧闹声中，他以全部身心和诚实不懈的工作，努力弄清人民的需要以及如何满足他们的需要。如果确实有人受过公正的考验，那么他就是这个人。这样对他评价可以说没有任何夸张。进行抵制、诽谤和嘲笑的也大有人在。在我们这个时代里，已无国家机密可言；国家经历了如此巨大的骚乱，必须给予十分的信任，不保留任何秘密。每道门都半开着，使我们可以看到里面发生的事情。随后我们遇到了战争的旋风，那是怎样的一个时刻啊！这里没有政府官员，没有只适合好天气航行的水手；在旋风中，新的领航员被匆匆地安排到舵前。在4年内，在四个战争的年代中，他的坚韧、足智多谋和宽宏大量经受了痛苦的考验，而且从未发现过不够格的现象。因此，通过他的勇气、公正、良好禀性、足智多谋和人道精神，他成为历史新纪元的一位英雄人物。他就是那一时代美国人民的真实历史。他一步一步地走在他们前面，和他们一起放慢脚步，一起加快步伐。他是这个大陆的真正代表，是十分热心公益的人。

作为国家之父，2000万人的脉搏在他中跳动，他们的思想通过他的喉舌得到明确表达。亚当·史密说，在霍布雷肯的英国国王和知名人士的画像中，斧子被刻在那些曾受劈砍之苦的人下面，这给画像增添了某种高贵的魅力。甚至在这场刚刚发生的悲剧中，谁又看不到暗杀的恐怖和毁坏是多么迅速地吞噬着受害者的光荣？比起在希望中生活，比起亲眼看着自己的官能衰退，比起目睹（也许甚至是他）众所周知的政治家的忘恩负义，比起看到小人得势，这种命运要愉快得多。他难道没有在生前遵守诺言吗？这是迄今一个人对他的同胞做出的最伟大的诺言——实际废除奴隶制。他看到田纳西、密苏里和马里兰解放了它们的奴隶。他看到萨凡纳、查尔斯顿和里士满投降；看到叛军的主力部队放下武器。他征服了加拿大、英国和法国的公众舆论。在运气方面，只有华盛顿可以与他相比。如果再把事情铺开说，结果是他已经到达了终点。这个历史性的救助人不能再为我们服务了；叛乱已经到了该停止的地步；而下面所要做的工作需要独立的新人来承担——一种在战争的废墟上产生的新精神。同时，上帝为了向世界人民展示一个完美无缺的恩人，要让他以死亡而不是生存来更好地为他的国家服务。正如柔顺和讨好的国王不是好国王一样，柔顺和讨好的民族也不是好民族。"国王的仁慈寓于正义和力量之中。"共和国的随和性格是一个危险的弱点，因此有必要让敌人施以暴行，迫使我们达到不寻常的坚定，以确保这一国家在以后得到拯救。

1865年5月

夏洛蒂勃朗特

夏洛蒂·勃朗特(1816—1855)，英国女作家，曾任家庭教师，作品最著名的有《简·爱》，另外还有《舍利》、《教授》等。

※ 艾里斯·贝尔与阿克顿·贝尔生平纪略

长期以来，在凯勒、艾里斯和阿克顿·贝尔的署名下所发表的作品，一直被认为统统不过是某一个人的化名之作。对此误解，我曾在《简·爱》第三版书前以寥寥数语予以否认和纠正。但那番话看来并未得到大家相信。所以，当此《呼啸山庄》重印之际，我接受建议，愿将事实真相加以澄清。

而且，我个人也深深感到：笼罩着艾里斯和阿克顿这两个名字的迷茫之雾，现在确实应该驱散了。那种小小的秘密，往日曾给我们一点点善良无害的快乐，由于时过境迁，早已失去了原来的兴味。今天，我责无旁贷，理应对于凯勒、艾里斯和阿克顿·贝尔所写各书的来历和著作权，加以简短说明。

约当5年以前，我的两个妹妹和我，在相当长时期的分别之后，又在家中重新会面。住在偏远之地，教育素不发达，故与亲人团聚以外，殊乏拜客访友之趣；日常心之所乐、情之所寄，唯有姊妹间相亲相依，唯有读书一事而已。好在我们自孩童时代以来所极感振奋、乐此不疲之事尚有文学习作。往日我们常将自己作品互相传阅，但后来几年此种交流、磋商业已中断，因而姊妹间对于各自写作进展情况不免隔膜。

1845年秋季的一天，我偶尔看到二妹艾米莉手写的一卷诗稿。当然，对此我并不觉得奇怪，因为我知道她赋有诗才且不断写诗。然而披览之后，我仍不禁深为震惊，感到这些诗歌绝非平平之作。它们毫无通常所谓的脂粉气息，而是精练、简洁、刚健、率真。在我耳中，这些诗歌具有一种特殊的音韵之美——它们粗犷、忧郁、崇高。

艾米莉生性含而不露。埋藏在她心底的感情秘密，虽是至亲至近之人，非经许可也不得贸然侵犯。因此，仅仅诗稿被我发现一事，就需我解释几个小时，她才释然于怀；而使她相信这些诗歌确有发表价值，又费我整整几天。然而我认为，像她那样性格的人，在内心深处绝不会没有潜伏着远大抱负的星星之火；不把这星星之火煽成熊熊火焰，我决不罢休。

与此同时，我的小妹也悄悄拿出了她的创作，并且吐露说：既然我对艾米莉的作品感到高兴，或许对她的作品也肯一顾。要我来对这些诗歌下个断语，恐怕不免有偏爱之嫌，然而我还是要说，她的这些诗也具有自己真挚可爱的凄婉情趣。

我们姊妹早在幼小时候就抱着有朝一日成为作家的梦想。后来虽则三人天各一方，且又重务缠身，但此心此志从未抛却，如今一旦重新获得力量，便分外坚定，并形成为决心。我们决定编选一本小小的诗集，并尽可能将其出版。不想把自己身份公之于众，我们采用了凯勒、艾里斯和阿克顿·贝尔的假名，将自己真名隐去；而选取这种模棱两可的名字，乃由于一方面不愿公开自己的女性身份，同时出于谨慎的顾虑，也不愿采用那些一望而知即是男性的名字。其所以如此，又是因为——尽管我们自知自己的笔法和思路并无一般所谓的"女儿气"——我们有一种笼统印象，就是：人们看待女作家往往怀着偏见，批评家有时拿性别当做惩罚的武器，有时又以此作为吹捧的因由——而吹捧当然不是真实的赞扬。

我们这本小书，出版实非易易。正如事前所料，不论我们这三个作者或是我们的诗歌，都不受人欢迎。不过，对此我们早有准备，因为我们自己虽是生手，却也读过他人的甘苦之谈。

最使我们困惑不解的莫过于向出版商提出的请求都音信杳然。为此烦困之余，我只得向爱丁堡的张伯斯公司诸先生冒昧投书，讨个主意。对于此事，他们或已忘在脑后，我却记忆犹新，因为从他们那里我收到了一个短短的、事务性的、同时也是有礼貌的、切切实实的答复。

我们遵嘱而行，出书的事才算有了眉目。

诗集出来了，但知音寥寥，而其中确值得为人所知的作品乃是艾里斯·贝尔的诗歌——对于这些诗的价值，我过去、现在都确信不疑；尽管此种信念尚未得到批评界的认可，我却坚持不变。

失败没有压垮我们，仅仅为了成功而奋斗本身就给人生以极大乐趣。一定要坚持下去。我们每人动手写一部小说：艾里斯·贝尔写了《呼啸山庄》，阿克顿·贝尔写了《阿格尼丝·格雷》，凯勒·贝尔也写了一部一卷本的作品。这三部稿子，在一年半当中接连闯入一家又一家出版社——它们所遭受的命运往往是在寄出不久就又灰溜溜地给退回来了。

最后，《呼啸山庄》和《阿格尼丝·格雷》被人接受了，但出版条件对两位作者相当苛刻。

凯勒·贝尔的书仍然到处碰壁，无人赏识。绝望，犹如一股寒流，侵袭她的内心。作为无望中之希望，她把稿子寄给另一家出版社——老史密斯公司。不久，比她根据以往经验所估计的时间要快得多，回信来了。她无精打采地把信拆开，预料内容不过是两行冷冰冰、毫无希望的字句，通知说老史密斯公司"对大作不拟刊用"，然而这次她却从信封里拿出两页信纸。

她捧读时不禁心悸手颤。信中说鉴于营业上的原因，公司不打算出版此书；

但接着信里分析了稿子的优点和缺点，措辞如此礼貌，考虑如此周到，态度如此合理，识见如此通达，这样的退稿真比粗俗的采纳更使作者感到快慰。信里还说若能有一部三卷本的作品，将会受到重视。

这时我正在完成《简·爱》一书。当我那部一卷本的小说稿在伦敦颠连奔波之日，也正是我自己在家写作《简·爱》之时。接信三周之后我寄出了《简·爱》。友好、老练之手接受了它——这是1847年9月初的事。不到10月底，它便问世了。与此同时，我两个妹妹的作品，《呼啸山庄》和《阿格尼丝·格雷》虽已付梓，却仍在另一家出版社耽搁了数月之久。

它们后来也出版了。批评家没有给它们以公正待遇。在《呼啸山庄》中所显示的虽嫌粗糙却是头角峥嵘的才华，几乎无人赏识，它的含义和主旨受到了误解，作者是谁也被弄错——这本书竟被说成是《简·爱》作者的一部早期拙劣之作。这是多么不公平、多么可悲的错误啊！

那时我们姊妹说起此事当做笑话，如今却只剩下我一人为此深深悲痛了。而且，我担心，从那时起就对这部书产生了一种偏见。一个作者，既然能够想方设法在一部成功作品的掩护下，把自己低劣、粗糙的作品推销出去，当然肯定会因为急于成名，利欲熏心，而将作家的真正的光荣报偿撇在一边的。一旦论客和公众有了这种成见，他们对于这一欺世盗名之人抱着阴暗的看法，倒也不足为奇。

然而，千万不要误解我要为这些事而责怪、抱怨任何人。我绝不敢如此——对亡妹的敬意不允许我那样做。在她看来，任何怨天尤人都是可耻、可厌的懦弱表现。

但我有责任、也乐于指出：在评论界的一般通例中却也出现了一个例外。一位对天才具有明察的眼力并且声息相通的作者（见《雅典娜》杂志1850年9月号）看出了《呼啸山庄》的真义所在，并且准确地论列其妙处，指点其瑕疵。不过，大部分论客却往往叫人想起那一大群围观"壁上字迹"的占星学家、加勒底人和预言家——他们读不断文字，提不出解说。因此，我们有权高兴：最后终于来了一位真正的先知，一个杰出的人物，他赋有眼光、智慧、见识，他能准确无误地读懂一个与众不同的心灵——尽管它不够成熟、教养不足、发展偏颇——所留下的"米尼，米尼，蒂喀尔，乌发尔辛"，并且坚定地宣告："真义就是如此。"

然而，即使是我所提到的那位作者，也未能避免许多人在作者问题上所犯的错误：他认为我以往所以要推辞这一荣誉（我是把写作此书看做荣誉的）仅仅是含糊其辞——这实在委屈了我。

我愿向他保证：我不但在这件事情、而且在任何事情上都不属于含糊其辞。我相信：我们有语言，是为了说清楚自己的心意，而不是为了用不正派的暧昧之词把它遮掩起来。

阿克顿·贝尔的《野丘山庄的房客》也不受人们的欢迎。对此我倒并不感到惊奇。首先，题材的选择就完全错了——简直想象不出比这个更与作者性格不合拍的题材了。支配这样选材的动机虽然纯洁无疵，但在我看来总有那么一点儿病态因素在内。作者在一生中曾在自己身边长期观察到天才错用和才能滥用所产生的可怕后果；而她又是一种敏于感受、寡言少语、郁郁寡欢的性格，她在眼里所看到的一切都深深刻印在她的心上——这就首先使她自己受了伤。

她闷闷不乐地对这些反复思索，终于断定自己有责任将它们如实摹写下来（自然要将人物、事件、情节加以杜撰），以作他人之戒。她恨自己的作品，但又非写下去不可。若有人劝她放弃这一题材，她就把这种劝告当做引诱她自我放纵。她要做一个诚实的作者：不粉饰，不调和，不隐瞒。这种出于善良愿望的决心，给她带来了误解和攻击——对这个，她按照自己容忍一切不愉快事情的习惯，都默默地、平静地加以容忍了。她是一个诚挚的、平凡的基督教徒，宗教的忧郁情调给她那短短的、洁白的一生罩上一层凄婉的外衣。

艾里斯和阿克顿都不容许自己因为无人鼓励而片刻消沉。魄力给前者以勇气，忍耐给后者以支持。她们二人决心再试锋芒，我也欣然以为她们才华正富，来日方长。岂料巨变袭来，摧折骤至，令人思之可怖，忆之神伤：当烈日方中、农事正忙之时，耕耘农事正忙之时，耕耘者却在劳动中倒下了。

艾米莉首先病倒。她患病的详情依然历历在我脑际，然而要一一回顾，用文字加以细述，我是无论如何也无此力量了。她在一生中不论做任何事情从不拖拖拉拉。这一回她也不延宕。她的病情恶化得很快。她急急忙忙离开我们。然而当她身体濒临灭亡之际，她的精神却比平日格外刚强。日复一日，眼见她带着何等的气概去迎接苦难，我看着看着，心里不禁涌起一种又惊奇、又爱怜的痛楚之感。我没有见过可以与此相比的事——不过，说实在话，我也没有见过任何可以与她相比的人。比一个男子还要刚强，比一个小孩还要单纯——她的性格是举世无俦的。可怕之处还在于：尽管她对别人满怀柔肠，她对自己却毫无怜悯——她的精神对于自己的肉体毫不留情，强迫她那颤抖的手、无力的四肢、失神的眼睛仍像健康时那样工作。

站在一旁眼睁睁看着这一切，而又不敢劝阻，内心之苦痛实非言语所能形容。

交织着希望和恐惧的两个月，就这样痛苦地捱过去了。那一天终于来临，死亡的恐怖和痛苦就要降临到这一人间奇才身上。当她在我们眼前一点一点衰竭下去的时候，我们心里只觉得她愈发、愈发地可爱了。到那一天末尾，我们就失去了艾米莉——除了她那被肺病耗干的遗体。她死于1848年12月19日。

我们想这就足够了——但这样想真是大错特错。艾米莉还未埋葬，安恩就病了。艾米莉入土不到半个月，我们就接到明明白白的通知：要准备看到小妹也随她姐姐而去。接着，她真的走上了同一条道路，只不过那步子要缓慢一点，而她所表现出的忍耐恰与那一个的刚强相等。

我刚才说过：她是虔诚的。她所笃信的基督教义支持她走完了这一段痛苦的路程。我亲眼看见了教义在她生命的最后时刻所起的作用，我可以证明它们如何帮助她安静地通过了这个最大的考验。她在1849年5月28日去世了。

关于她们我还能说些什么呢？我实在无话可说，也不必多说了。从表面看，她们是两个毫不引人注目的姑娘，久处穷乡僻壤使她们养成了腼腆的态度和缄默的习惯。在艾米莉身上，刚强的魄力与质朴的性格似乎汇合在一起了。在她那天真无邪的情性、质朴无华的爱好与坦白率真的态度之下，隐藏着一股魄力，一团烈火——那是足以激励着英雄的头脑、点燃起英雄的热血的。然而，对于处世之道她却一无所知，她的聪明才智在生活的实际事务上毫无用处——她不懂得怎样保护自己最明显的权利，也不知道如何去考虑她最合法的利益。在她和社会之间，经常需要有那么一个解说人员。她的决心是不容易改变的，而这决心又往往违背着她自己的利益。她的脾气既宽宏大量，又热情激烈。她的性格是宁折不弯的。

安恩的性格却是温和而柔顺。她缺乏她姐姐的那种气魄、火气和独创性，然而她自有她自己那种文静的美德。她聪明，然而总是忍耐、克制、苦思冥想。气质上的含蓄内倾，沉默寡言，总是把她摆到一个不引人注意的地位；她的思想、尤其是她的感情，似乎被一幅修女的面纱遮盖着——这面纱很少揭开。不论艾米莉或安恩都不是博学之士——她们无意到别人的思想源泉那里把自己的水罐装满。她们写作，总是根据自己内心的冲动，根据自己感受的指使，根据自己那有限经验所容许她们贮存的观察所得。总括一句，我可以这么说：对于陌生者，她们是微不足道的人；对于浅薄的人，也许不值一顾；然而，对于那些了解她们生平的亲人来说，她们是真正优秀的人，也是真正伟大的人。

写此纪略，是因为我觉得自己负有神圣的责任擦去她们墓碑上的灰尘，不让她们可爱的名字沾上任何污点。

伊凡·谢尔盖耶维奇·屠格涅夫(1818—1883)，俄国19世纪批判现实主义作家。代表作品有《父与子》《猎人笔记》等，还擅长于创作诗歌和剧本。
作者在此篇文章中写到的病人是诗人涅克拉索夫，时间在1877年5月25日。

※ 最后一次会见

  我们曾经是亲密无间的朋友……然后遇到了不愉快的时辰，于是我们分道扬镳，有如仇敌。

  多年以后……我顺道来到他居住的城市，得知他病入膏肓，无可救药，希望见我一面。我前去看望他，走进他的居室……我们的目光相遇了。

  我几乎认不得他了。天哪！疾病把他折磨成什么样子了！

他面黄肌瘦，整个头都秃了顶，只剩下一撮小小的花白胡子，穿一件故意剪开的衬衣……他已承受不了一件最轻的衣衫的重量。他痉挛地伸出一只瘦得可怕，仿佛啃光了皮肉的手，吃力地喃喃说出几个听不清的字——是问候，抑或责备？谁知道呢？骨瘦如柴的胸脯微微掀动起来，充血的眼睛里，两颗小得可怜、痛苦不堪的泪珠滚到了干缩的瞳孔前。

　　我心酸欲绝……我在他身边的椅子上坐下，然后情不自禁地俯首看着他那可怕、不成人样的面容，也伸出手去。

　　然而我仿佛感到握我的那只手不是他的手。

　　我仿佛觉得我们两人之间坐着一个高个子、无声无息的白衣女人。长长的裹尸布将她从头到脚浑身裹了起来。她那深沉苍白的眼睛不向任何方向观望；她那苍白严厉的嘴唇一句话也不说……

　　这个女人将我们两人的手连接在一起……她使我们永久和解了。

　　是的……死神使我们和解了。

1878年4月

惠特曼

沃尔特·惠特曼(1819—1892),美国19世纪有巨大影响的民主诗人。主要诗歌被收入《草叶集》。

※ 哦,船长!我的船长!——悼林肯

1

哦,船长!我的船长!我们的
可怕的旅程已经终了,
这只船已经经历了一切风涛,
我们所追求的酬报也已经得到,
港口已经靠近,我听见了钟声,
人们全都在欢腾,
这时候,跟踪着这坚毅的船,这勇猛的
大胆的船,那千万双眼睛:
但是,哦,心啊!心啊!心啊!
哦,点点红色的血痕,
这里我的船长横卧在甲板上,

他倒下了，死得冰冷。

2

哦，船长！我的船长！起来听这钟声；

起来罢——向你，旗帜在飘扬——

向你，喇叭在震颤地吹响；

向你，花束和扎着缎带的花圈抛来

——向你，岸上拥挤着人群，

向你，他们呼喊，那动荡的群众，

在转动他们焦渴的面庞：

这里，船长，亲爱的父亲！

这只手臂给你的头儿安枕！

这似乎是一个梦，在甲板上

你倒下了，死得冰冷。

3

我的船长并不回答，他的嘴唇苍白

而缄默；

我的父亲并不感到我的手臂，他已经

没有意志和脉搏；

这只船是安全地碇泊了，它的旅程

已经终了；

从可怕的旅程归来了，这只胜利之船，

带着赢来的目标：

欢跃吧，海岸；敲响吧，钟声！

但是我，带着悲哀的足音，

徘徊在躺着我的船长的甲板上，

他倒下了，死得冰冷。

1865年

（屠岸 译）

082

马克·吐温(1835—1910)，原名萨缪尔·兰亨·克莱门，美国幽默大师、小说家、作家。出身寒微，通过写作而成名。他文笔幽默，在作品中生动、恰当地运用口语，这是他对美国文学的重要贡献。他的许多作品享有世界声誉，如《汤姆·索亚历险记》、《哈克贝里·费恩历险记》等。

※ 流行病

我们还没有充分领悟到查尔斯·狄更斯的逝世对我国是一个多大的不幸。而形形色色的无赖——演讲人和朗诵人——却以不幸去世的狄更斯为借口，在美国掀起一阵鼓噪。随便一个不识句读的流浪汉都敢对听众"朗读"《匹克威克外传》和《大卫·科波菲尔》的"片段"；随便一个靠了这位伟大作家偶然的一次微笑或者一句好话才多少有些人相的庸才都把这种神圣的回忆变成了交易品，竭力从中为自己捞上一把。这些宁馨儿会成群地围着讲台。我们已经可以看到某些征兆了。

请看，成群的乌鸦已经在死去的雄狮的上空盘旋，准备来一次豪奢的宴饮。

"关于狄更斯的故事"——主讲人约翰·史密斯。他曾经听过8次狄更斯的演讲。

"回忆查尔斯·狄更斯"——主讲人约翰·琼思。他在铁轨马车的车厢里见过一次狄更斯，又在理发馆里同他两次相遇。

"同狄更斯先生难忘的会见"——主讲人约翰·布劳恩。他以就这位伟大作家的朗诵发表热烈的赞扬文章和谈话而闻名，他有幸握过一次狄更斯的手，而且同他有过几次交谈。

"狄更斯作品片段"——表演者约翰·怀特。他听过这位浪漫主义者的历次朗诵，他完美地掌握了这位作家的讲话风格和风采，因为他每次回家以后，都乘着记忆犹新，力求最精确地把一切都重温一遍。朗诵之后，怀特先生将向听众出示狄更斯先生当着他的面抽过的一支香烟的烟蒂。这件纪念品他是珍藏在一个特制的纯银匣子里的。

"伟大作家的观点和议论"——通俗演讲，主讲人约翰·格雷。他是纽约大旅社服侍过狄更斯的餐厅侍者。演讲之后，格雷将请听众观赏已去世的这位浪漫主义者在我国最后一次进餐时剩下的一小片面包。

"和文学之王一起度过的难忘的珍贵时刻"——主讲人西琳娜·阿米莉亚·特里菲尼亚·马克斯帕丁小姐。她手上带着（而且将永远带着）一只由于同狄更斯握过手而成为稀世珍宝的手套。只有死亡才能使马克斯帕丁小姐同这只手套分开。

"狄更斯作品片段"——朗诵者琼·欧胡丽干·墨菲夫人。她是为狄更斯洗过内衣的洗衣女工。

"同伟大作家的亲切谈话"——讲述人约翰·托马斯。他在狄更斯访问美国期间，有两个星期做过他的贴身侍役。

以及诸如此类的奇人妙语。而且我列举的还不到半数呢。比如说，要求登台讲话的有一个人保存着"狄更斯用它剔过牙的一根牙签"，还有一个人"有幸和狄更斯同乘一辆公共马车"，有一位女士是因为狄更斯"慷慨地用自己的雨伞为她遮过雨"，还有一位女士保存着"狄更斯用破了的一条手绢"。善良的人们，请你们保持一点耐心和温顺，因为我提到的远远不是今年冬天你们将忍受的全部折磨。第一个同狄更斯偶然相遇或是说过两句应酬话的人都想挤上讲台，用滔滔不断的言语强奸没有防御能力的同胞的听觉。对有些人来说，同天才见一次面确实受害匪浅。

（赵永穆 译）

法朗士

阿纳托尔·法朗士(1844—1924)，原名阿纳托尔－弗朗索瓦·蒂波，法国文坛宗师。他的小说反映了他反对教权主义、揭露社会现实的激进人道主义思想，主要有《苔依丝》、《诸神渴了》和一些幻想小说及哲理小说。1921年获诺贝尔文学奖。

※ 居斯塔夫·福楼拜

这是1873年秋天的一个星期日。我去看望福楼拜，心情激动万分。当时福楼拜住在穆里罗街上的一个小宅邸，我提心吊胆地敲响了他的门。福楼拜亲自为我打开了门。我这辈子还从没见过跟他长得差不多的人。他身材高大，肩膀宽厚，体态健壮，声音洪亮；身披一件宽松的栗色厚呢上衣，活像海盗的衣服；肥大的长裤像裙子一样拖到脚后跟。秃顶，两边稀稀落落地留着几根头发，前额皱纹道道，两眼炯炯有神，面颊放红，灰白的上须向两边垂下，他的形貌酷似我们在书中读到的斯堪的纳维亚年迈的首领，刚直不阿，血管里流的是血，而不是掺假的血。

福楼拜出生于这样一个家庭：父亲是香槟省人，母亲出于下诺曼底省的一个古老的家族。福楼拜不愧为他娘的儿子，处处长得像诺曼底人，可就不是土生土长的纯诺曼底人。他就像法兰西国王恩赐的奴仆，罗尔弗军团骁勇将士那不好大喜功和退化的后裔；同时也像资产者和中世纪的农夫，检察官或劳动者，他们天性贪婪狡黠，说话从来都是不置可否；另一方面，他又像地道的诺曼底海边的人，像征战的国王，和从天鹅之路来的老练的丹麦人，这种人从来不睡在木板房下，也不把人家的啤酒囊倾尽一空，可爱吸教士的血，偷教堂的金币，歇脚时总要把马拴在宫殿的拱顶下，他们既是航海家，又是诗人，酒气熏天，动辄发火，可心胸还是挺豁达，脑子里满是晦气的北方小鬼神，被洗劫一空时，豪侠之气也不减，硬充大方。

可福楼拜的神态却没有半点虚假，他就是他，想入非非。

他向我伸过文豪和艺术家的漂亮的手，对我说了几句好听的话。这时，我才从心里涌起一股温情，开始喜欢这个我向往的人。居斯塔夫·福楼拜是个实实在在的好人，热情奔放，富于同情心。他时常激动得发狂。他随时随刻都想奔赴战场，嘴里还不停地诅咒要复仇。他活像堂吉诃德，这是他非常喜欢的人物。如果堂吉诃德不太爱正义，也不太会感受爱美之情，又缺乏对弱者的同情，那他绝不会打破赶骡子的比斯开人的脑袋，也不会屠杀无辜的羔羊。他俩都有一颗正直的心，又都沉湎于充满豪侠之气的生活梦想。当然嘲讽这种侠义精神要比真正具备它容易得多。我在福楼拜家里刚刚待了五分钟，那铺着东方地毯的小客厅就淌满了两万个被绞断脖子的资产者的血。这个魁伟的人在屋里不停地朝各个方向踱着步子，鞋后跟碾碎着卢昂市议员的脑壳。

他用双手翻腾着圣·马克·吉拉尔丹的五脏六腑。他把梯也尔先生还抽动的四肢钉在四壁墙上，依我看，这是罪有应得，谁让梯也尔把掷弹兵撂在雨地里，让他们个个嘴啃泥来着？！然后，愤怒转为热情，福楼拜开始用宽厚、低回而平缓的语调背诵《复仇女神》开头的台词，这是一出根据埃斯库罗斯作品改编的剧本，勒贡特·德·李斯勒刚在奥戴昂上演过。那些诗句真是太精彩了，福楼拜背下它们确实没白搭工夫。可是他的欣赏又转向了演员；他聊起玛利·罗朗夫人时那个劲儿，真有点过于奔放，而且吓人。这位夫人在剧中扮演克吕泰涅斯特拉。说到她时，福楼拜仿佛爱抚着一只怪兽。当话题转到扮演阿伽门农的男演员时，福楼拜立刻放开了嗓门，这个男演员是悲剧中一个关键人物，是个心腹人物，可他显得力不胜任，一副疲惫衰老的模样，像患了风湿病那样不利索；他的演技一下子就让人感到体力不支，精神枯萎。有几天演出时，这个可怜的人在台上几乎激动不起来，难以入戏。他最近娶了一个剧场女工，打算着马上动身，携妻到乡下休息一段时间，远离这舞台和长椅。这个男角我想指的就是罗特，这是个性情温和的男人，他想要得到的正是平静，这一点好心肠的观众是会理解的。可我们可爱的福楼拜却不这样想。他苛求忠善的罗特应给观众带来一个截然不同的威严的性格。

"这个角色的内涵是极丰富的呀！"福楼拜叫了起来"这是个野蛮人的头领，阿耳戈斯的君主，他是古代人、史前人，是传说和荷马史诗式的人物，是希腊史诗中的狂想型的人，是史诗英雄！他有圣人岿然不动的气质，稳如磐石……这是伟人啊！这是神明啊！他犹如建筑达罗斯的一尊雕塑，身旁簇拥着贞女。您在卢浮宫看到过一个亚细亚的希腊古风的浮雕吧？

它是在萨莫特拉斯岛上发现的，表现阿伽门农、塔堤彼俄斯和厄剖斯的业绩，旁边刻着他们伟大的名字！阿伽门农端坐在君主之位，脚边有只羊。他留着尖胡子，发型是亚述人式的。

塔堤彼俄斯也是威风凛凛的。他们都是那样的端庄威严，气势逼人，一语不发，看上去离我们时代非常久远。有人说，罗特就是从这块浮雕中脱身而来的，帅得很，见鬼去吧！"

福楼拜的热情就是这样泛滥的。在他看来，老实的罗特简直把荷马和埃斯库罗斯的诗给糟蹋了。他把阿伽门农表演成了心计细腻的西班牙末流贵族，软声细气向骁勇的布朗达巴尔巴兰·德·鲍利什俯首称臣，后者是三族阿尔比人的君王，戏中的武士把蛇皮当盔甲，把山松帅兵攻打的卡加城门当做盾牌。我倒是同意他们互相欺骗的说法，但这样的骗术也不能搞得这样平庸。

您大概从来没见过这些蠢货竟然如此想入非非吧！福楼拜在我面前表现出真心的遗憾，痛感生不逢时，没能生活在阿伽门农和特洛依战争的时代。谈完那段英雄时代的壮举，一般说也是一切野蛮时代的伟业后，福楼拜开始由古及今，从激赏古代一跃转为卑视现今。他觉得当今的时代平淡无奇。而我认为，他的这种哲学似乎是错误的。因为任何时代对当时的人来说，都是平淡无奇的。不论人们生活在什么时代，都无法摆脱平庸之感，这种感觉是从人们不断尾追的事物当中得来的。生活的进程总是异常单调乏味，所以各个时代的人难免彼此生厌。野蛮人，他们存在的方式要比我们简单得多，可烦恼却不比我们少。他们为了自己过得开心就屠杀抢掠。而我们现在毕竟有一些社团，晚餐聚会，报刊书籍和剧院，能使我们得到一些乐趣。我们度过的时间远比古人丰富多彩。

福楼拜大概认为，古代人，他们个个都享受着在我们看来是充满奇遇的生活。其实这才是有点天真的幻想呢！不过这也是很自然的事。实际上，我看福楼拜并不像他所说的那样不幸。但他最起码也是一个特殊的悲观主义者；对一些人和自然的事物，他既充满热情，又悲观失望。莎士比亚和东方世界使他心醉神驰。我认为他能倾注于此真是太幸福啦！根本谈不上想入非非：他拥有这个世界上非常可贵的东西，而且懂得如何欣赏它们。

我不谈他实现自己的文学理想，写出佳作时所体验到的幸福。因为在这种时刻，我还不能确定他成功的喜悦是否抵得上他付出努力时所碰到的困难和烦恼。也许问题还不在这儿，而在要知道，那类人得到了最完美的满足，也许是写完《包利法夫人》最后一行的福楼拜，或是莫泊桑笔下那个把耐心制作的最后一个船帆器件放进大肚瓶的水手。依我看，世界上只有两个人十分满意自己的作品：一个是老上校，他把勋章分门别类，井井有条地收藏起来；另一个是事务所的听差人，他用瓶塞制成一个玛德莱大教堂的小模型。作家写出杰作的动机并不是要满足自己的快乐，而是残酷命运的打击。夏娃的诅咒刺痛着亚当，实际上也是对自己的刺痛：男人也要在痛苦中生孩子。但是创造虽苦，欣赏则甜。而这种甜福楼拜算是尝足了；他大口大口地喝着甜滋滋的养料。他欣赏作品如醉如痴，激情中充满着呜咽、咒骂、号叫和格格的咬牙声。

我可爱的福楼拜，我又在他的《书信集》中看到他。这套集子的第一卷刚刚问世，书中的福楼拜就像我14年前在穆里罗街的那个土耳其式的小客厅见到的一样：粗犷而善良，奔放而勤劳，既是一般的理论家，也是出类拔萃的工匠和敦厚诚实的人。

所有这些优点还造就不出一个完美的情人，所以，看到书信集中最冷漠的信札竟是情书时也不必过分惊诧。这些情书是写给一个女诗人的，有人说，她曾撩拨起一个会说会道的哲学家持久而炽烈的爱情。她一头金发，艳丽夺目，侃侃而谈。福楼拜被这位缪斯选中时，正是23岁，可已经体验到工作的乐趣和束缚的可怕。还要补充的是，这个人在任何时候都不会说一星半点的假话，所以在读他的书信时，您会体会到他下笔时的踌躇。再有，他写信时总要先铺衬一些华丽的文字；有时他在这方面很用心思，甚至有些词句读来费解。他在1846年8月26日曾这样写道：

"我把行文明确地分为两部分，一部分用于外在世界，归外在因素，我希望这个因素千变万化，色彩缤纷，和谐统一，无所不包，但我只接受能给人带来享受的场景，其余一概拒之；另一部分用于自我，归内在因素，我将其聚缩是为了使它密度更大，我愿让精神的光芒从敞开的智慧窗口，渗透到我内在的世界，充分弥散。"

这种花里胡哨的玩意儿对他来说很不自然。他很快地厌倦了，开始用一种更为清晰，但偏于生硬甚至有点粗野的风格写一些短信。在一些不多见的情意缠绵的信中，他对钟爱的情人说话简直就像对一只顺从的狗一样。他对她说："你的好眼睛，好鼻子。"而缪斯还挺得意，自以为他为情所动，有意强调和谐动听的重音。

我把12月14日的书信作为不雅的典型抄录于下，福楼拜在信中说：

"昨天人家给我动了个小手术，因为我脸上长了个脓包；我的脸被布片子裹了起来，看上去兴许怪吓人的；溃烂和感染在你还没生下来就已存在，而且还要送你去死，似乎各种溃烂和感染还不够多，我们还待在生活中继续不断地轮番变成受感染的变质物和腐烂物，而且不这样还不行。不定有谁今天掉颗牙，明天掉根头发；当你的伤口豁开，脓包长成了，人家会叫你用发疱药，给你排脓。还有鸡眼！还有各种分泌物和臭汗、臭气，只差给人画张看了难受的画像了。还有人说要爱这一切！要自爱！我倒也是，厚着脸皮在镜子中看了看自己，并没有发笑。仅仅看一眼这双破靴子，不会勾起什么深切的悲伤和苦涩的忧郁吧？当人们想起穿着这靴子所走的每一步，去哪并不知道，当想到践踏的每一棵草，溅在身上的每一块泥时，绽裂开口子的皮靴仿佛对你说：'你这个笨蛋，再去买双鞋吧！油光锃亮，嚓嚓有声，不过早晚有一天，鞋面会弄脏，也会穿烂的，到那时，它们就会落得你我这种下场！'"

人们起码不会责备他尽说些没味儿的话。后来福楼拜承认他的心肠又粗又硬，实际上也是如此，他对某些细微末梢的事很不敏感。相反，他却是个很有个性的老实人。他向x太太保证他的灵魂几乎是纯洁无瑕的。果真他的供认打动了那位才女子的心。另外他不在乎面子上好看不好看，他坦白地说过，他竟理解不了爱情的细腻。但值得夸耀的却是他的豪爽豁达。如果有人想让他保证永不变心，那他肯定不会许下任何诺言。从这点上看，他也称得上老实忠厚的人。

真实的情况是他只有一种激情：文学。倘若日后有人为他塑像，那么基座应该刻上奥古斯丁致米凯朗琪罗的一句诗：

艺术是你唯一的爱，它占据了你整个的生命。

福楼拜9岁时（1831年2月4日）曾给他的小朋友恩斯特·舍法利叶写信说："我要写装在我脑子里的小说，它们是美丽的安达鲁丝，蒙面舞会，卡尔德尼奥，多罗泰，摩尔女人，奇怪的莽汉，谨小慎微的丈夫。"

从那时起，他就发现了他的天赋。生活中的每一天，他都阔步在令人神往的大道上，他像牛一样地工作着。他的耐性，他的勇气，他的忠良，他的耿直将永远作为典范长存于世。他是最刻意追求、匠心独到的作家。他的书信集就是他对文学的忠诚和不懈的努力的证明。他1847年时写道："我越发现最简单的事情反而难于落笔，我越觉得原先认为是最美妙的事物反而空洞无物。幸运的是我在喜欢欣赏大文豪的作品时，反而没有因相形见绌而心灰意懒，相反却激发出我奔腾不羁的幻想，而这正是我要诉诸笔端的。"

钦佩、尊敬这位忠厚的人是理所应当的。很自然，他的精神世界也存在着滞重和混乱的东西，但却被执著的耕耘和对美的热烈地想往冲刷掉了。他用辛勤的汗水慢慢地滋润着他的艺术杰作，并将毕生的精力铸成的艺术匠心奉献给了文学。

（林青 译）

普鲁斯

波莱斯拉夫·普鲁斯(1847—1912)，波兰著名批判现实主义作家。
他出生于小贵族家庭，童年父母双亡。16岁参加起义，负伤被捕入狱。
出狱后继续读书，但因无力交纳学费而未能读完大学。当过工人、职员、失过业。
长篇小说《玩偶》是他最重要的代表作。

※ 肖邦故园

  热那佐瓦沃拉。一百几十年前，弗雷德雷克·肖邦的摇篮就放在这儿的一间小室里。我们简直不能想象这地方当年的模样。它曾经是个相当热闹的处所，斯卡尔贝克家族在这儿修建了一座宫殿式的府第。院子里和花园里想必到处是人，热热闹闹，充满生机；有大人，有小孩，有宾客，有主人，有贵族，有下人，还有家庭教师。这个贵族府第同邻近的村庄往来甚密，而且还经营一部分田地，这儿原先也该有牛栏、马厩，有牛，有马，有犁，有耙，有谷仓，还有干草垛。

过去生活的痕迹已荡然无存。正如我说过的那样，如今甚至难以想象昔日那种繁荣的景况。

热那佐瓦沃拉经历过暴风雨式的变迁，它的历史，一如整个波兰的历史，充满了惊心动魄的事变和无法解释的衰落。19世纪，这儿是个被人遗忘了的角落。它化为了灰烬，或者说，变成了一个坟场。火灾、掳掠、外加经营不当，完全摧毁了宫殿式的豪华府第和数不清的附属建筑。不仅很少有人记得，这儿曾住过一位瘦高个子的法语教师，就连这府第里难逃涅墨西斯追逐的主人，也被人忘于脑后。富丽堂皇的建筑群，贵族老爷们养尊处优的生活场所已消失得无影无踪，唯独留下一座简朴的小屋，一幢小小的房子。它正是昔日法语教师和他的妻子，也是这家主人的一个远房亲戚的住房。这幢小屋既然得以幸存，一定是受到了什么光辉的照耀或是某位神明的庇护，才能历尽沧桑，而未跟别的楼舍同遭厄运。它也度过了自己的艰难岁月，有很长一段时间，谁也记不得什么人曾经在这里出生。然而，它一直保留了下来，不意竟在伶仃孤苦之中一跃而成了波兰人民所能享有的最珍贵的古迹之一。它成了不仅仅是波兰人朝拜的圣地，举行精神宴会的殿堂，参观游览的古迹，而且，就像第一个提出要整修这幢小屋，在此建立一座永久性纪念碑的那位外国钢琴家那样，时至今日，为数众多的外国音乐家、钢琴家、作曲家都把造访这个伟大艺术的摇篮、这个喷射出了肖邦伟大音乐的不竭源泉，看成是自己一生的夙愿。

这幢清寒的小屋，远离通衢大道，茕茕孑立于田野之间，隐蔽在花园的密林深处，这正好应了一句箴言：神飞荒野，乐在自由。否则如何理解，恰恰是在这贵族府第简陋的侧屋里会诞生出世界上最伟大的音乐天才之一呢？肖邦正是那些造就了今天称之为欧洲文化的伟人中的一个，他的作品不仅为欧洲的音乐增辉，而且使整个欧洲文化放出异彩。他的创作是如此博大精深，又是如此有意识地自成一体，因此，可以毫无愧色地说，他的艺术是世界文化的不容置辩的组成部分。

艺术家的创作，无疑跟各自出身的环境，跟生活周围的景色有着密切的联系。艺术家跟陶冶他的景物之间的联系比一般人所想象的要紧密得多。童年和青春时代常常给人的一生打下深深的烙印。在最早的孩提时代曾拨动过他心弦的一个旋律，往往会反复出现在成熟的艺术家的作品之中，在这里，还会半自觉地，有时则完全是不自觉地展示出儿时之国同创作成熟时期的渊源关系。

当你第一次到法国，比如说，是在早春时节，经过枫丹白露抵达巴黎，沿途看到红褐色的树木、平静的水面、茂密的灌木丛和皮埃尔·卢梭珍爱的那些牧场，那时，你才能真正理解印象派的绘画艺术。但是，并非只有伟大的法国绘画艺术才由是而放其光彩，实际上，整个法国音乐，自古至今都跟笼罩这一带景物的缥缈轻雾，跟树木和牧场的斑斓色彩，跟从地面反射的和折射在云层中、在石楠丛上的光线分不开。只有到了枫丹白露才能懂得德彪西和塞维拉克音乐中淡淡的哀愁，拉威尔音乐中的色彩和声以及弗朗西斯·普朗克音乐中的法国民歌成分。

要更好理解肖邦音乐同波兰风光的联系，可以说任何地方也无法同这朴素的马佐夫舍村-热那佐瓦沃拉相比了。乍一看，这种说法或许显得有些荒诞不经。这瘠薄的土地，这平原小道和麦草覆盖的屋顶，跟肖邦音乐所赐予我们的无限财富和充分享受又会有何共同之处呢？但是，只要我们进一步观察，就不难发现，事情并不那么简单。我以为，我们对马佐夫舍风景的价值估计过低了。

诚然，它没有那种招摇的俏丽。但它蕴藏着许多细微的色调变化，只有久居这一带的人才会跟这里的景致结下不解之缘，才能看到这些形、声和色彩的微妙差别，并且给予应有的评价。

我不知道，这儿的风光是否能使一个外国人赏心悦目。两次世界大战之间的一位波兰作家尤利乌什·卡登·班德罗夫斯基曾经思考过这件事，他说："不知这儿的景观是否算是和谐，一条小路犹犹豫豫蜿蜒伸展，时隐时现，若有若无，终于披着一身沙土消失在牧场边缘。不知这儿的布局是否合理，那边一片森林，这边一排麦草盖顶的茅舍，逶迤延向山丘。当你登上山头，你会看到溪谷里有一条弯弯曲曲、流水潺潺的小河正慢悠悠地流淌，尽管未受什么阻挡，也无须绕什么大弯。而在它身后则是梦一般的平原——那延绵不断的灌木林就像萦绕地面的青烟，使这片平原显得格外迷茫。"

"啊，这样的景色！单调、模糊、无棱无角。此外便是细雨纷纷，烟笼雾罩。"

这是秋天的景色。但是，一年之中还有其他季节。每个季节都有自己的魅力和色彩。

一年四季都得细心观察这些色彩。春天，丁香怒放，像天上飘下一朵朵淡紫色的云霞；夏天，树木欣欣向荣，青翠欲滴；秋天，遍野金黄，雾缭烟绕；冬天，大雪覆盖，粉妆玉琢，清新素雅，在这洁白的背景上，修剪了枝条的柳树像姐妹般排列成行，正待明年春风得意，翩翩起舞。这四季景色里包含的美，是何等的朴素，淡雅，然而，又是何等的持久，深沉！这片土地的景色正是肖邦音乐最理想的序曲。谁若真想探究肖邦音乐的精神，理解肖邦音乐跟波兰有着何等密切的联系，谁就应悉心体会欧根·德拉克洛瓦所谓的"蔚蓝的色调"，它是波兰景色和在这大平原上诞生的艺术家的音乐的共同色调。

从画面讲，这儿的景色并不引人注目。这是个大平原，一马平川。这儿既没有悬崖峭壁，也没有狭谷峻岭。坦荡的平原一眼望不到边，开阔而单调。无论是布祖拉河，还是肖邦家门口的乌塔拉特河都在这里拐弯，穿过平坦的牧场流去。抬眼一望，便会看到一棵棵孤零零的参天老树，傲然屹立，也会看到许多低矮的灌木丛，还可看到绿树掩映下的古旧房舍，它老态龙钟，却说明了昔日的文化水准。耕种的土地一直延伸到地平线的远方，黑麦地、燕麦地阡陌纵横，开花的荞麦一片洁白，甜菜的茎叶绿宝石似的晶莹。

亚当·密茨凯维支歌唱过这片土地，他那支传神妙笔描写过"如画的田野"，描写过阡陌上"静静的梨树成行"。可是，密茨凯维支并不了解波兰内地，他从未到过日思夜梦的马佐夫舍地区，他的双脚从未踏上过这片原野。维斯瓦河畔的华沙，就是点缀在这广袤的原野上的一朵绚丽的鲜花。

然而，肖邦却是在这儿出生的。自然，任何一个书呆子都会说，肖邦在热那佐瓦沃拉只不过是度过了出生后几个月的时光，后来他的双亲便迁居华沙了。须知肖邦对这出生之地怀有无限的眷恋之情，经常跟他心爱的妹妹卢德维卡一起探望故里。青春年少的肖邦总爱坐在这小河边，坐在小桥旁的这棵大树下。他从华沙来此，总要走这条遍植垂柳的普通小道。当年的柳条亦如今日一样柔媚。甚至在去巴黎之前的几个星期，他还专程从首都来到这里，跟故园告别。在他心目中，这小小的庄子说不定就是整个祖国乡村的象征。今天，我们目睹此情此景思想深处也会闪现出整个马佐夫舍地区的风貌，肖邦也目睹过这一切，他热爱这茅舍、小桥、流水。他就是在那缱绻的秋日，怀着无限依恋、惜别的心情，告别了这一切，途经巴黎，浪迹天涯。不料这一别竟成永诀，成了为寻找虚幻的金羊毛（希腊神话，由伊阿宋率领的英雄们共乘快艇阿尔戈号到科尔喀斯觅取由毒龙看守的金羊毛。他们历尽艰辛，终于在公主美狄亚的帮助下取得金羊毛，并同美狄亚一起逃走）而一去不返的远征。

1848年，当肖邦自爱丁堡给友人格日玛瓦写信的时候，眼前兴许也浮现出了故园景色。他在信中写道："我对妻子一点也不想，可我怀念我的家、我的母亲、我的姐妹。愿上帝保佑她们万事如意！我的艺术何在？我的一腔心血在什么地方白白耗尽了……我如今只能依稀记得国内唱的歌。"因此，可以说，不仅肖邦眼前浮现出了故乡的景色，而且，耳中又回荡起了多半是在这儿第一次听见过的歌。

我们恰好能在肖邦的玛祖卡曲和夜曲里找到这平原的歌声——凡是他那些直接留下了这儿时之国画面的作品，我们都能发现一缕乡音。

流亡生活、高度的文化修养、痛苦的心境和肖邦对自己使命的不凡见解，使这些画面复杂化了，或者说，像一层雾遮蔽了这些画面。弗雷德雷克的伟大创作远离了热那佐瓦沃拉。绚丽的大都会风光，频繁的旅行，丰富的经历，给他提供了另一种创作灵感。但是，既然他在自己生命的末日，在那遥远、寒冷的爱丁堡又怀念起"我的家、我的母亲、我的姐妹"，我们就有理由想象，故乡的朦胧景色也回到了他的心中。而今，我们也怀着激动的心情瞻仰这些大树，这些灌木丛和这一片清凌凌的水。倘若此刻我们听到，或者亲自弹奏伟大作曲家临终前的最后一组玛祖卡曲，我们必能从中听到昔日国内歌声的淡淡的旋律。由于他半世坎坷，命途多舛，也由于关山阻隔，有国难投，这一组玛祖卡曲似乎是被万种离情、一怀愁绪所滤过而净化了，跟乡村的质朴相距甚远，但它们无疑是出自故里，跟这片土地有着千丝万缕的联系。

在漫长的岁月里奇迹般地保存下来的小屋，曾经一度被用作马厩或猪圈，变得面目全非。"可爱的质朴啊！"卡登·班德罗夫斯基写道，"小屋的前一部分成了畜栏、鸡舍，成了保护鸡、猪和奶牛的地方，而后边的一部分，则由这些牲畜的主人一家用作栖息之所……"如此凋敝的状态竟然得以振兴，实在令人惊叹。破落的小屋被改建成了一座小巧玲珑的典型的波兰庄园，室内朴素、优雅的陈设使人想起波兰住宅当年的格调。这儿没有一件家具，没有一样物品是来自肖邦昔日真正的住宅，然而，每逢我们通过敞开的门，从一个房间望到另一个房间，当我们远远看到钢琴的轮廓，我们就会感到，他在这里，在这些房间里走来走去，一旦游人散尽，他便会坐到琴旁，按动琴键，继续自己抒情或华丽的即兴创作。

当我们在他降生的那间凹形小室里看到一只插满鲜花或绿枝的大花瓶，我们就会想到那不是花瓶，而是一个源泉，它喷射出金光闪闪的清流——他的音乐取之不尽、用之不竭的清流。

世界各地的人都向这清流涌来，为取得一瓢饮，为分享这馨香醉人的玉浆。当人们在秋季或者夏季的周末，来到这小屋的周围，静静地倾听室内的钢琴演奏的时候，再也没有比它更动人的景象了。世界上最杰出的钢琴家都把能在这间房子里弹奏一曲肖邦的作品，表示对这圣地的敬意而引为莫大的荣幸。

那时，房前屋后往往挤满了听众。有年轻人，也有老人；有新来的听众，他们是第一次来此领略肖邦的天才所揭示的无限美好的世界，也有常来的老听众，对于他们，每次都是莫大的精神享受，每次都能引起甜蜜的回忆：回顾自己一生中的幸福时光，回顾这伟大的音乐激起的每一次无限深刻的内心感受。也有人想起，曾几何时，连肖邦的音乐也成了违禁品！只能偷偷摸摸地在一些小房间、小客厅里秘密演奏，只有寥寥无几的人才能进入那些房间。他们去听肖邦的音乐，不只是为了证明我们祖国文化的伟大，同时也为了证明一个民族的精神生活是无法窒息的。因而这美好的音乐有时也是斗争的武器。

舒曼把它称为藏在花丛中的大炮，不是没有根据的。

在参加周末音乐会的时候，尽管我们身边是形形色色的听众，我们也能重复一遍德居斯太因侯爵对肖邦说过的话：“我听着您的音乐，总感到是在同您促膝谈心，甚至，似乎是跟一个比您本人更好的人在一起，至少是，我接触到了您身上那点最美好的东西。”

肖邦之家的最大的魅力之一，正是在于我们能感受到在同肖邦"促膝谈心"。

人们有时会由于事情多，工作忙，任务完成得不尽如人愿，或由于一些打算落空而发愁；有时又会在频繁的文化活动中碰到某些草率从事或令人不安的现象，因而思想上对大众文化产生了疑虑，那时，只要到肖邦之家去听一次周末音乐会，便能重新获得对波兰文化的信心，相信它已渗透到了民族的最深层。

能这样欣赏肖邦音乐的人，便善于从许多表面现象、日常琐事、小小的烦恼以及讨厌的劳碌奔波里发掘出生活中最深刻的美和最有价值的东西。

到了肖邦之家，会亲眼见到，而且确信，作为民族的最坚韧的纽带，作为民族精神的支柱和基础的伟大艺术具有何等不可估量的威力。密茨凯维支的诗，肖邦的音乐，对于波兰人而言，就是这样的支柱。

我们带着惊讶和柔情望着这幢实为波兰民族精华的朴素的小屋。它像一只轮船，漂浮在花园绿色的海洋里，花园里的一草一木，都经过了精心的栽培，因为这花园也想与肖邦的音乐般配。

我们跟许多人一起来到这里，凭吊伟大艺术家的故居。我们怯生生地站在门边，对这璞玉浑金的处所发出声声赞叹。

人们怀着虔诚的心意朝觐圣地，

普普通通的屋宇，质朴无奇。

只因在这儿降生的是你……

须知当年也曾有三个博士

凭星指路，匆匆赶到一间贫寒的马厩里。

……

这是诗人的说法，而我们却在揣度，这房舍，这花园在一年中的什么时节最美？是秋天，是夏日，还是春季？

春天，栗树新叶初发，几乎还是一派嫩黄色，它们悬挂在屋顶的上方，犹如刚刚出茧的蝴蝶的娇弱的翅膀。粉红色的日本樱花，宛如在旭日东升的时候飘在庄园上空的一片云彩。如此娇嫩的色调，酷似一首最温柔的曲子，又如落在黑白琴键上的轻盈的速奏。

夏天，水面上开满了白色和黄色的睡莲，那扁平的叶子舒展着，像是为蜻蜓和甲虫准备的排筏。睡莲映照在明镜般水中的倒影，宛如歌中的叠句。肖邦之家的夏，往往使人浮想联翩，使人回忆起肖邦那些最成熟的作品。尤其是黄昏时分，水面散发出阵阵幽香，宛如船歌的一串琶音，而那银灰、淡紫的亭亭玉立的树干，排列得整整齐齐，有条不紊，宛如f小调叙事曲开头的几节。清风徐来，树影婆娑，花园里充满了簌簌的声响。这簌簌声，这芬芳的香味，使我们心荡神驰，犹如是在聚精会神地倾听这独具一格的音乐的悠扬的旋律，清丽的和声。

秋天又别有一番风味。这是乡村婚嫁的季节，时不时有一阵小提琴声传到这里，飘到金黄的树冠下，飘到寂静的草坪上，它提醒我们，此刻正置身于玛祖卡曲的故乡。当我们漫步在花园的林荫小道，当我们踏上玲珑剔透的小桥，落叶在脚下踩得沙沙响。作为悠悠往事"见证者"的树叶，就像忧伤的奏鸣曲中那结尾的、令人难忘的三重奏，它们以自己干枯的沙沙声招来了那么多的思绪，那么多的回忆，那么多的乐曲。我们望着树上光秃秃的枝柯，悄声哼起了一支歌曲：

树儿自由地生长

叶儿轻轻地飘落……

于是，我们开始理解那个客死远方巴黎的人的深沉的郁闷，久别经年，他只能依稀记得"国内唱的歌"。

然而，这里最美的是冬天。请看吧！四野茫茫，白雪覆盖的房舍安然入梦。花园的树木变成了水晶装饰物，且会发出银铃般清脆的响声，就像昔日挂在马脖子上的铃铛。如今既没有马，没有雪橇，也没有狐裘，更没有裹着狐裘的美女。既没有玛丽亚·沃金斯卡，也没有德尔芬娜·波托茨卡，亦不见那第一位情人——康斯丹齐亚·格瓦德科夫斯卡。没有母亲，没有姐妹——只有无边的静寂。一切都成为往事了。

只有他还住在这里，独自一人在雅致的房间里来回踱步。只有微弱的琴声在抗御风、雪和寂静。只有音乐长存。

倘若你在这样一个隆冬季节，站在这小屋的前边，望着被积雪压弯了的屋顶、光秃秃的树枝、黑洞洞的窗口，你就会感到，你是和肖邦在一起。

你是在和肖邦促膝谈心。

（韩逸 译）

萧伯纳

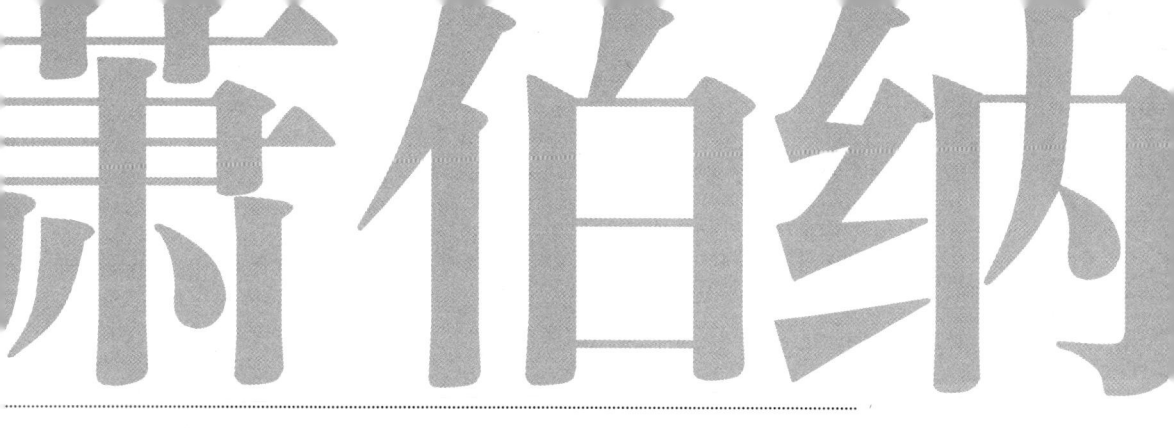

乔治·萧伯纳(1856—1950)，英国作家。
其代表作品有《鳏夫的房产》、《华伦夫人的职业》、《巴巴拉少校》和《伤心之家》等。1925年获诺贝尔文学奖。

※ 贝多芬百年祭

一百年前，一位虽听得见雷声但已聋得听不见大型交响乐队演奏自己的乐曲的57岁的倔犟的单身老人最后一次举拳向着咆哮的天空，然后逝去了，还是和他生前一直那样地唐突神灵，蔑视天地。他是反抗性的化身；他甚至在街上遇上一位大公和他的随从时也总不免把帽子向下按得紧紧的，然后从他们正中间大踏步地直穿而过。他有一架不听话的蒸汽轧路机的风度（大多数轧路机还恭顺地听使唤和不那么调皮呢）；他穿衣服之不讲究尤甚于田间的稻草人：事实上有一次他竟被当做流浪汉给抓了起来，因为警察不肯相信穿得这样破破烂烂的人竟会是一位大作曲家，更不能相信这副躯体竟能容得下纯音响世界最奔腾澎湃的灵魂。他的灵魂是伟大的；但是如果我使用了最伟大的这种字眼，那就是说比韩德尔的灵魂还要伟大，贝多芬自己就会责怪我；而且谁又能自负为灵魂比巴赫的还伟大呢？但是说贝多芬的灵魂是最奔腾澎湃的那可没有一点问题。

他的狂风怒涛一般的力量他自己能很容易控制住，可是常常并不愿去控制，这个和他狂呼大笑的滑稽诙谐之处是在别的作曲家作品里都找不到的。毛头小伙子们现在一提起切分音就好像是一种使音乐节奏成为最强而有力的新方法；但是在听过贝多芬的第三里昂诺拉前奏曲之后，最狂热的爵士乐听起来也像"少女的祈祷"那样温和了，可以肯定地说我听过的任何黑人的集体狂欢都不会像贝多芬的第七交响乐最后的乐章那样可以引起最黑最黑的舞蹈家拼了命地跳下去，而也没有另外哪一个作曲家可以先以他的乐曲的阴柔之美使得听众完全融化在缠绵悱恻的境界里，而后突然以铜号的猛烈声音吹向他们，带着嘲讽似的使他们觉得自己是真傻。除了贝多芬之外谁也管不住贝多芬；而疯劲上来之后，他总有意不去管住自己，于是也就成为管不住的了。

这样奔腾澎湃，这种有意的散乱无章，这种嘲讽，这样无顾忌的骄纵的不理睬传统的风尚——这些就是使得贝多芬不同于17和18世纪谨守法度的其他音乐天才的地方。他是造成法国革命的精神风暴中的一个巨浪。他不认任何人为师，他同行里的先辈莫扎特从小起就是梳洗干净，穿着华丽，在王公贵族面前举止大方的。莫扎特小时候曾为了蓬巴杜夫人发脾气说："这个女人是谁，也不来亲亲我，连皇后都亲我呢。"这种事在贝多芬是不可想象的，因为甚至在他已老到像一头苍熊时，他仍然是一只未经驯服的熊崽子。

莫扎特天性文雅，与当时的传统和社会很合拍，但也有灵魂的孤独。莫扎特和格鲁克之文雅就犹如路易十四宫廷之文雅。海顿之文雅就犹如他同时的最有教养的乡绅之文雅。和他们比起来，从社会地位上说贝多芬就是个不羁的艺术家，一个不穿紧腿裤的激进共和主义者。海顿从不知道什么是嫉妒，曾称呼比他年轻的莫扎特是有史以来最伟大的作曲家，可他就是吃不消贝多芬。莫扎特是更有远见的,他听了贝多芬的演奏后说:"有一天他是要出名的",但是即使莫扎特活得长些,这两个人恐也难以相处下去。贝多芬对莫扎特有一种出于道德原因的恐怖。莫扎特在他的音乐中给贵族中的浪子唐璜加上了一圈迷人的圣光,然后像一个天生的戏剧家那样运用道德的灵活性又回过来给莎拉斯特罗(莫扎特的歌剧《魔笛》中的一个代表真理和光明的人物)加上了神人的光辉,给他口中的歌词谱上了前所未有的就是出自上帝口中都不会显得不相称的乐调。

贝多芬不是戏剧家;赋予道德以灵活性对他来说就是一种可厌恶的玩世不恭。他仍然认为莫扎特是大师中的大师(这不是一顶空洞的高帽子,它的的确确就是说莫扎特是个为作曲家们欣赏的作曲家,而远远不是流行作曲家);可是他是穿紧腿裤的宫廷侍从,而贝多芬却是个穿散腿裤的激进共和主义者;同样地海顿也是穿传统制服的侍从。

在贝多芬和他们之间隔着一场法国大革命,划分开了18世纪和19世纪。但对贝多芬来说莫扎特可不如海顿,因为他把道德当儿戏,用迷人的音乐把罪恶谱成了像德行那样奇妙。如同每一个真正激进共和主义者都具有的,贝多芬身上的清教徒性格使他反对莫扎特,固然莫扎特曾向他启示了19世纪音乐的各种创新的可能。因此贝多芬上溯到韩德尔,一位和贝多芬同样倔犟的老单身汉,把他作为英雄。韩德尔瞧不上莫扎特崇拜的英雄格鲁克,虽然在韩德尔的《弥赛亚》里的田园乐是极为接近格鲁克在他的歌剧《奥菲阿》里那些向我们展示出天堂的原野的各个场面的。

因为有了无线电广播,成百万对音乐还接触不多的人在他百年祭的今年将第一次听到贝多芬的音乐。充满着照例不加选择地加在大音乐家身上的颂扬话的成百篇的纪念文章将使人们抱有通常少有的期望。像贝多芬同时的人一样,虽然他们可以懂得格鲁克和海顿和莫扎特,但从贝多芬那里得到的不但是一种使他们困惑不解的意想不到的音乐,而且有时候简直是听不出是音乐的由管弦乐器发出来的杂乱音响。要解释这也不难。

18世纪的音乐都是舞蹈音乐。舞蹈是由动作起来令人愉快的步子组成的对称样式;舞蹈音乐是不跳舞也听起来令人愉快的由声音组成的对称的样式。因此这些乐式虽然起初不过是像棋盘那样简单,但被展开了,复杂化了,用和声丰富起来了，最后变得类似波斯地毯，而设计像波斯地毯那种乐式的作曲家也就不再期望人们跟着这种音乐跳舞了。要有神巫打旋子的本领才能跟着莫扎特的交响乐跳舞。有一回我还真请了两位训练有素的青年舞蹈家跟着莫扎特的一阕前奏曲跳了一次，结果差点没把他们累垮了。就是音乐上原来使用的有关舞蹈的名词也慢慢地不用了，人们不再使用包括萨拉班德舞，巴万宫廷舞，加伏特舞和快步舞等在内的组曲形式，而把自己的音乐创作表现为奏鸣曲和交响乐，里面所包含的各部分也干脆叫做乐章，每一章都用意大利文记上速度，如快板、柔板、谐谑曲板、急板等。但在任何时候，从巴赫的序曲到莫扎特的《天神交响乐》，音乐总呈现出一种对称的音响样式给我们以一种舞蹈的乐趣来作为乐曲的形式和基础。

可是音乐的作用并不止于创造悦耳的乐式。它还能表达感情。你能去津津有味地欣赏一张波斯地毯或者听一曲巴赫的序曲，但乐趣只止于此；可是你听了《唐璜》前奏曲之后却不可能不发生一种复杂的心情，它使你心理有准备去面对将淹没那种精致但又是魔鬼式的欢乐的一场可怖的末日悲剧；听莫扎特的《天神交响乐》最后一章时你会觉得那和贝多芬的第七交响乐的最后乐章一样，都是狂欢的音乐；它用响亮的鼓声奏出如醉如狂的旋律，而从头到尾又交织着一开始就有的具有一种不寻常的悲伤之美的乐调，因之更加沁人心脾。莫扎特的这一乐章又自始至终是乐式设计的杰作。

但是贝多芬所做到了的一点，也是使得某些与他同时的伟人不得不把他当做一个疯人，有时清醒就出些洋相或者显示出格调不高的一点，在于他把音乐完全用作了表现心情的手段，并且完全不把设计乐式本身作为目的。不错，他一生非常保守地（顺便说一句，这也是激进共和主义者的特点）使用着旧的乐式；但是他加给它们以惊人的活力和激情，包括产生于思想高度的那种最高的激情，使得产生于感觉的激情显得仅仅是感官上的享受，于是他不仅打乱了旧乐式的对称，而且常常使人听不出在感情的风暴之下竟还有什么样式存在着了。他的《英雄交响乐》一开始使用了一个乐式（这是从莫扎特幼年时一个前奏曲里借来的），跟着又用了另外几个很漂亮的乐式；这些乐式被赋予了巨大的内在力量，所以到了乐章的中段，这些乐式就全被不客气地打散了；于是，从只追求乐式的音乐家看来，贝多芬是发了疯了，他抛出了同时使用音阶上所有单音的可怖的和弦。他这么做只是因为他觉得非如此不可，而且还要求你也觉得非如此不可呢。

以上就是贝多芬之谜的全部。他有能力设计最好的乐式；他能写出使你终身享受不尽的美丽的乐曲；他能挑出那些最干燥无味的旋律，把它们展开得那样引人，使你听上一百次也每回都能发现新东西：一句话，你可以拿所有用来形容以乐式见长的作曲家的话来形容他；但是他的病症，也就是不同于别人之处在于他那激动人的品质，他能使我们激动，并把他那奔放的感情笼罩着我们。当伯辽滋听到一位法国作曲家因为贝多芬的音乐使他听了很不舒服而说"我爱听了能使我入睡的音乐"时，他非常生气。贝多芬的音乐是使你清醒的音乐；而当你想独自一个静一会儿的时候，你就怕听他的音乐。

懂了这个，你就从18世纪前进了一步，也从旧式的跳舞乐队前进了一步（爵士乐，附带说一句，就是贝多芬化了的老式跳舞乐队），不但能懂得贝多芬的音乐而且也能懂得贝多芬以后的最有深度的音乐了。

（周珏良 译）

汉姆生

克努特·汉姆生(1859—1952),挪威小说家、戏剧家、诗人。1920年作品《大地硕果—畜牧曲》获诺贝尔文学奖。

※ 论易卜生

  在我们的文学中有一位作家,他既不像比昂逊那样是直接的教育家,又不像基兰德那样是简单的消遣文学作家。可是他像二者一样,始终把反映社会作为自己的任务,而且在表现人物方面甚至比二者更喜欢粗糙、简单的性格心理描写方法——我说的是亨利克·易卜生。在我们的文学中,如果有哪位作家创造了那种顽固的"人物性格"的话,这就是他;如果有谁这样固执地坚持,一切与人物性格"无关"的事物都不能描写的话,那也是他。他惯用的艺术形式可以证明这一点,这种形式像他本人一样粗暴而缺少感情。下面,我想作些解释。

人们长期以来相信一种理论，这种理论认为，在每个人身都有某些起主宰作用的能力。翻开每一部古书，我们都可以看到这种桀骜不驯的所谓主宰能力出现在各种类型的人物身上，如彻头彻尾的无赖、完完全全的天使、地地道道的骑士与十全十美的美人。在我们的时代，又出现了一个具有教学头脑和强烈思想的泰纳，他也把这种关于主宰能力的理论灌输给我们。泰纳认为，作为一种规律，有两三种人的基本特性。他选出其中占支配地位的、甚至统治着其他两种特性的能力，并把人的全部生存活动都归结为这种所谓的统治能力在起作用，没有一个举动、一种思想、一种感情不染上这种统治能力的颜色。可是，这样一来，人的主要精神境界被拉到同一水平上去了，这样的人必然是十分简单的，从感情到灵魂构成不同的性格类型。

关于人是一种性格的观点在各个时代首先统治着舞台。在莫里哀笔下，吝啬鬼只能是吝啬的，在莎士比亚那里，奥瑟罗必定是嫉妒的，亚古一定是个无赖，在《罗斯莫庄》里，罗斯莫只能是贵族。一个演员应当把角色演得鲜明、生动，不仅使包厢，也要使正厅的观众能看懂，因此，一个人物的性格如果不鲜明，演出就失败了。可是，人物形象如果太鲜明，就势必会变成一种性格象征、一种人物类型。所以，观众看到舞台上出现一个女管家或厨娘，绝不会不知道她们是什么人，她们必定围着个大围裙，一张口就要说俚语。

易卜生同样以这种关于人的理论为基础，塑造了他的人物形象。《青年同盟》中管家婆的性格与《罗斯莫庄》中女管家的性格完全相同，她们可能是同一个人，只不过那出戏里她要年轻些罢了。她们的特征、她们系的围裙、说的俚语都差不多——语言尤其如此，只有细微的区别。我认为，这样一种露骨的、错误的心理描写，这样一种为观众所理解、欣赏的心理描写是一种不负责的、粗糙的心理描写。戏剧本身是一个狭窄的框子，只能勾画出人物性格的轮廓。

如果我笼统地说，挪威文学是一种为人民大众的文学，从总体来看，受以通俗的民主思想的局限，有人一定会用易卜生来反驳我。我没有忘掉易卜生，也绝不会忘掉他。他和别的作家一样，是一位社会作家。他感兴趣的首先是个人的与社会的问题。但必须注意，易卜生只对那些同社会问题联系在一起的个人问题感兴趣，只有这些个人问题他才会描写，并使它们带有浓厚的心理描写色彩。他笔下的人物命中注定都担负着某种社会使命。的确，这是妙不可言的，但是，这也是一种发人深省的通病。也许，易卜生有高尚的情操、深刻的思想，不会把为满足人民一时之需而写作当成他的最高职责，可是这个人不自觉地成了挪威和本世纪的骄子以及斯图尔特·穆勒的后裔。

让我们举一部易卜生的作品为例子吧，这部作品也许最能驳斥我的看法。让我们看看他著名的贵族戏《罗斯莫庄》。罗斯莫应当成为、并且已确实成为贵族性格的一种典型。可是老实说，我很难把他同一个人联系起来，特别最后一幕更是如此。如果我必须把他看做是一个人，我就得将这个人物大大改写，使他成为一个饱食终日无所事事并且言必谈贵族的退职牧师。这个人从不守分守己，这就是他的贵族本性。他永远不会忘记自己的身份，"直到死永远是他自己"，他"保持着"自己的性格，谁也不会发现他用铁叉子吃饭。他无论如何要保持他的贵族气派，他是那样高贵，连笑也不能笑，宁愿受侮辱也不愿把侮辱他的人赶出大门。他为什么要同乌里克·布伦得尔来往？为什么不给此人一张十克朗钞票让他走开呢？如果他出身于贵族，是个标准的贵族的话，他就应该这样做。

可是，他无论在精神上还是肉体上都体现完完全全的贵族精神，所以不会想到去做这种粗暴的事，不会帮助布伦得尔并让他滚蛋。他的情操那样高尚，只能同吕贝克过一种"纯洁的共同生活"，也就是说，享受一种"精神上的婚姻"，他把这种婚姻称之为"宁静、快乐、没有欲念的幸福"。他的内心就是这样纯洁。他说，"道德法则"已成了他的"自然本能"。罗斯莫的感情是那样温和细腻，他是那样不可救药的高贵，甚至布伦得尔一再伸手向他要钱去酗酒，他也感到由衷的高兴。他是个彻头彻尾的好人，当他说起那双送给布伦得尔的旧靴子时是那样温柔，充满了爱，仿佛他在谈论死去的妻子。他的性格无限温和，温和得近乎软弱。他那贵族的躯体内所有的力量甚至没有我的一只手那么大，所以，一遇到不幸，他便会立即高贵地垮下来。他温文尔雅，软弱透顶，但因为他是贵族，也只能是这副样子。

如果这个人稍稍有点血性，皱了皱眉或出于义愤拍了一下桌子，那又会怎么样呢？他是不是不那么像贵族呢？贵族并不是天生四肢软弱，像天使那样能够忍让，有那样一副软心肠。如果把一个贵族描写成这样，那么他根本不能算是贵族，贵族也就在形式上变成了一种概念，一种小市民的贵族概念。诗人要选择贵族作为他创作的题材，我们用不着阻拦他，让他用民主的方式去处理这个题材好了。易卜生把罗斯莫的贵族性格描写成这样，我们甚至在他身上看到了索吕地区农夫的影子，这些农夫当然知道，贵族是副什么模样。

说具体一点，我对于易卜生的批评就在于，他同我国其他作家相比，根本不能算做教育家和民主主义者。作为心理学家，他却比其他人走得都远。他之所以这样，一方面是戏剧这种形式妨碍了他，另一方面是他头脑太简单。而后一种原因恰恰促使他去这样做。他自己的性格就如此典型，这使他把太多的注意力放在总的类型上而很少注意细节。我刚才说戏剧这种形式妨碍了他，在这里我想提请大家注意：我普遍认为，没有一个戏剧家是天才的心理学家，他们只不过是戏剧家而已。

我们习惯于相信德国人关于易卜生的看法，期待从他那里读到和听到什么高论，我们先入为主地认为他所有的东西都是妙不可言的。在他的书里我们间或也会遇到一两颗奇异异的彗星，可是仔细一看才发现原来这并不是什么彗星，而是十足的故弄玄虚。尽管如此，我们仍然感到新奇，这并不是作者的过错，而是我们不了解他。不过，我们还是要承认，这个人特别喜欢胡言乱语。

这样的胡言乱语是否有助于人物的心理描写呢？这样做是否就揭示了他所创造的人物的内心，使他们能像幽灵一样到处游荡，说些高深莫测的、谜一般的语言呢？编造一些谜一般的深奥的胡话本来并不困难，但是，人们可以从中学到怎样去糟蹋戏剧效果。这使我联想起易卜生前给一个名叫席普斯台德的编辑写的一封信，在这封信中他对于晚报发表了几篇评论他的文章表示感谢。易卜生在信中说，他唯一的希望就是别人能"看懂"他写的东西。对此，国外一家保守的报纸评论道，易卜生那样希望别人能看懂他的作品，这说明他对语言掌握得并不好。否则，他就能简单明了地表达他想要表达的意思，观众了解他就不会发生困难了，他也就用不着感谢别人看懂他的作品了。

这样说既尖刻又中肯，当然首先要说是太尖刻了。不过事实是，易卜生笔下的人物几乎都是些机器，它们在舞台上表现的仅仅是一些概念和思想。关于概念和思想，人们可以说得天花乱坠。比如说，布朗德给人留下了什么印象呢？布朗德说，他是绝对完整的个性。我可以同意这一点，因为绝对完整的个性并不是人，而是一种概念，它甚至连概念也谈不上，只能说是一种抽象的思想，一道数学题，一种朦胧的想法——只是一句空话。布朗德是受基尔克戈德老掉牙的笑话启发产生出来的一个试验品，这个笑话说每个人身体内都有一颗沉睡的巨人的心灵。如果我们把布朗德看成为一个人，那么这无论如何是非常奇怪的人，一个能跨越高山、一声喊就能使地球发抖的巨人，普通人只能像灰尘一样在他脚下飘舞。

海上来的女人又是怎以回事呢？我不知道，丝毫也不知道，因为这个海上来的女人说的是天神的胡话。没有办法，这本书是为德国人写的，他们在读这种高深莫测的作品方面早已训练有素了。易卜生写了一部书，这就足以使所有的读者虔诚地坐下来洗耳恭听他的高论，并且对这种玄而又玄的高论佩服得五体投地。而那些德国人则搓着手齐声赞叹：啊，妙极了！

我自然也得坐下来读一读，读着读着就重重地撞到彗星上了。我于是又仔细观察这些神秘的彗星，试图认识它们。可是，最终我绝望了：见鬼去吧，老兄，你能不能说得清楚些？这本书我一点也没读懂。

如果我什么时候说过，易卜生不配称之为诗人，不配得到那种荣誉，他简直是个废物，那么，这并不是我的本意，我愿意收回这些话，恭恭敬敬地收回。易卜生总是对某些问题感兴趣，这是他作为作家的使命，这种使命确实太伟大了。所以我要说以前说过的话：如果一部文艺作品显示了天才，就应当得到承认，不管它的题材如何，不管它讲的是人间的还是天上的事，也不管它是在一种什么样的精神状态下写成的，哪怕是在发疯的情况下写成的也好。让易卜生想写什么问题就写什么问题吧！这只会丰富我们的文学，使我们的脑袋不至于闲着，我们当然会对易卜生这样一个人发表的关于各种事物的意见感兴趣。基尔克戈德的玩笑和怪诞的海上女人本身就十分有趣，由于它们出自易卜生之手，所以加倍有趣。我认为，使我们小小的挪威文学跻身于世界文学之林，易卜生的功劳比任何人都大，这种事也只有像他那样具有充沛精力的人才能做到。但是，我也认为，他的作品只注重社会问题，他笔下的人物仅仅是性格化身和人的类型而已。我这样说并非责怪他，而是说出了一个事实。

（章国锋 译）

泰戈尔

罗宾德拉讷特·泰戈尔(1861—1941)，印度诗圣、作家、社会活动家。其所作歌曲《向祖国致敬》，1950年被定为印度国歌。名著有《春歌》、《晨歌》、《园丁集》、《飞鸟集》、《新月集》；小说《沉船》、《戈拉》、《家庭与世界》。1913年以其诗歌《吉檀迦利》获诺贝尔文学奖。

※ 探望狱中的甘地

在悲凉、忧伤的气氛中，我们怀着希望登车前往普那。路途漫漫，我们越来越担心能否见到活着的甘地。火车在一个大站停靠，两位旅伴买到一份报纸，我忧心忡忡地展开阅读。上面没有令人宽慰的消息；医生称圣雄甘地病情危重，他体内的脂肪已经耗尽，肌肉开始萎缩，随时可能因脑溢血猝死。消息说，近来他每天与本党和对立派就复杂的问题进行磋商，最后说服双方原则上同意给予印度教社会的某些落后团体一定的权力。他战胜病痛和虚弱，做成了一桩异常艰难的事情。现在，一切取决于英国批准该方案的决定了。当然，不存在站得住脚的不批准的理由。英国首相有言在先，他不能不接受印度教徒与落后社团一起草拟的方案。

9月26日清晨，我们怀着希望和忧虑交织的心情抵达卡兰车站，见到从加尔各答乘车先期到达的芭桑蒂女士和乌尔米拉女士。我们互致问候，随即上了女房东派来的汽车，赶往普那。

普那的山路平整，进城时，那儿正在举行军事演习，路上见到许多军车、机枪和参加演习的士兵。少时，汽车停在毗达尔巴伊·坦盖尔斯先生的府第前，他的遗孀满脸娴静地微笑迎上前来欢迎我们。坦盖尔斯先生创办的学校的女学生列队站在台阶两旁，唱起迎宾歌曲。

步入楼内，立刻感受到一种焦虑、沉闷的氛围。每个人脸上罩着忧愁的阴影。询问得知，圣雄生命垂危，而从英国尚无消息传来。我当即给英国首相发了一份急电。

其实，这是多此一举，不一会儿，欢快的叫嚷声冲进耳朵，从英国传来了认可的消息。又过了几小时，传言得到证实。

今天是圣雄静躺示威的日子。下午1点以后开口说话，他希望我在他的身边。我们的汽车开到贾尔贝达监狱外面被挡住了。英国卫兵声称，他没有接到允许车辆入内的命令。奇怪，我听说印度现今进监狱的路是畅通无阻的嘛。看热闹的一群人围住了我们的汽车。

我们的人下车刚要进去同典狱长交涉，德卜达斯手执典狱长签发的探监证气喘吁吁地跑出来了。后来听说，是圣雄派他来的。圣雄忽然猜想警察在什么地方扣留了我们的汽车，尽管他没有得到任何消息。

咣，咣，咣，铁门一扇扇推开了，又一扇扇关上。眼前出现凶横的高墙，囚禁的天空，笔直的石子路，三四棵树。

我在暮年才有了两种新鲜的体验：一，我最近跨过了大学的门槛。二，尽管受到阻挠，今日终于进了监狱。

左边是又高又陡的台阶，我们拾级而上，进了大门，来到一个高墙森立的院子。几十米开外是两排囚房。圣雄卧躺在院子里一棵矮小的芒果树的浓阴下。

圣雄急切地伸出双手把我拉到胸前，久久不放，动情地说，见到我他无比欣慰。

是我卷起了喜讯的浪潮，为此我在他面前赞扬我的运道。后来听说，下午1点半左右，英国政府的决定传遍印度，政治家们在西姆拉开会讨论文件。报刊的编辑们早已得到这则消息。圣雄的生命之流一刻比一刻细微，他已濒临死亡。但迟迟不见使他转危为安的快捷的行动。传送系着红绸带的正式文本的手续的烦琐和冷酷，使我不住地摇头叹息。我们一直等到下午4点15分，心情越来越焦躁。据说确切消息上午10点就传到了普那。

周围簇拥着朋友。我熟识的有穆哈特瓦、巴勒维、拉贾古帕尔查里、拉真特罗巴拉萨特，还有卡斯都丽芭伊女士和索罗吉妮女士。尼赫鲁的夫人卡玛拉也在场。

圣雄甘地原来瘦小的身体瘦弱到了极点，他说话几乎听不清楚。他肚里酸液滞积，隔一会儿就得喂他几口苏打水。医生的负责态度超过了平常的标准。

圣雄依然神志清醒，思路敏捷，表现出非同寻常的毅力。绝食前的日日夜夜，他思考面临的棘手问题，忙于错综复杂的谈判。从海滨城市寄来的政治家的信件，沉重地打击了他的心灵。众所周知，绝食期间，各个政党的强硬立场，对他的危境未表示一丝怜悯。但他从未露出精神崩溃的神情，他那天然清澈的思维之河从未混浊。在他苦修的肉体上看到不可战胜的鲜活的灵魂，不能不令人感到惊奇。不来到他的身边，就无从知晓这个瘦弱的男子竟有如此旺盛的生命力。

躺在死亡祭坛下的这位伟人的心声，今日传到印度亿万人民的心中。距离的障碍，牢房的障碍，变幻莫测的政治形势的障碍，都挡不住他。数世纪思想僵化的壁垒在他面前分崩离析。穆哈特瓦轻声告诉我，圣雄一直殷切地期待我来探望。我在监狱出现有助于国家问题的解决，这在我是前所未有的经历。我感到高兴的是，他终于心满愿遂了。

考虑到墙壁似的围着他对他的健康不利，我们自觉地后退几步席地而坐。

斜阳冷漠地落在院墙上。身着白色土布衣服的男女囚徒，三三两两地平静地交谈着。这些人值得一提。他们的言谈举止，你看不到煽动培植的粗野。品行赢得了信任，监狱当局对他们另眼相看，允许他们互相自由自在地接触。他们从不违背圣雄的承诺，寻衅闹事，他们具有显而易见的坚定的自尊心和自制力。不言而喻，他们是争取印度独立的名副其实的斗士。终于，典狱长拿着政府盖过章的信件来到院子里，我发现他脸上泛着淡淡的喜悦。圣雄肃穆而缓慢地看完典狱长交给他的一封信，把朋友们叫到跟前，吩咐他们仔细研究一下。

朋友们把信递给我。体现上层政府意志的这封信，措辞严谨，但给我的印象是，它并不悖违圣雄的意愿。里达耶那特·昆吉鲁简明扼要地重复了信中的内容，完全消除了圣雄心中的疑虑。绝食斗争于是宣告结束。

圣雄的木板床移到墙影里，四周铺了牢房里的线毯，大家围坐一圈。穆哈特瓦说圣雄爱听《吉檀迦利》的一首歌曲《生命憔悴时跃入友爱的甘泉》，曲调我记不全了，只得即兴发挥唱了一遍。萨姆夏斯特里吟诵了一段《吠陀》经，圣雄才接过卡斯都丽芭伊（甘地夫人）端着的一杯柠檬汁，慢慢啜饮。沙巴尔玛迪道院的师生和其他在场的人齐声高唱毗湿奴赞歌之后，分发水果、甜食。

戒备森严的监狱里举行这种庄严的庆祝活动，在印度是史无前例的。它是监狱里献身的祭祀获得空前成功的生动体现，从另一个角度说，狱中不期而遇的激动人心的场面，可谓神圣的典礼。

翌日下午，空阔的希巴杰曼迪尔广场举行群众大会。我费劲地挤上主席台，心想，我和阿维玛尼（典出《摩诃婆罗多》，阿维玛尼系阿周那之子，他冲进敌阵，未能生还）一样，只有进路没有退路。玛拉巴吉首先致辞，以纯正的印地语条理分明地阐述对不可接触者的世俗偏见完全不符合印度教教义。他多次朗诵梵文诗句，论证自己的观点。我说话声音微弱，没有让如海似潮的人群听清演讲的那份能耐，只简单说了几句，书面讲话由戈宾特代念。在暗淡的夕照下，事先不看讲稿，他竟读得那么流畅清楚，着实让我吃惊。

我的普那之行到此结束。临别的上午，我在圣雄身边待了很久，就许多问题同他交换了意见。

一天之内他出人意料地康复了，血压大致正常，说话语气坚定，笑吟吟地和前来祝贺的人交谈。孩子们献给他一束束芬芳的鲜花，他搂着天真烂漫的孩子，喜笑颜开。

今天，圣雄甘地肩负重大的历史责任，光彩夺目地出现在我们面前，这是鼓励人们在群众中发现伟人的一种动力，愿这种动力在印度各地成为切实有效的行动。

叶芝

威廉·勃特勒·叶芝(1865—1939),爱尔兰诗人和剧作家,
是"爱尔兰文艺复兴运动"的领袖,艾比剧院的创建者之一,
被诗人艾略特誉为"当代最伟大的诗人"。1932年获诺贝尔文学奖。
他最受欢迎的诗剧为《女伯爵凯瑟琳》、《心愿之乡》、《胡里痕的凯瑟琳》。

※ 最后的吟游诗人

麦克尔·莫伦大约于1794年出生在都柏林的特区弗得尔巷,离黑皮茨不算远。他生后两个星期,由于一场病,眼睛完全瞎了。然而,他的父母却因祸得福了。他们不久就有可能让孩子到街头和跨越利弗河的桥上去一面唱诗一面讨饭。他们可能真希望他们那个家庭里像麦克尔·莫伦这样的孩子越多越好,因为这孩子不受视觉的干扰,他的头脑就成为一个完美的回声室——日间每一件事物的运动，公众激情的每一个变化，都会在那回声室里悄悄地变成诗歌，变成优雅的谚语。后来孩子成了大人，成为特区中公认的吟游歌手的头领。

织布工麦登，从威克洛来的瞎子小提琴手基阿尼，来自米斯的马丁，天晓得从哪儿来的门·布来德，还有那个门·葛莱恩——后来莫伦死了，门·葛莱恩披着借来的羽毛，或者还不如说挂着借来的破布片，昂首阔步，好不神气，让别人一看，还以为压根就没有过莫伦这人。莫伦生前，门·葛莱恩以及好多好多别人，在莫伦面前都毕恭毕敬，把他看做他们那伙人的头领。别看莫伦两眼啥也看不见，他讨老婆可倒没费什么劲儿，并且还可以挑挑拣拣呢，因为他是乞丐兼天才，一身而二任焉，这很讨女人的欢心。女人，也许由于自己总是循规蹈矩的，所以倒喜爱出人意表的、曲里拐弯的和让人琢磨不透的玩意儿。别看莫伦衣衫褴褛，他可不缺好吃的东西。有人还记得他曾经特别喜欢吃续随子酱，一次因为没有这东西佐餐，他居然义愤填膺，把一条熟羊腿朝他老婆扔过去。他，穿着那件镶着扇形花边连披肩的起绒粗呢外套，还有那条旧灯芯绒裤子，很大的拷花皮鞋，挂着一根用皮条紧紧系在手腕上的结实的手杖，那模样可并不怎么中看。假如那位国王们的朋友、吟游诗人麦克康格林在科尔克的石柱下，从先知的视像中见到莫伦的模样，一定会吓得大吃一惊的。

尽管现在的短斗篷和行囊不时兴了，可莫伦却是个真正的吟游歌手，而且同样是一位属于人民的诗人、滑稽演员、新闻传播者。早晨，他吃完了早餐，他的妻子或哪一位领导就读报给他听，不断地念呀，读呀，一直到他断他们说："行了——让我来想"；这样想着，这一天当中要讲的笑话、要唱的诗歌就都有了。而且整个中世纪都在他那粗呢外套里面藏着呢。

他倒不像麦克康格林那样憎恨教堂和牧师，每当他酝酿构思的果实还没有完全成熟，或者当人群叫喊着要他讲更实在的故事的时候，他就会朗诵或者吟唱一首故事诗，一首民谣，讲《圣经》里的圣徒或殉教者的奇遇。莫伦站在街头墙角，只要人群靠拢过来，他就以这样一种方式开始（我把一个熟悉他的人的记录照抄在下面）："都靠拢过来，孩子们，围在我身旁。孩子们，我是不是站在水洼里了？我站的地方可是湿的？"

几个孩子随即嚷开了："不，没有！你正站在好好的平地上呢。接着讲'圣玛丽'吧，继续讲'摩西'吧。"——每个人都要他讲自己最爱听的故事。

这时候，莫伦猜疑地扭动了一下身子，抓住破衣服，突然高喊着："我的知心朋友这会儿都在我背后使坏！"最后他说："假如你们再这样欺骗捉弄我，我就要把你们几个人往架子上吊起来。"

他这样警告着那些孩子们，同时开始朗诵他的诗歌。也许他会再推迟一下，问道："现在我周围站满了很多人吧？有没有可恶的异教徒在场？"他最著名的宗教故事是《埃及的圣玛丽》。这是一首非常庄严的长诗，是把科伊尔主教的长篇著作压缩而成的。诗中讲到一个放荡的埃及妇人，名叫玛凡，她不怀好意地随着香客去耶路撒冷朝圣。后来，她发现自己被一种神力所支配，不能进入神庙，她忏悔了，躲避在荒漠里，在孤独的苦行中度过她的余生。最后，她临死的时候，上帝派主教索西莫斯来倾听她的忏悔，给她做最后的圣礼，在上帝派来的狮子的帮助下，主教为她掘了坟，把她安葬了。这首诗有一种可厌的18世纪的调子，不过它特别出名，人们总是要求唱这首诗，以至于莫伦得了个外号叫"索西莫斯"，而且凭这个外号他才被人记住。他自己也作了一首虽然不是非常接近诗但比较接受诗的作品《摩西》，不过，庄严的调子他实在坚持不下去，唱不多久他就依然用叫花调，仿照他以前唱的那样，唱成顺口溜了：

在那埃及国，尼罗河奔腾土地广，
法老的女儿去洗澡，体面又大方。
洗澡刚完毕，她就跨步登上岸，
沿岸跑起来，要把她高贵的皮肤来吹干。
她碰到野草摔了跤，这时候她看到，
一捆稻草里边有一个婴儿在微笑。

她把孩子抱起来，语气温和地发话问：

"催人老的野草花，姑娘们，你们谁是这孩子的亲妈妈？"

他那幽默的诗句其实常常是那种让他的同时代人出乖露丑的冷嘲热讽和不经之谈。例如，他最乐意让一位由于爱摆阔气和手脚不干净而出名的鞋铺老板始终记住某一首诗的毫不足道的来源，这首诗只有第一节流传下来了：

在昂藏胡同的尽头真肮脏，

住着迪克·麦克伦那个臭皮匠；

在国王古老的统治下，他婆娘是个粗壮大胆的卖橘子女人。

在埃塞克斯桥上她扯着高嗓门，

六便士一斤是她的吆喝声。

可迪克穿着件外套簇崭新，这会子他终于成了个自由民。

他是个伛老头，跟他的家族一个样。

在大街上，他唱着好像发了狂，

哎唷哎唷哎哎唷，跟他的婆娘一起唱。

　　他也有各种各样的烦恼事，还要对付许多侵犯他权利的人。有一次，一个好管闲事的警察把他当做流浪汉抓了起来。莫伦提醒他的法官阁下别忘了先驱者荷马，他宣称荷马也是一位诗人、一个瞎子、一名乞丐。这时，他得意扬扬地在一片笑声中被赶出法庭。他的名气越来越大了，他也就不得不面对更大的困难。各式各样的模仿者纷纷出现。例如有一位演员，在舞台上模仿莫伦讲故事、唱诗，打扮成莫伦的样子，用这个来挣钱，莫伦挣多少个先令，那演员就能挣多少个芬尼。一天晚上，这个演员正同几个朋友在一起进晚餐的时候，一场关于他的模仿是否过了头的争论展开了。结果大家都同意让群众来判断。赌的是在一家有名的咖啡馆请吃一顿40先令的晚餐。这位演员就在莫伦常去的埃塞克斯桥上占了个位置。马上一小群人就聚集过来。他还没唱完"在那埃及国，尼罗河奔腾土地广"这句诗，莫伦本人就来了，身后也跟着一群人。两群人在极大的兴奋和笑声中相遇。"善良的基督徒啊，"假扮者喊道，"有人要那样模仿我这可怜的瞎眼人，能行吗？"

　　"那是谁？是骗子。"莫伦答道。

　　"滚开，你这个无赖！你才是骗子！你不怕上天赐给你的光会因为你嘲笑可怜的瞎子而从你眼睛里消失吗？"

"圣徒啊，天使啊，世界上好人真得不到保护吗？你是个毫无人性的骗子，竟想要夺去我得到面包的正当权利。"可怜的莫伦回答说。

"你，你这可恶的人，你不让我继续朗诵我这美丽的诗篇。基督的信徒啊，你们做做好事吧，能不能把这个家伙揍一顿赶走？他占了我的便宜是因为我眼前只有一片黑暗。"

这位假扮者，知道自己占了上风，于是感谢人们的同情和保护，又继续唱诗了。莫伦心中迷惑，暂时沉默，静听着。没多久，莫伦又开口道："你们中间真的没有人能够认出我吗？你们认不出我是我本人，而那个人却是别人吗？"

"我愿意继续吟唱这个动听的故事，"假扮者打断了莫伦的话，"我请求各位给予仁慈的关怀，让我把这首诗继续唱下去。"

"你没有灵魂需要拯救吗，你这嘲笑上天的人？"莫伦叫嚷着，被这一次侮辱激怒得几乎发狂了，"你是要抢劫可怜的人，同时毁灭这个世界吗？啊，世界上竟有这样的罪恶。"

"我把这罪恶留给你们，朋友们，"假扮者说，"请你们把它交还给那个真正的黑心肠，你们都熟识的那个人，这样，把我从他的诡计多端中拯救出来吧。"他一面说，一面收了几个便士和半便士。他这样做的时候，莫伦开始唱《埃及的玛丽》了，可是愤怒的人群抓住他的拐杖，要痛打他。正当这时，人们又发现他的外貌酷似本人，于是重新陷入了迷惘。假扮者这时冲着人群喊，要他们"抓住那个坏蛋，叫他马上知道究竟谁是骗子！"人们给他让道，让他走到莫伦跟前，可他并没有同莫伦干起来，而是把几个先令塞到莫伦手中。然后他转向人群，向大家解释说他的确只是一个演员，他打了一个赌，刚打赢了。这样，在群情激动当中，他离开了人群，去吃他赢得的那顿晚餐了。

1846年4月，人们告诉神甫说麦克尔·莫伦已处在弥留之际了。神甫到培特立克街十五号屋里草铺的床上找到了他。屋子里挤满了那些贫穷的吟游歌手，他们来到这里，在这最后的时刻给莫伦一点欢乐。他死后，吟游歌手们带着提琴之类的乐器又一次来到这里，为他好好地守灵，每个人都用自己的掌握的方式，如唱支歌，讲个故事，说句古老的谚语，或者吟一首优雅的诗，来增添欢乐的气氛。他已经结束了他的一生。他已经祈祷过了，忏悔过了，他们怎么会不诚心诚意地为他送行呢？第二天就举行了葬礼。他的一大帮崇拜者和朋友们同他的棺材一起登上了灵车，因为那天下雨，天气糟糕透了。

他们还没有走远，突然一个人说："天气真是冷得要命，是不是？""加拉，"另一个人回答说，"等我们到了墓地就会跟死人一样僵硬了。""让他倒霉好了，"又一个人讲道，"我真希望他再坚持一个月，到那时候天气会转暖的。"一个叫卡罗尔的人随即拿出了半品脱威士忌酒，他们全都喝起酒来，为死者的灵魂祝福。然而，不幸的是灵车超载了，还没有到达墓地，灵车的弹簧就崩断了，酒瓶也碎了。

莫伦在他正在进入的那另一个王国里一定会感到不舒服，感到尚未死得其所，而这时候，也许他的朋友们正在为他祝酒呢。我们真希望有一个宜人的中间地带已经为他准备好；在那里，他只要用新颖而更加悠扬的调子吟唱下面这样古老的谣曲，他就能把披散着头发的天使们召唤到他周围来：

围拢来，孩子们，你们可愿意在我的身边围拢来？

老婆子萨莉还没有把面包和茶壶给我送过来，

快来听我把故事讲起来。

在那里，他会把令人讨厌的冷嘲热讽和不经之谈投向众天使。尽管他衣衫褴褛，但很可能他已经发现并且采集了那崇高真理的百合，那永恒之美的玫瑰。很多爱尔兰作家，无论是著名的，还是被人遗忘了的，正由于没有采集到这些花朵，所以都像海边碎裂了的泡沫那样，无声无息地消逝了。

（章燕 译）

高尔基

阿列克谢·马克西姆·高尔基(1868—1936)，前苏联无产阶级作家，
他1913年从意大利回国后，以自己的童年、
少年和青年时代的生活为题材创作了自传体三部曲《童年》、《在人间》和《我的大学》。
1917年开始发表系列政论《不合时宜的思想》，反映革命过程中的阴暗面。
1934年主持第一次前苏联作家代表大会，并当选为主席。

※ 列夫·托尔斯泰

　　这本小书是根据我在奥列依节写的一些片段的笔记编成的。那时候托尔斯泰住在加斯卜拉，他起先患着重病，以后病渐渐好起来，就在那儿养息。我当时随随便便地在一些纸片上写下这些笔记，我以为它们已经散失了，可是最近我又寻到了它们中间的一部分。我在它们后面附了一封未写完的信，这封信是当初我得到列夫·尼古拉耶维奇离开雅斯纳雅·波良纳"出走"和他去世的消息时写下来的。我现在发表它,一个字也没有修改,完全依照它原来的内容。而且我也不把它写完,因为不知道什么缘故,我总觉得要写完它是不可能的。

笔记

1

比一切其他的思想更常来苦恼他的,显然就是关于上帝的思想。有时候它好像并不是一个思想,却是对于某种他觉得是比他高的东西的顽强抵抗。关于它,他所说的话倒比他所想说的少得多,然而他始终在想着这个问题。我不相信这是一个年老的征兆,一个关于死亡的预感;我以为这是从他那出色的人的骄傲上来的,并且多少还有一点是从一种屈辱的感觉上来的:因为像列夫·托尔斯泰这样的人还不得不拿自己的意志去顺从某种链状球菌,这件事叫他感到耻辱。倘使他是一个自然科学家,他一定会推想出一些天才的假设,而完成一些伟大的发现。

2

他的两只手生得很古怪:上面高高低低地布满了胀大的血管,很难看,然而它们又显得富于特殊的表现力和创造力。莱阿那多·达·芬奇可能有这样的手。人有这样的手便可以做出任何的事情。有时候他一面说着话,一面伸动他的手指,渐渐地把它们捏拢成一个拳头,随后又突然放开,还说几句美丽的、很有意义的话。他好像是一位神,却又不是沙白阿斯,也不是奥林普斯山上的神,他是一位"坐在金色菩提树下的枫树宝座上面的"俄国神,他并不十分威严,可是他也许比所有其他的神都更聪明。

3

他对待苏列尔席次基用的是一种女人的温存。对待契诃夫他却用了一种父性的爱,这里面含有一个创造者的骄傲的感情;而苏列尔则引起了他的温存,一种持久的兴趣和一种连魔术家也似乎永远不会感到厌倦的赞赏。这种感情中或许有一点点可笑的成分,就像一个老处女对一只鹦鹉,一只小狗或一只雄猫的爱那样。苏列尔是一种从某一个完全陌生的外国飞来的可爱的、自由的小鸟。像他这样的人要是有一百个的话,那么就可以把一个外省城市的面目和灵魂改变过来。

他们会毁坏那个城市的面目，并且在它的灵魂里装满那种追求狂热而出色的恶作剧的热情。要爱上苏列尔，是容易的，并且是愉快的，所以我看见女人们对他冷淡的时候，我居然感到了惊讶和愤慨。也许在这冷淡下面隐藏了一种谨慎。苏列尔也并不是可以信任的。他明天会做些什么呢？也许他会去丢一个炸弹，也许他会去参加酒店的唱歌班子。他有着足够三个人同时消耗的精力，又有像烧红的铁块那样发射火花的生命的火。

然而有一天托尔斯泰却对苏列尔大发脾气。列奥波立德有一种无政府主义的倾向，常常热烈地谈起个人的自由。而在这种时候，列·尼总要把他嘲笑一番。

我记得苏列尔席次基在什么地方弄到了一本克鲁泡特金公爵写的薄薄的小册子。他兴奋起来，整天大吹无政府主义的真谛，并且滔滔不绝地大谈哲学。

"列伏希卡，不要讲了，我听腻了，"列·尼厌烦地说，"你像一只鹦鹉似的老是在重复着一个字眼：自由，自由。……它究竟是什么意思呢？倘使你得到你所想的、你所想象的那种自由，那么你会给它引到什么地方去呢？从哲学的观点来说，是引到虚无。而在生活中，在实际上，你会变成一个懒人，一个寄生虫。要是你真是像你所说的那样自由了，那么还有什么来把你跟生活，跟人们联系起来呢？你看鸟是自由的，然而它们还要造鸟窝。至于你呢，你连一个窝也不肯动手去造，你像一只公狗那样，到处去解决你的性欲。你认真地想一想，你就会看见，你就会感觉到归根究底，自由不过是空虚，是无限罢了。"

他生气地皱起眉头，沉默了一会儿，又压低声音说下去：

"耶稣是自由的，佛陀也是自由的，他们两个人把全世界人所犯的罪担在自己的肩上；他们自愿地做地上生活的俘虏。没有人，没有一个人比他们走得更远一点。……至于你，至于我们……我们做过了什么呢？我们都在想法免除我们对我们邻人的义务，然而使我们成为人的却正是这种义务的感情，而且要是没有了这种感情，那么我们就会活得跟禽兽一样了……"

他带了讥讽的微笑接着往下说："现在，我们还在辩论所谓较好的生活应该是什么样的一种生活。辩论的结果不会有多大的好处，可是也不会有坏处。譬如说，你在跟我争论，你气得那么厉害，连鼻子也变青了，可是你却不动手打我，连骂也没有咒骂过我。然而要是你真正觉得自由了的话，你会把我痛打一顿，我就是这个意思。"

他又沉默了一会儿，再接着说："只有在我周围的一切人和一切事物跟我一致的时候，我才是自由的，然而到了那个时候，我已经不存在了，因为我们只有在冲突与矛盾中才感觉到我们自己。"

4

戈尔登淮塞尔弹了肖邦的乐曲，引起列夫·尼古拉耶维奇发表了下面的意见："我不记得哪一个德国小邦的国王说过这样的话，'人要是想养奴隶，他就得尽量地多作乐曲。'这倒是正确的想法，精确的观察，音乐使人心麻痹。天主教徒比任何人都更明白这个。不用说，我们的教士绝不肯在教堂里弹奏门德尔松的乐曲。一个图拉的教士有一天甚至对我确切地证明说，耶稣并不是犹太人，虽然他是一个犹太上帝的儿子，他的母亲是一个犹太女人；——这一点他倒是承认的，可是他又说，'这不可能。'我问他，'那么怎样呢？'他把肩头一耸回答我说，'我以为这是不可思议的！'"

5

列夫·尼古拉耶维奇说："知识分子很像那个加里西亚的公爵，符拉季米尔科，他远在12世纪就敢于'大胆地'公开说，'在我们这个时代再没有奇迹了。'他说了这句话以后，六百年又过去了，知识分子仍然反复地互相说，'不再有奇迹了，不再有奇迹了。'可是人民还继续相信着奇迹，就跟在12世纪一样。"

6

他说："少数人需要一个上帝，因为他们除了上帝以外什么东西都有了，多数人也需要上帝，因为他们什么东西都没有。"

我的意见跟他的不同，我倒想说："多数人因为他们胆小而信仰上帝，只有少数人信仰上帝是因为他们的灵魂充实。"

"你喜欢安徒生的童话吗？"他带着沉思的样子问我道，"当初玛尔科·沃弗奇科的译本出版的时候，我还不了解它们，可是过了10年我再拿起那本小书来读，我一下就明白安徒生是非常孤寂的。非常孤寂。我不了解他的生活。我相信他的生活是放荡的，而且他常常旅行，走过的地方很多，可是这只是证实了我的想法：他是孤寂的。他正因为这个缘故，才写给儿童们念的东西，他以为儿童比成人有更多的怜悯心，这个见解是错误的。儿童对什么都不会怜悯，他们是不能够怜悯的。"

7

他劝过我念佛经。谈起佛教和基督来他总是带着感伤的调子；特别是谈到基督时他的言辞显得贫弱：他的话里面没有热忱，没有感动，也没有一线火花从他的心里发射出来。我觉得他把基督当做一个天真的、值得我们怜悯的人，他虽然也常常赞美基督，却并不见得爱基督。我还觉得他好像在担心：万一基督到了一个俄罗斯乡村里来，那些荡妇、娼妓会把他大大地戏弄一番。

8

今天尼古拉·米哈依洛维奇大公爵在那儿，他好像是一个很聪明的人。他态度谦逊，讲话不多。他有着温和可亲的眼睛，堂堂的相貌和安详的举止。列·尼和蔼地对他微笑，跟他有时讲法国话，有时讲英国话。他又用俄国话对他说：

"卡拉姆津为了沙皇写作，索洛维约夫写得冗长而乏味，克柳切夫斯基却是为了自己的消遣写作的。他太狡猾，你读他的文章，你相信他在赞美，可是你仔细想一下，你就看出来他是在咒骂了。"

有人提起了扎别林的名字，列·尼说："他很好。一个道地的司书，一个古董爱好者。他不管是有用或者没用的东西，全搜集在一块儿。他讲到食物的时候，好像他从来没有吃饱似的。不过他是非常、非常有趣的。"

9

他使我想起那班朝山的香客，他们一生就是捏着短棒跨着大步，步行千万里路，从这一个寺院走到那一个寺院，从这一位圣者的遗骨看到那一位圣者的遗骨，永远无依无靠，对一切人和一切事物都是非常生疏。这个世界并不是为他们创造的，上帝也不是为他们存在的。他们照着习惯祷告上帝；可是在心里他们却暗暗地恨"他"。"他"为什么要逼迫他们从大地的这一端飘游到那一端呢？为什么呢？对于他们，人不过是断桩，残根，路上的石块，他们会撞上这些东西，而且有时候会受伤的。自然，他们也可以不撞到这些东西，可是有时候为了叫一个跟自己接近的人惊奇的缘故，对他表示自己跟他不同，自己的意见跟他的不一致，也是一件愉快的事。

10

他说："普鲁士的国王弗列特利克大帝说得很好，'每个人应当依照他自己的办法救自己。'他又说，'随你高兴去议论吧，不过你得服从。'可是在他临死的时候他却承认说，'我倦于统率奴隶了。'所谓伟大人物总是矛盾得厉害。这跟他们所有其他的蠢事一块儿被人宽恕了。然而矛盾究竟不是蠢事。傻瓜是顽固的，但是他并不矛盾。不错，弗列特利克是一个怪人；德国人恭维他是一个最好的君主，可是他却是不喜欢德国人。他连歌德和魏南特，也不喜欢。"

11

昨天晚上谈到巴尔蒙特的诗，他说："浪漫主义是从人们害怕面对真理的这种畏惧心来的。"苏列尔不赞成这个见解，他激动得连话都说不清楚了，他非常感动地又朗诵了些巴尔蒙特的诗。

"列伏希卡，"他说，"这不是诗句，这是吹牛，这是中世纪人们所谓的无聊东西，这是一串没有意义的文字。真正的诗是朴素的；费特写着：

我自己也不知道我要歌唱什么，
可是一首歌已在我的心中成熟。

的时候，他已经表示出了一般人对于诗的真正的感觉。农人也并不知道自己唱的是什么，可是啊，唯，呀，嗳——这便是一首直接从灵魂中发出来的真正的歌，就跟小鸟的歌一样。而你们那班新诗人，只会虚构。还有那些叫做'巴黎流行品'的法国废物。这就是你那些制造诗的家伙擅长的东西。涅克拉索夫的那些坏诗从头到尾都不过是虚构。"

"贝朗瑞呢？"苏列尔问道。

"贝朗瑞吗，那又当别论。法国人跟我们中间有什么共同的地方？他们是好色的；他们认为肉的生活比灵的生活更重要。对一个法国人来说，女人占第一位。这是一个衰老的、精力耗尽了的民族。医生说过所有害肺病的人都是好色的。"

苏列尔像他平日那样直率地争论起来，滔滔不绝地随便说了一大堆话。列·尼望着他笑了，一面说："你今天倒好像一个到了结婚年龄而没有男朋友的小姐那样地在耍脾气了。"

12

病使他变得更枯瘦了，他的内部有什么东西给病消耗光了；在内心方面他显得更轻快，更明澈，更接近生活。他的两只眼睛变得更锐利，眼光更深透。他用心地听人讲话，好像他在努力回忆一些久已忘却的事情，或者他在等待着别人告诉他一些新的、未知的事情。在雅斯纳雅·波良纳，他让我觉得他是一个什么都知道而且用不着再学习什么的人，对于他什么问题都已经解决了。

13

托尔斯泰倘使是一尾鱼，他一定是在大洋里面游泳，绝不会游进内海，更不会游到淡水河里。

一条小鱼在他的四周游来游去，他所说的话它完全不感兴趣，对它毫无用处；他的沉默既不使它惊恐，也不使它感动。然而他的沉默既威严，又巧妙，很像一个真正离群索居的隐士。虽然关于某一些问题他感到有讲话的义务，出来说了许多话，可是别人还是觉得他有更多的话不曾说出来。有些事他不能够对任何人谈。不用说，他有一些连他自己也害怕的思想。

14

有人送给他一种很好的关于基督的教子的故事的变文。他很高兴地念给苏列尔和契诃夫听，而且念得非常好！他特别欣赏魔鬼们对地主用的惩罚，在他的态度上有什么地方使我不喜欢。他不会是不诚实的，可是正因为他诚实，就更糟了。

随后他说：

"你们看农人也会做文章。一切都是简单的，话很少，而感情多。真正的智慧并不啰唆；譬如说：'主啊，可怜我们。'"

不过这篇小故事倒相当残酷。

15

他对我只感到一种人种学上的兴趣。在他的眼睛里我是一种他完全不知道的人的代表，此外再没有别的了。

16

我把我的短篇小说《公牛》念给他听。他笑了好一阵，又恭维我知道"语言的技巧"。"不过您用字遣词却并不高明。所有您的那些农人讲话都太聪明了。在实际生活里他们讲的话都很蠢，而且次序颠倒，不相连贯，你起初一听，简直不懂他们想说些什么。他们是故意这样做的：在他们愚蠢的语言后面始终藏着那个想使对方讲出心事来的愿望。一个好的农人从来不会一下子就露出自己的聪明来，这是对他不利的。他知道一般人跟傻瓜、蠢人接近的时候，总是不怀恶意不用欺诈的，这正是他所希望的。你在他面前一坦白，他立刻就看出了你所有的弱点。他对谁都不相信，就是对他的老婆他也怕讲出自己的心事。然而在您的小说里面，他们全是那么坦白爽快；在您的每篇小说里面都有自作聪明的人们的大聚会。他们全用警句谈话，这也是不对的：警句在俄国话里是不相宜的。"

"可是谚语和格言呢？"

"那又当别论，它们不是今天才有的。"

"然而您自己也常常用警句谈话呢。"

"我从没有！而且您把一切都美化了，人啦，大自然啦，特别是人都给您美化了！列斯科夫就是这样的，这是一个矫揉造作的、不自然的作家，很久就没有人念他的作品了。您不要受别人的影响，也不要害怕任何一个人，那么一切都没有问题了……"

17

他把他的日记本拿给我看，里面有一个奇怪的警句使我吃了一惊，那是："上帝是我的欲望。"

今天我把那个本子还给他，我问他那句话是什么意思。

"一个未完成的思想，"他半闭上眼睛望着书页，一面回答道，"我一定是想说：'上帝是我想认识他的欲望；'……不，不是这个意思。"他笑了起来，把那个本子卷成一个筒子，放到他那件粗布外衣的大口袋里面去。他跟上帝的关系是很不确定的；它们有时候使我想起了"一个洞里面两只大熊"的关系。

18

关于科学，他说：

"科学是一个走江湖的炼金术士造的金元宝。你想把它简单化，使它跟所有的人接近，换句话说，就是铸造大量的伪币。将来有一天人民知道这种钱币的真正价值的时候，他们不会感激你的！"

19

我们一块儿在尤苏波夫公园里散步。他谈起莫斯科贵族的生活习惯，谈得非常出色。一个肥胖的俄国农妇在花坛前面工作，身子弯成直角，露出她那一双象腿似的粗腿，她那对肥大的奶子一直在颤动。他注意地望着她，说：

"所有那一切的繁荣豪华都是建立在这种女像柱上面的。这不单是靠着农人农妇们的劳力，和他们所缴纳的租税，并且还是靠着人民的血液，实实在在的血液的。倘使贵族不是时常跟她这样的母马交配的话，那么他们早就绝种了。像我那个时代的年轻人那样，消耗了精力，是不能不受到惩罚的。然而他们胡闹了一阵之后，他们里面有许多人便跟农奴的姑娘们结了婚，生出了好种。照这样说，也还是靠农人的力量救了他们的。农人的力量到处都有用。贵族家庭中总有一半人把他们的力量为自己消耗掉，另外的一半人就把自己的血跟乡下人的浓血混合在一块儿，乡下人的浓血也因此给冲淡了些。这倒是有好处的。"

20

他很爱讲女人，就像一个法国小说家那样，然而他总是带着俄国农人的那种粗俗的腔调，以前我听起来总觉得不舒服。

今天在杏树林里他问契诃夫道："您年轻时候很荒唐过一番吧？"

安·巴受窘地笑了笑，拉了一下他颔下的小胡子，讷讷地讲出一两句听不清楚的话来。列·尼望着海，一面承认地说："我当时是一个不要命的……"

他说这句话的时候带了一种忏悔的样子，收尾用了一个农人常用的猥亵字眼。这时我才头一次注意到他说出这个字眼显得非常容易，好像他就找不到一个可以代替它的另外的字眼似的。整句话从他那长着胡子的嘴里说出来显得非常单纯、自然，话在半路上就失去了那种军人常用的粗俗和猥亵的味道了。我还记得我初次会见他的情形以及他谈起《瓦莲卡·奥列索娃》和《二十六个和一个》时所讲的那些话。

依常情来说，他的话只是一串"肮脏的"字眼罢了。我给它们弄得莫名其妙，甚至恼怒了。

我觉得他好像认为我就只能懂这样一种语言似的。我现在才看出来我那时候恼怒，实在是愚蠢得很。

21

他坐在丝柏树下一个石凳上面，看起来又瘦又小，而且很老了，然而他还是像一个上帝，现在有点疲乏，在跟着一只燕雀的叫声吹口哨消遣。那只小鸟正躲在树叶浓密的地方唱歌，列·尼皱起他一双锐利的小眼睛朝那个方向望着，并且像小孩似的尖起嘴唇笨拙地吹起口哨来。

"它在生气了，这个小东西！它拼命在叫，它是什么鸟啊？"

我便对他讲起燕雀来，我还讲到这种鸟的妒忌的特性。

"它一生就只能唱一首歌，然而它还是妒忌。人心里有几百首歌，他也还是因为妒忌挨骂！"

难道这是公平的吗？"他带着沉思的样子说，好像他在问自己似的，"在有些时候一个男人对一个女人说了比她所应当知道的更多的关于他自己的话。他以后就忘记了他的话，可是她还记得。妒忌会不会是因担心自己灵魂堕落，担心会被侮辱、会成为可笑的人的恐惧心理产生的呢？一个抓紧你的的女人并不危险，危险的倒是那个抓紧你的灵魂的女人。"

我对他说他这番话跟他的小说《克来采长曲》有点冲突；愉快的微笑在他的全部胡子上面出现了，他回答我说："我不是一只燕雀。"

晚上在散步的时候他突然说："人经历过了地震、瘟疫、疾病的恐怖以及种种灵魂的折磨，然而无论什么时候，在过去也好，现在也好，将来也好，他的最惨痛的悲剧都得数那个床笫间的悲剧了。"

他说着这样的话，不觉得意地微笑了：他时不时地露出一种豁达的、安静的微笑，一个人克服了极大的困难，或者突然觉得那个折磨了他许久的锐利的痛苦消失了以后，就会有这样的微笑。每一个思想都像扁虱似的咬住了他的灵魂；他要不是把它立刻弄掉，就得认它饱餐他的血，等到它的肚子喂饱了，它自己也会离开，不给他知道的。

有一次他正在津津有味地谈论禁欲主义，忽然皱皱眉头，咂咂嘴，严肃地说："是缝起来的，不是逢起来的；有'缝'这个动词，没有'逢'这个动词……"

这句话跟禁欲主义的哲学显然毫无关系。他注意到我的惊讶，连忙说，一面朝着隔壁房间的门点点头："他们在那边说：逢好的被子。"

他接着又说："那个列朗只会唧唧喳喳地讲甜言蜜语……"

他常常对我说："你讲故事很好，用您自己的字句，很生动，并不照抄书本。"

然而他差不多总是指出我的文字上的疏忽，他好像在对自己说话似的小声说：

"'相同地'和接着用的'绝对地'不妥，其实应当用'安全地'这个副词。"

有时候他责备我说："'不固定的典型。'人怎么能够把两个在精神上很不相同的字眼结合在一块儿呢？这是不好的……"

我觉得他对语言文字的形式的敏感有时候锐利到一种病态的程度。有一次他对我说：

"我在某一个作家某篇文章的一个句子里面同时找到'柯希卡'（猫）和'基希卡'（肠）两个字。这叫人讨厌！我实在受不了。"

有一次他从公园回来，又说："……我不喜欢语言学家，他们是些枯燥无味的学究。然而在他们面前明明摆着语言方面的重要工作。我们讲话常常用些连我们自己也不懂的字眼。譬如有些动词是怎样来的，我们一点也不明白。"

他常常谈到陀思妥耶夫斯基的语言："他写得很丑恶，而且甚至于故意写得脏——我相信这是故意的，是为了卖弄。他喜欢表现自己。他在《白痴》里写着：'厚着脸皮纠缠并且"阿菲谢瓦尼耶"熟人。'我想他故意曲解了动词'阿菲希罗瓦其'（"吹牛"、"自负"这一类的意思）的用法，因为那个动词是外来语，是从西欧来的。然而我们还可以找到他的别的不能宽恕的错误：那个'白痴'说：'驴子是一个好心而有用的人，'这句话本来应当引起人们大笑或者讲什么话的，可是在场的人却没有一个笑过。他是当着他的三个妹妹的面说出来的，她们都喜欢戏弄他，尤其是阿格拉雅。一般人都说这本书不好，可是书里面最坏的地方却是梅希金公爵是害癫痫病的。倘使他是个身体健康的人，那么他的直率，他的纯洁会使我们大受感动的。可是陀思妥耶夫斯基没有勇气把他写成一个健康的人。并且他素来就不喜欢健康的人。他相信既然他自己是个病人，那么全世界也在生病……"

他把描写谢尔吉依神父堕落的场面的一种变文念给苏列尔和我听。那个场面是很残酷的。苏列尔做出愁眉苦脸的样子，烦躁不安地在椅子上擦动。

"你怎么啦？你不喜欢它吗？"列·尼问道。

"这太残酷了。别人会说是陀思妥耶夫斯基写的。那个腥臢的女孩子，奶子像煎饼一样……为什么他不跟一个健康、漂亮的女人犯奸呢？"

"那样奸罪便是不可原谅的了，而在这儿他还可以辩解说他怜悯那个女孩子。谁愿意要这样的一个女孩子呢？"

"我不明白……"

"列伏希卡，你不明白的事情多着呢。你并不太狡猾……"

安德烈·里沃维奇的夫人进来了，打断了他们的谈话。等她同苏列尔一块儿到耳房去了以后，列·尼便对我说："列奥波立德是我认识的人中间最纯洁的。他也是像这样的：倘使他做了什么坏事情，那一定是由于怜悯谁的缘故。"

22

他最喜欢讲的题目是上帝，农人，女人。他很少讲到文学，讲起来话也不多，好像文学跟他不相干似的。据我看来，他对于女人怀着一种不能和解的敌意。他喜欢惩罚她，除非她是一个吉蒂，或者一个娜达莎·罗斯托娃，就是说，除非她是一个眼界不太狭小的女性的时候。

这是一个没有得着他本来可以得到的全部幸福的男人的怨恨吗，或者是对于"使人屈辱的肉欲"的精神上的反抗吗？然而这毕竟是敌意，一种冷酷的敌意，就像在《安娜·卡列尼娜》里面那样。对于"使人屈辱的肉欲"，他在星期天和契诃夫、叶尔巴季耶夫斯基两人谈到卢梭的《忏悔录》时，讲得非常好。苏列尔已经把这次谈话记录下来了，然而他在煮咖啡的时候又把这个记录在酒精灯上烧掉了。他曾经烧掉了列·尼关于易卜生的意见，又失去了列·尼关于结婚仪式的象征主义的谈话记录，列·尼的这一类带有浓厚异教气味的意见有时候跟罗扎诺夫的意见很接近。

23

早晨有几个斯登教徒从费奥多西亚来，今天他整天都热心地谈着农人的事情。

早餐的时候他说："他们来了，两个人都是多么强壮，多么结实；其中的一个说，'喂，我们没有被邀请就来了。'另一个说：'希望上帝保佑，我们不要挨一顿打回去。'"他发出一阵小孩一般的大笑，笑得全身都摇动了。

吃过早饭以后大家坐在露台上，他又说："我们不久就不再懂人民的语言了。我们谈着'进步的学说'，'个人在历史中的作用'，'科学的进化'，和'赤痢'。而农人却会对你说，'纸里包不住火，'那么所有你的学说，你的历史，你的进化都变成可怜而又可笑的了，因为人民不了解它们，也不需要它们。农人比我们强壮，他的生命力强，而我们呢，天知道，我们有一天会碰到阿楚尔族的那种情形，据说有人对一位学者讲过阿楚尔族的事情，说，'所有阿楚尔族的人全死了，可是这儿还有一只鹦鹉懂得几句阿楚尔人的话。'"

24

他说："女人在肉体上比男人更诚实，而在思想上却比男人更虚伪。可是她撒谎的时候，她并不相信她所说的话；卢梭也撒谎，他却相信自己的谎话。"

25

他说："陀思妥耶夫斯基描写他的某一个狂人的时候，曾说他活着是在对别人也对他自己报仇，因为他曾经为他自己并不相信的东西出过力。他这是在写他自己，我是说，他也可以用同样的话写他自己。"

26

他说："宗教上的一些用语实在是意思晦涩得出奇。例如'主的大地和它的丰饶'这一句的意思是什么呢？这不再是《圣经》了，这是一种通俗化的科学唯物论。"

"可是您已经在什么地方解释过这句话了。"苏列尔说。

"我解释过的并不多。……'解释了一处也不能说明一切。'"

他狡猾地微微一笑。

27

他喜欢对人提出一些困难的使人发窘的问题：

"您觉得您自己怎样？"

"您爱您的妻子吗？"

"您相信我的儿子列夫有才能吗？"

"您喜欢索菲雅·安德烈耶夫娜吗？"

要在他面前撒谎是不可能的。

有一天他问我："阿列克谢·马克西莫维奇，您喜欢我吗？"

这是一个包加狄尔，一个巨大的武士的恶作剧：诺夫戈罗德的调皮英雄瓦希卡·布斯拉耶夫在他年轻时候也常常干这种恶戏。他在"考验"，他一直在试探，好像他在准备作战似的。这固然很有趣，但是我并不喜欢。他是一个魔鬼，而我还只是一个吃奶的婴孩，他不应当打扰我。

28

对于他农人也许不过是一种恶臭。他总是闻到这臭味，所以不管他愿意不愿意，他却不得不讲它。

昨天晚上我对他讲了我跟柯尔纳将军的寡妇打架的事情；他笑得流出眼泪，甚至于笑痛了肚皮，他接连叫着"啊！"并且用尖细的声音说："用了铲子！打在……用了铲子……喂！正打在……铲子很宽吧？"

他停了一会儿，又接下去正经地说："您像那样地打她实在是大量。换一个人会打破了她的头。您真大量！您明白她看中了您吗？"

"我再也记不起来了；我不相信我那时候就明白……"

"可是，啊，这是明显的！一定是那样。"

"我当时却没有心思想到那种事情……"

"不管您有心思想到什么，都是一样的！您不是一个肯对女人献殷勤的人，这是很明显的。换了一个人，他就会利用这个机会图利了，他会变成一个有房产的财主，跟她整天喝酒过一辈子。"

他停了一会儿又说：

"您真是有趣！请您不要生气：太有趣了！这倒是件很奇怪的事：在您本来有权做坏事的时候，而您却是那么好。是的，您是可以做坏事的。您很强，这很好……"

他又沉默了一会儿，然后带着沉思的样子说：

"我不了解您的精神状态，它是非常复杂的，可是您却有一颗聪明的心……是的，非常聪明的！"

附注：

我从前住在喀山的时候，曾经在柯尔纳将军的寡妇的家里当过花匠和打扫院子的人。她是一个法国女人，年纪轻，身子肥壮，却有一双小脚，小得跟小女孩的脚一样。她有一对很漂亮的眼睛，眼珠老是在转来转去，眼睛老是张得大大的，贪婪地望着人。我想她结婚以前大概是一个女售货员，或者是一个厨娘，也许还是一个"姑娘"。她早晨起来就喝得醉醺醺的，走到院子或者花园里来，身上只穿一件衬衫，再加一件橙黄色的睡衣，脚上穿了一双红羊皮的鞑靼拖鞋；她一头浓密的长发，随随便便地束着，垂在她那红艳的两颊和两个肩头上面。这是一个年轻的巫婆。她在花园里走来走去，嘴里哼着法国曲子，在旁边守着我做工；她时时走到厨房的窗口，大声说："宝林娜，给我一点东西。"

这个"一点东西"永远是一样的：一杯有冰的酒。

在她的房屋的楼下住着三位德——格公爵小姐，她们过着孤女的生活：她们的母亲已经死了，父亲是一个兵站总监，出差去了。柯尔纳将军夫人很厌恶这三位年轻小姐，千方百计欺负她们，想赶她们搬家。虽然她讲不好俄国话，可是咒骂起来却跟一个道地的马车夫一样。她对待这三位对人无害的小姐的态度使我很不高兴（她们是这么忧郁、惊恐、而且无法自卫的）。有一天将近正午的光景，两位小姐在园子里散步，将军夫人突然来了，像平日那样喝得醉醺醺的，在她们后面嚷起来，赶她们出去。她们默默地朝园子外面走去，可是将军夫人却站在花园小门的门口，拿她的身子像软木塞一样堵住门，不绝口地用那种连马也害怕听的骂人的俄国话去咒她们。我求她不要再骂了，让那两位小姐走出去，可是她却大声叫起来："我知道你！你——你晚上爬窗子到她们那儿去……"

我动了气，抓住她的肩膀，把她从门口推开；可是她挣脱了身子，掉转来向着我，很快地解开她的睡衣，撩起她的衬衫，大声说："我比这些小老鼠好得多啊！"

我这时气极了，就捉住她，把她打了一个转，然后用我的铲子朝她的背的下面打了一下，打得她连忙跑出了园门，猛扑到院子里去，大为吃惊地叫了三次："啊，啊，啊！"

以后我便向她的亲信宝林娜要回我的护照，宝林娜也是一个酒鬼，不过她很狡猾；我夹着我那包东西走出院子的时候，将军夫人站在一面窗前，手里拿着一方红手绢，对我大声说："我不叫警察来……不要紧……听我说！你还是回来吧……不要害怕……"

29

我问他："波兹尼谢夫说，医生们杀害了而且还在杀害成千成万的人，您是不是赞成他的意思呢？"

"您很想知道吗？"

"很想。"

"那么我就不告诉您。"

他笑了笑，一面玩弄着他的两个大拇指。

我想起来在他的一个短篇小说里面，他把一个次等的乡下兽医跟一个真正的医生比较了一下。

"像'元气'、'痔疮'、'放血'这一类的字眼，它们不是恰恰跟'神经'、'风湿症'、'有机体'等等一样的吗？"

而且这是在有了勤纳、白林、巴斯德之后写的。这太调皮了。

30

真奇怪他居然这么喜欢打纸牌！他认真地、热情地打着牌。他拿起牌的时候，他的手激动得厉害，好像捏在他手指头中间的不是没有生命的硬纸片，而是几只活的小鸟。

31

他说："狄更斯说得很聪明：'我们得到生命的时候附带有一个不可少的条件：我们应当勇敢地保护它一直到最后一分钟。'可是就大体说，他是一个伤感的、多话的、并不太聪明的作家。

不过他比别人更懂得怎样结构成一部长篇小说，不用说，他在这方面比巴尔扎克好得多。有人说过：'许多人都给著书的热情控制住了，可是只有寥寥几个人后来为自己的著作感到惭愧。'巴尔扎克并不惭愧，狄更斯也不惭愧，然而他们两个人都写过不少的坏作品。可是不管怎样，巴尔扎克仍然是一个天才，这就是说，他是一个你只能够称做天才的人……"

有人给了他一本列夫·季霍米罗夫的书《我为什么不再做一个革命者》。列夫·尼古拉耶维奇从桌子上拿起这本小书在空中挥动了几下，一面说：

"这里面讲到政治暗杀，讲到这种斗争方法本身并没有一个明确的观念，都讲得很好。这个省悟了的暗杀者说，像这样的观念只能够是个人的无政府的专制和对社会对人类的蔑视。这是正确的思想，不过'无政府的专制'这个用语是他的笔误，应该是'君主的专制'。这是好的、正确的思想，所有的恐怖主义者在这儿都会给绊倒，不用说，我指的是正直诚实的恐怖主义者。那些嗜杀成性的人是不会给绊倒的。没有一样东西会使他跌倒。然而他只是一个普通的凶手，不过是偶尔做了一个恐怖主义者罢了。"

32

有时他自负而且小气，跟伏尔加河一带的信教者一样。这个事实在他这位成了全世界的洪钟的巨人身上，是可怕的。昨天他对我说：

"我比您更近于农人，我也比您更有农人的感情。"

啊，主啊！他不应当拿这个自夸。不，他不应当！

33

我把我的戏《在底层》念了几场给他听。他注意地听过了，然后问我道："您为什么写这个戏？"

我努力说明我的意思。他说："别人老是看见您像一只公鸡似的，不管遇到什么都要扑过去。其次，您总是用您自己的油漆涂满所有的缝隙。您该记得安徒生的话吧：'镀的金会磨光，猪皮倒永远留在那儿。'或者像我们的农人说的那样：'一切都会过去，只有真理留着。'最好还是不要涂什么，否则您后来会上当的。然后再讲您的语言，它很巧妙，而且过于做作。

这是不行的。应当写得更简单一点。老百姓讲的是一种简单的语言，甚至好像并不连贯，可是他们还是讲得很好。农人不会像某一位有教养的小姐那样发问：'既然四总是比三多，那么为什么四分之一却比三分之一少呢？'不应当卖弄技巧。"

他用了一种不满意的调子在讲话。我刚才读给他听的东西显然使他很不高兴。过了一会儿，他并不望着我，忧郁地说：

"您的老头子并不可爱，我们不相信他是善良的。演员倒很好。您念过《教育的果实》吗？那里面有一个厨子跟您的演员倒很像。写戏是不容易的事。您的娼妓也写得成功，她们大概就是这样。您见过这一类的人吗？"

"见过。"

"这是看得出来的。无论在什么地方真理都会自己显露出来。您在戏里把您自己的话说得太多，所以在您的戏里面并没有人物，所有的人全是一样的。您大概不了解女人；您没有写成功一个女人，连一个也没有。人们不会记得她们的……"

安德烈·里沃维奇的夫人进来请我们出去喝茶；他连忙站起来急急地走出去了，好像他很高兴把这谈话结束似的。

34

"您做过的梦里面哪一个最可怕？"他问我道。

我很少做梦，我也不记得做过的梦了：可是有两个梦却留在我的记忆里面，也许我一生都不会忘记它们。

"有一次我梦见一个害瘰疬病的、腐烂的绿黄色的天空，和许多圆而扁平的星，没有光线，也没有光泽，就像病人身上的小疮一样。在这个腐烂的天空中，在这些小疮似的星星的中间，慢慢地爬着一道带红色的电光，这道电光活像是一条蛇，它触到一颗星的时候，这颗星就会胀起来变成一个球，而且不发一点响声就炸开了，只剩下一个浅黑色的点子，一种轻烟似的东西，它很快地就在化脓的、成了液体的天空中消失了。所有的星星就这样地一个跟着一个全炸开而且全消灭了，天变得更暗，更可怕，然后它就旋转起来，沸腾起来，分裂成无数的碎块，朝我的头上落下液体的冰冻来；在那些碎块中间的空隙地方，露出一种发亮的黑色，仿佛洋铁瓦一样。"

列·尼说："您这梦是从一本科学书上面来的，您一定读了什么天文学的书，您这个噩梦就是从那儿来的。另外的一个梦呢？"

"另外的一个梦：一片积雪的平原，地面平滑得像一张纸，连一座小山也没有，一棵树也没有，一丛灌木也没有；只有寥寥的几根桦树枝隐隐地露到雪上面来。在这个死寂的荒原的积雪上，现出一条几乎辨认不出来的黄色的路，路从这一边的地平线引长到那一面的地平线上去，在这条路上慢慢地走着灰色毡子的长靴——是一对空的靴子。"

他扬起他那对地仙似的浓眉，注意地望着我，想了一下。他说："啊，这是可怕的。您真的做了这个梦吗？您不是在凭空编造吧？这也带了点书本的气味。"

突然间他好像生气了，他一面拿手指敲着膝头，一面用一种严肃的、不高兴的声调说："您不喝酒吧，不是吗？你不像是一个多喝酒的人。然而在您这些梦里却有喝醉的味道。有一个叫做霍夫曼的德国作家；他梦见打牌的桌子在街上跑着，还有好些这一类的事情，不过他是一个酒鬼，用我们那些有学问的马车夫的说法，是一个'浑蛋'。空的靴子走路，这的确是可怕的。即使这是您编造出来的，也非常好。可怕啊！"

他突然愉快地微微笑了起来，他笑得那么高兴，连他的颊骨也发亮了。

"不过您想想看：突然间在特威尔斯卡雅街一张弯脚的打牌桌子跑了起来；桌子上面扬起一层粉笔灰，连绿色台毡上写下的输赢的数目也还看得见。几个收税员在这张桌子上打了整整三天三夜的'文特'，一会儿也不休息，桌子实在受不了，便逃走了。"

他笑了，后来他一定是看出来我因为他不相信我的缘故有点难过，便对我说："因为我说您的梦带着书本的气味您有点不高兴吧？您不要为这件事动气。我知道有时候人不自觉地编造一些不可信的而且是极其恍惚的东西，他却相信他在梦里见过它们，并不是他自己想象出来的。一个上了年纪的地主对我讲过一个梦，他在梦中穿过一个树林走进一片草原，他看见草原上有两座小山，它们却忽然变成两只女人的奶子，在这一对奶子的中间有一张黑脸正在朝上面升起来。在脸上应该长眼睛的地方悬着两个白鹥似的月亮。这个老头子已经站在女人的两腿中间了，在他面前张开了一条很深的黑的峡谷，把他吞了进去。在这个梦之后他的头发开始变成灰白色,他的手也颤抖起来了,他便出国去找克奈卜大夫试行水疗法。他一定见过了这一类的东西:他是一个放荡的人。"

他拍了拍我的肩头:"至于您呢,你既不是一个酒鬼,也不是一个放荡的人。那么您怎么会做这样的梦呢?"

"我不知道。"

"关于我们自己的事我们一点儿也不知道!"

他叹了一口气,眯起眼睛,想了想,压低声音加了一句:"我们什么也不知道。"

这天晚上在散步的时候他拉住我的胳膊对我说:"靴子往前走着,这是可怕的,不是吗?它们完全是空的——踢踏,踢踏,踢踏——踩在雪上发出轧轧的声音!是的,这是很好的!不过您仍然有着太多的书本气味,太多的!您不要生气,这是不好的,这对您有妨碍。"

我不相信我比他更有书本的气味,然而,不管他这种说话方式多么委婉,我今天总觉得他是一个残酷无情的理性主义者。

35

有时候他给了人一种印象,好像他是刚从一个遥远的国家来的,在那个国家里人们的思想和感情都跟我们的不同,他们中间的关系也跟我们中间的关系不一样,他们的举动跟我们的也不同,连他们的语言也跟我们的语言完全两样。他坐在一个角落里,疲倦,而且兴趣索然,仿佛身上蒙了一层另一个土地上的尘土。他用一个外国人或者一个哑子的眼睛注意地望着每一个人。

昨天在午饭前他正是像这样地走进客厅里来,好像离我们远远的,然后他坐在沙发上;他沉默了一会儿,忽然微微摇晃着身子,手掌擦着膝头,皱起脸孔说:"这还没有完,不,没有完。"

一个像熨斗那样的平板而愚笨的人问他:"您在讲什么事?"

他牢牢地望着他,把身子更往下弯,朝我们,尼基青大夫、叶尔巴季耶夫斯基和我坐的露台上看了一眼,问我们道:"你们在谈什么?"

"谈普列威。"

"普列威……普列威……"他沉吟地念了两遍，在这中间还停了一下，好像他是第一次听见这个名字似的；然后他像一只小鸟那样把身子抖了两下，微微地笑了笑说："今早晨起，我脑子里就动着一个傻的念头。有人告诉我，在一个公墓里见到了这样的墓铭：

> 在这块石头下面睡着伊凡·叶戈利耶夫，
> 职业是个硝皮匠，他从早到晚就浸兽皮。
> 他正直地工作，又有好心肠，可是你们看，
> 他去世了，把他的店子留下给他的妻。
> 他不算太老，还可以做许多事情，
> 然而上帝把他带去过天堂的生活，

就在耶稣受难周的星期五到星期六的夜间。
还有些这一类的句子……"

他不做声了，随后抬起头来，又微微地笑了笑，对我说："在人类的愚蠢里面，只要它不含恶意的时候，它也有一些叫人很感动的东西；甚至还有可爱的东西。……这是常有的事。"

有人来唤我们去吃午饭了。

36

列·尼说："我不喜欢喝醉酒的人，可是我认识一些人，他们喝了一点儿酒以后却变得很有趣了，他们有了机智，思想也漂亮了，还有遣词的敏捷，语言的丰富等等，这些都是他们清醒的时候所没有的。在那种时候我倒愿意祝福酒了。"

苏列尔告诉我，有一天他同列夫·尼古拉耶维奇在特威尔斯卡雅街上走，托尔斯泰远远地看到了两个胸甲骑兵。他们的铜甲在日光里闪亮，他们的刺马距一路上响着，他们走起路来步调一致，好像两个人生在一块儿似的，他们的脸上现出一种从力量和青春产生的得意神情。

托尔斯泰骂起来了："多么无聊的摆架子！真正像用棍子教出来的畜生！"

可是等到这两个胸甲骑兵走到他跟前，他停住脚，用爱好的眼光送着他们，一面热心地说："他们真美！真正像古罗马人！不是吗，列伏希卡？多有力，多漂亮！啊，我的上帝！一个人漂亮，是多好啊，是多好啊！"

37

在一个炎热的白天，他在下行的公路上碰到我。他骑着一匹温和的鞑靼小马，朝着里瓦基亚的方向驰去。灰白的头发，毛茸茸的脸孔，头上戴一顶菌子形的白毡子小帽，他活像一个地仙。

他勒住马跟我谈话。我挨着踏镫，跟他的马一块儿朝前走起来，我对他讲了一些事情，这中间我也提起我接到了符·加·柯罗连科的一封信。托尔斯泰气冲冲地摇着他的胡子，问道："他信上帝吗？"

"我不知道。"

"最重要的事情您倒不知道。他是信上帝的，不过他不好意思在无神论者跟前承认罢了。"

他用一种抱怨的、任性的调子说了上面的话，愤怒地眯缝着眼睛。显然是我打扰了他，可是我正要离开他的时候，他却留住我，说："您到哪儿去？我骑得慢。"

接着他又咕噜起来："您的安得列耶夫在无神论者面前也不好意思，可是他也信上帝，上帝使他害怕。"

我们走到亚·米·罗曼诺夫大公爵的领地前面了。有三个罗曼诺夫王族的人，挨得很近，站在路中间闲谈：一个是领地阿依——托多尔的主人亚历山大大公爵，一个是乔治大公爵，还有一个我相信是久里别尔的彼得·尼古拉耶维奇大公爵，三个人都是身材魁伟、仪表堂堂的男子。一辆一匹马拉的马车把路拦住了，还有一匹鞍马横站在路上；列夫·尼古拉耶维奇不能够过去。他用严厉而高傲的眼光瞪着那三个罗曼诺夫。可是他们已经掉过身子，背朝着我们了。那匹鞍马动了动脚，稍稍移开了一点儿，让托尔斯泰的坐骑过去了。

他默默地骑了一会儿，对我说："他们是认识我的，这些笨蛋……"

过了一分钟他又说："马倒懂得应该给托尔斯泰让路。"

38

列·尼说："您要先为着您自己关心您自己的事，那么您还会有很多工夫做别人的事情。"

39

他说："所谓'知道'是什么意思？譬如说：我知道我是托尔斯泰，一个作家，我有妻子和一些孩子，一头白发，一张难看的脸，一部大胡子——这些都是写在护照上面的。可是关于灵魂的事，护照上就没有记录了。我只知道一件关于灵魂的事，就是：它愿望跟上帝接近。可是上帝是什么呢？那是，我的灵魂不过是'他'的一部分。我知道的全在这儿了。凡是学会了思索的人是不容易有信仰的，然而人只有由信仰才能够活在上帝里面。忒他连说过：'思想是一个罪恶。'"

40

不管他所宣传的教义是怎样的单调，这个举世罕见的人物却是非常广泛地多方面的。

今天在公园里他和加斯卜拉的回教教长谈话的时候，他的举止很像一个容易相信人的老实的农人，而且到了应该想着他断气的日子的时候了。他本来就矮小，现在好像又故意缩短了些，他站在那个强壮、结实的鞑靼人的身边，好像是一个古时的小老好人，他第一次想到存在的意义，并且害怕自己心灵中发生的一些问题。他吃惊地扬起他的一对浓眉，胆怯地眨着他锐利的小眼睛，眼睛里平日常有的那种叫人受不了的洞穿一切的火花现在被他收敛了。他那探查似的眼光不动地停留在教长的宽脸上，他的瞳孔也失去了它们那种使人惶惑不安的锋芒。他向教长提出了一些关于生命的意义、关于灵魂和关于上帝的"幼稚的"问题，他很巧妙地拿《福音书》和先知的诗句跟《可兰经》中的诗句暗中调换。实际上他不过用那种只有伟大的艺术家和哲人所能有的卓绝的本领在演戏罢了。

几天以前他跟塔涅耶夫和苏列尔谈到音乐，他像一个小孩似的陶醉在音乐的美里面了；我们看得出来他高兴自己能够欣赏音乐，或者更真切地说，他高兴自己能够这么深地欣赏音乐。他说，叔本华写的论音乐的文章比任何人都更好，更深刻。他附带讲了一个关于费特的有趣的故事，他又把音乐叫做"灵魂的无声的祷告"。

"怎么——是无声的呢？"苏列尔问道。

"因为音乐是**没有**言语的。在声音里比在思想里有着更多的灵魂。思想是一个装满铜板的钱袋，而声音呢，它却没有让什么东西弄脏过，它内部是纯洁的。"

他带着看得出来的满意，说着可爱的、孩子的话，他突然记起了一些最好的、最讨人欢喜的句子，随后他意外地笑了笑，温和地小声说："所有的音乐家都是傻瓜；越是有才能的，越不聪明。可是奇怪他们差不多都是笃信宗教的。"

41

他打电话给契诃夫说："今天我过得多么好！我的灵魂非常快乐，所以我希望您也快乐！特别是您！您是个好人，很好的人！"

42

倘使你跟他谈些不应当讲的话，他不会来听你，也不会相信你。事实上他并不询问，他在查究。他跟一个爱好古玩的人一样，他只搜集那些跟他的收藏可以配合的东西。

43

他一面读信，一面说："人们惊扰着，写着，可是等到我死了一年以后，他们就会问道：'托尔斯泰？呀！是的，就是那个亲手做靴子的伯爵，我弄不清楚他出过什么事情，——是说那个人吗？'"

44

我好几次在他的脸上、在他的眼光里看到了一种狡猾的满足的笑容，这笑容是一个人意外地寻到了他自己藏起来的东西以后所常有的。他记不起来他把那个东西放在什么地方了。过了好久他一直暗中在着急不安,不断地问自己:"我会把这个我现在多么需要的东西放在哪儿呢?"他老是害怕别人看出他着急不安,丢失了东西,会作弄他。可是突然间他想起来了,找着了那个东西。他充满了喜悦,他现在也不想隐藏他的这种喜悦了,他却带着狡猾的神情望着所有的人,仿佛在说:"你们对我没有办法了!"

可是他并不说出来:他究竟找着了什么,并且是在什么地方找到的。

他引起人们的惊愕,但这惊愕永不会使人厌倦。然而常常跟他见面,却是一件痛苦的事,我不能够跟他同住在一所宅子里面,更不用说同住在一间屋子里面了。这好像在一个沙漠里面一样,在那儿太阳把万物都烧光了,现在它自己也要烧尽了,这时候它却使人们感到威胁:一个无穷无尽的黑夜就要来了。

(巴金 译)

※ 安东·契诃夫

有一天他请我到库楚克-柯依那个小村子去看他,他在那儿有一小块地和一所两层的白色小楼房。他带我去参观他的"领地"的时候,他热心地对我说:"倘使我有很多的钱,我要在这儿给那些生病的乡村小学教员设立一所疗养院。您知道,我要造一所敞亮的房屋,要十分敞亮,有大的窗子和高高的天花板。我要办一个出色的图书馆,还要购买各种乐器,弄一个养蜂场,一个菜园,一个果园。还可以在那儿举行关于农学、气象学等等的讲演;一个乡村小学教员应该什么都知道,老朋友,什么都知道!"

他忽然住了口,咳起嗽来,从侧面看了我一眼,露出了他的温和的、动人的微笑,这笑容有一种叫人无法抗拒的魅力,并且使人对他所说的话加以特别的注意。

"我的幻想会使您觉得讨厌吧?可是我爱讲这种话。要是您知道俄罗斯乡下多么需要聪明而有学问的小学教员就好!在我们俄罗斯,应该让小学教员享受到特殊的待遇,而且要是我们明白俄罗斯如果没有普遍的平民教育,它就会像一所用没有烧好的砖造成的房屋那样倒塌，那么更应该尽可能地赶快提高小学教员的待遇！小学教员应当是一个热爱自己职业的演员、艺术家，可是在我们这儿，他却是一个粗工，一个没有学问的人，他怀着仿佛充军似的一种心情去教育乡村的小孩子。他挨饿，受人轻视，担心会丢掉职业。然而刚刚相反，他应当是村子里的第一等人物，能够回答农民的一切问题，农民承认他是一种值得注意、值得尊敬的力量，没有人敢教训他……侮辱他，像我们这儿有些人所做的那样：地方警察，有钱的店老板，教士，县警察局长，学校校董，乡长，以及那种虽然挂着视学的头衔却不去管学校组织是否改善，只是专门注意当局的通令是否认真奉行的官吏，他们都是那样做的。一个被请来教育人民——您明白吗？——教育人民的人只拿了一点儿少得可怜的钱，这太荒谬了！我们不能让这种人穿着破衣服在街上走路，在屋顶破烂而且潮湿的学校里冷得打颤，给炉子熏得中炭气毒，感冒，过了三十岁就得了喉头炎，风湿病和肺结核。……这是我们的耻辱！我们的小学教员一年里面有八九个月过着像隐士一样的生活，找不到一个可以谈话的人，没有书，也没有娱乐，他就在孤寂中一天一天地变蠢了。要是他把同事们请到家里去玩，别人又会把他当做'可疑人物'——这个荒谬的字眼是狡猾的人用来吓唬傻瓜的！……这一切都叫人讨厌……他们好像居心要玩弄那个担任着非常重要的伟大工作的人似的。您知道，我碰到一个小学教员的时候，在他的面前，看见他那胆怯的样子和他那一身破旧的衣服，我就感到惭愧不安。我觉得对小学教员的贫苦我多少也有一点责任……的确是这样！"

他闭上了嘴，思索了一会儿，然后挥了挥手，慢慢地讲下去："我们俄罗斯是个多荒谬，多笨的国家啊！"

深深的悲哀的阴影罩上了他那双好看的眼睛，很多细的皱纹围绕着他的眼睛，使他的眼光显得更深远了。他向四周看了看，便自己开玩笑地说："您瞧，我拿了整篇自由主义报纸上的进步文章来款待您了。来吧，我要请您喝茶去，为了酬劳您的耐心……"

他常常是这样的：他热烈地、认真地、诚恳地说着，可是忽然间他又笑起来了，他笑他自己和他自己讲的那些话。在他这种温和而悒郁的笑容里面，我们看出了一个知道语言的价值和梦想的价值的人的敏感的怀疑。在他这笑容里面还含有可爱的谦虚和细心的殷勤……

我们默默地缓步走回家去。这是一个晴朗而炎热的日子；波浪正在跟太阳的灿烂金光游戏，发出了声音；山脚下一只高兴的狗叫得非常愉快。契诃夫抓住我的胳膊，一面咳嗽，一面慢吞吞地说："说起来很可羞，很悲惨，然而却是真的：有好些人在羡慕着狗呢……"

他接着又带笑地添上两句："我今天就只说些颓丧的话。……这说明我老了！"

我常常听见他说："您知道，有一个小学教员到这儿来了……他结了婚，又生病。您能不能给他帮点忙？目前我已经把他安顿好了……"

或者："听我说，高尔基，这儿有一个小学教员想认识您。他不能够出门，他病了。也许您能够去看他吧，好吗？"

又或者："有些小学女教员要求送点书给她们……"

我偶尔在他那儿遇到他的"小学教员"，照例，那位小学教员坐在椅子的边上，因为自己的举止笨拙红着脸，有时候为了找话来说急得额上直淌汗，而且他一心一意想把话说得流畅，"文雅"；或者，他带着一般病态地怕羞的人故意装出来的那种放肆，竭力不要在作家面前显得愚蠢，他向安东·巴夫洛维奇发出一大堆的问题，那些问题以前恐怕就没有到他的脑子里去过。

安东·巴夫洛维奇注意地听着这些临时杂凑的话，他那对忧郁的眼睛里不时地闪出了微笑，两边太阳角的小皱纹微微地颤动，他用他那深沉、温和、不太清晰的声音，并且用了一些简单、明了而又是日常生活中习用的话说明他的见解——这些话马上使那个跟他谈话的人变得简单朴实了，那个人不再勉强装出聪明的样子，却反而显得聪明、有趣多了……

在那些小学教员中间我记得一个瘦长的人，他有一张黄色的饿瘦了的脸，一根长的钩鼻子悒郁地垂在下巴上面；他坐在安东·巴夫洛维奇的对面，那双黑眼睛呆呆地望着安东·巴夫洛维奇，他用了忧郁的低声说："在一段儿童教育期中的得来的这种日常生活的印象积起了一个心灵的聚块，它完全毁灭了客观地认识周围世界的一切可能性。显然，世界不过是我们自己对于它的概念……"

他一下就跳进哲学的领域里面去了，他走的是一个醉汉在冰块上走的那种步子。

"请告诉我，"契诃夫温和地小声打断了他的话，"在您那个县里谁打小孩？"

小学教员从椅子上跳起来，愤怒地挥动他的胳膊："您说什么！我吗？绝不！打人？"

他受了委屈似的从鼻子里发出响声。

"您不要生气，"安东·巴夫洛维奇带笑地安慰他说，"难道我是在讲您吗？可是我记得在报上读到过在您那个县里有人打过小孩……"

小学教员又坐了下来，揩了他脸上的汗，放心地叹了一口气，用一种深沉的低声说："这是真的，有过这么一回事。这是玛卡罗夫干的。您知道，这不是什么惊人的事！这是野蛮的举动，然而也是可以解释的。他结了婚，有四个孩子，妻子生病，他自己也有病，肺病，薪水只有二十个卢布……学校像一个地窖，教师只有一间屋子。在这种情形下面，谁也会打一个没有做错事的天使；况且，请您相信我，那些学生跟天使差得实在太远！"

这个人起先正要拿一大堆聪明话无情地压到契诃夫的头上去，可是现在他突然凶恶地摇着他的钩鼻子，用石头一般沉重的简单明了的句子讲起话来，而且很清楚地说明了俄罗斯乡村生活的可怕而可诅咒的真相……

小学教员告辞的时候，他把契诃夫一只指头细细的瘦小的手捏在自己的两只手里用力地摇着说："我到您这儿来的时候，就像到上司那儿一样，又胆小，又打颤。我装出自尊自大的样子，我想让您看到我不是一个笨蛋……现在我离开您回去的时候，我好像离开一个什么都懂得的又好又亲切的朋友。什么都懂得，这是多么了不起的事！谢谢您！我走了。我带回去一个又好的又愉快的思想：伟大的人比那些跟我们一块儿生活的无能的人更单纯，更能了解人，他们的心灵同我们更接近。别了！我永远忘不了您。"

他的鼻子颤动着，善意的微笑使他的嘴唇皱起来，接着他加上了这句意外的话："老实说，下流人也是不幸的，让魔鬼抓他们去吧！"

他走的时候，安东·巴夫洛维奇用眼光送他出去，一面带笑地说："这是个好孩子。他不会教多久的……"

"为什么呢？"

"他们要陷害他……赶走他……"

他想了一会儿又用温和的低声说:"在俄罗斯,一个忠厚老实的人倒有点像看妈用来吓唬小孩的扫烟囱的人。"

我有一个印象:每个人在安东·巴夫洛维奇的面前都会不由自主地起一种愿意变得更单纯、更真实、更是自己的欲望,我不止一次地在那儿看到人们怎样地抛掉那些书本上的词句和时髦的用语做成的五颜六色的衣服,以及所有其他的廉价的货色,这些东西原是俄罗斯人想装扮欧洲人时用来装饰自己的,就跟野蛮人用贝壳和鱼齿来装饰他们自己一样。安东·巴夫洛维奇不喜欢鱼齿,他不喜欢公鸡毛;凡是人用来装饰自己让自己显得"更重要"的一切花花绿绿的、大吹大擂的、外来的多余东西都使他感到不舒服。

我并且注意到他每一次看见人这样漂亮地打扮起来的时候,他就很想把那个人从这种重而无用的漂亮衣服中解放出来,这种衣服反而损害了那个跟他谈话的人的本来面目同活的灵魂。契诃夫一生都是依靠着他的灵魂生的;他永远是他自己,他在内心上是自由的,他从来没有想过一部分的人所期待于安东·契诃夫的和另一部分的人(比较粗野的人)所要求于安东·契诃夫的究竟是什么。他不喜欢那些关于"高雅的"题目的讨论——这一类的谈话却是我们一般善良的俄罗斯人非常爱好的,他们忘记了:目前连一条像样的裤子也没有,却只顾争论将来穿天鹅绒衣服的问题,是不适当的,甚至是可笑的举动。

他单纯到了美的境地,他喜欢一切单纯、真实、诚恳的人和事物,他有他自己的使别人变得单纯的方法。

有一天三个打扮得很华丽的太太来看他。她们把整个屋子都装满了她们绸裙子的沙沙声和浓郁的香水气味以后,便很有礼貌地在主人的对面坐了下来,装出对政治很关心的样子开始"提出问题"。

"安东·巴夫洛维奇!您以为战争将来怎样结束呢?"

安东·巴夫洛维奇咳了两声,想了一会儿,随后温和地用了认真的、亲切的声调答道:"大概是和平……"

"当然啊!可是哪一方面胜利呢?希腊人还是土耳其人?"

"我以为是强的一方面胜利……"

"那么照您看来，哪一方面是强的呢？"三位太太齐声问道。

"就是营养好教育高的一方面……"

"啊！多聪明！"一位女客大声赞美道。

"您比较喜欢哪一方面啊，希腊人还是土耳其人？"另一位太太问道。

安东·巴夫洛维奇和蔼地看了她一眼，然后带着一种亲切的、温和的微笑回答她道："我喜欢蜜饯……您呢……您喜欢它吗？"

"很喜欢！"太太兴致勃勃地嚷道。

"它多么香啊！"另一位太太认真地说。

于是这三位太太活泼地谈起来，并且显出她们对于这个蜜饯的问题有着非常广博的学问和精细的知识。她们显然很高兴：现在用不着再费脑筋装出对于她们从未想过的希腊人和土耳其人的事情真正关心了。

她们离开的时候，快乐地答应安东·巴夫洛维奇："我们要送蜜饯给您。"

她们走了以后，我对他说："您谈得多漂亮！"

安东·巴夫洛维奇微微一笑，他说："每个人都应该讲他自己的话……"

另外一次，我在他那儿看见一个年轻而漂亮的检察官。他站在契诃夫面前摇着他那鬈发的头起劲地说："安东·巴夫洛维奇，在您的短篇小说《凶手》里面，您在我的面前提出了一个极复杂的问题。要是我承认杰尼斯·格利戈利耶夫有意做坏事的话，那么我就得无条件地把他关进牢里去，社会的利益要求我这样做。然而他是一个未受教育的人，他并没有意识到他的行为是犯罪的，他使我生了怜悯心！然而，要是我认定他是一个对自己的行为缺乏理解的人，而且顺从了我那怜悯的感情，那么，我怎么能够向社会保证杰尼斯不会再拔掉铁轨上的钉子使火车出轨呢？问题就在这儿！那么怎么办呢？"

他不做声了，却把他的上半身向后一仰，用一种问询的眼光望着安东·巴夫洛维奇。他穿了一件崭新的制服，制服前胸的一排纽扣跟这位年轻的正义拥护着干净的小脸上一对眼睛一样自负地、迟钝地发着光。

"倘使我是一个法官，"安东·巴夫洛维奇认真地说，"我要释放杰尼斯……"

"根据什么理由呢？"

"我要对他说：'杰尼斯，你啊，你还不够成熟去做一个自觉的罪犯，去，去成熟吧！'"

法学家笑了起来，可是立刻又恢复了他那庄严正经的表情，他又说："不，可敬的安东·巴夫洛维奇，您所提出的问题只能够从社会的利益这个观点去解决，我是有责任来保护社会的生命和财产的。杰尼斯固然是一个野蛮人，不过他又是一个罪犯。这就是实情！"

"您喜欢留声机吗？"契诃夫突然和蔼地问道。

"啊！是的！非常喜欢！这是多么了不起的发明啊！"年轻人快活地回答说。

"可是我却讨厌留声机！"安东·巴夫洛维奇忧郁地承认道。

"为什么呢？"

"因为它只是说啊唱啊，自己一点儿也不觉得。从它那儿出来的一切都带着漫画的样子，死的样子……至于照相呢，您喜欢照相吗？"

这位法学家原来是个照相迷；他马上热心地谈起照相术来，他虽然说过"了不起的发明"的话，可是他对留声机完全没有兴趣，契诃夫倒正确地、精细地看到了这一层。于是我又看见一个活泼而且相当有趣的小小的老好人从制服里面钻了出来，这个人对人生的看法就像一只年轻的猎狗一样。

安东·巴夫洛维奇把这个年轻人送走以后，便带着忧戚的神情说："就是这种坐在……法官位子上的脓包在支配着人们的命运呢。"

他沉默了一会儿，随后又说："检察官们非常喜欢钓鱼。尤其是鲈鱼！"

他有一种随地发现和暴露"庸俗"的技巧——这种技巧是只有那些对人生有很高的要求的人才能够有的，而且只能够由那种想看见人成为单纯、美丽、和谐的热烈的愿望产生。对于"庸俗"他永远是一个严厉、无情的裁判官。

有人当面告诉他，一个平常老是宣传爱怜人和怜悯心的某通俗杂志发行人毫无理由地侮辱了一个铁路上的乘务员，这个人平时对待部下也十分粗暴。

"这是自然的事，"安东·巴夫洛维奇带着阴郁的微笑说，"他是一个贵族，一个受过教育的人……他进过神学校！他的父亲从前穿树皮鞋，他现在却穿漆皮鞋……"

他讲话的腔调立刻就使"贵族"变得毫无意义而且可笑了。

有一次谈到某一个记者，他这样说："这是一个很有才能的人！他总是写得那么高尚，那么人道……那么甜。可是他在别人面前把他的妻子当傻瓜看待。在他家里老妈子住的屋子却是那么潮湿，所以老妈子经常害风湿病……"

有人问他："您喜欢某人吗，安东·巴夫洛维奇？"

"是……很喜欢。很好的人，"契诃夫一边咳嗽一边同意说，"他什么都知道。他书念得多。他借了我的三本书，始终不还来。他常常心不在焉。今天他会对你说你是一个出色的人，明天他会告诉别人你偷了你姘头的丈夫的袜子，有蓝色小条纹的黑丝袜……"

有人在他面前抱怨那些厚杂志的"正经文章"栏实在沉闷，而且使人感到厌倦。

"可是您不应当去读那些文章，"安东·巴夫洛维奇用了确信的声调劝告他，"那是朋友文学……同人文学。是红，黑，白诸位先生的创作。第一位写一篇文章，第二位反驳他，第三位出来调和前两位的冲突：他们三个人好像在打'文特'。可是这一切对读者有什么好处，他们全不关心。"

有一天一位长得很丰满、穿得很漂亮的美丽、健康的太太来看他，一坐下便"契诃夫式"地谈起来："人生多么无聊，安东·巴夫洛维奇！一切都是灰色的：人啦，天啦，海啦，连花也是一样，在我看起来都是灰色的。没有欲望……我的灵魂里充满了痛苦。……这好像是一种病……"

"的确，这是一种病！"安东·巴夫洛维奇深信地说，"它还有一个拉丁名字：装病。"

幸而这位太太不懂拉丁文，或者她是假装不懂也未可知。

"批评家好像是打扰马耕田的马虻，"契诃夫露出他那聪明的微笑说，"马做工的时候，它全身的筋都像大提琴上面的弦一样紧张起来，可是一只马虻飞来停在它的屁股上，使它发痒，拿嗡嗡声去吵它。这匹可怜的马便不得不皱起它的皮，摇动它的尾巴。马虻究竟在嗡嗡些什么呢？不用说，连它自己也不知道。这只是因为它永远安定不下来，而且它想使别人注意到它：'你们看，我也活着，对于任何事情我都可以嗡嗡几声啊！'二十五年来我读了不少别人对我的小说下的种种批评，可是我记不起任何一个有价值的提示，我也没有听到一句好的劝告。只有一次斯卡比切夫斯基的批评——给我留下一个印象：他说我会醉死在墙脚……"

在他那忧郁的灰色眼睛里面差不多老是闪露着一种精细的讽刺，不过有时他的眼光又变成冷漠，锐利，严厉的。在这种时候他那柔和、亲切的声音里却带了一种刚强坚定的调子，使我觉得这个谦虚温和的人在他认为是必要的时候，也可以站出来坚决而勇敢地跟一种敌对势力对抗，并且绝不屈服。

有时候我觉得在他对人的态度里面隐隐地含有一种跟那冷静的绝望相近的沮丧。

"俄罗斯人是多奇怪的东西！"他有一天对我说，"他跟一个筛子一样，什么东西都留不住。年轻的时候，他贪馋得不得了，只要是他碰到的东西，都抓来填塞他的心灵；过了三十岁以后，这一切都光了，就只剩下一种淡灰色的杂拌儿。人要活得正派，活得像一个人，就得工作。带着爱和信仰去工作。可是在我们这儿人们却不知道这样做。譬如一个建筑师，他修造了一两所像样的房屋以后，便坐下去打牌了，他会打一辈子的牌，不然他就会跑到戏园的后台去鬼混。又如一个医生，要是他有了主顾，他就不再研究科学了，他除了《治疗新报》以外什么书报都不看，等着他一到四十岁，他就认真地相信所有的病都是由感冒来的。我从没有见到一个官，他知道一点点他自己工作的意义的；他们通常都是坐在首都或者省城里面起草公文，送给兹米耶夫或者司莫尔贡去执行，至于那班会被这些公文夺去他们的行动自由的人，那位起草公文的官却很少想到，就像无神论者不会想到地狱的苦刑那样。又如一个律师，在他由于一次胜诉成名之后，就不再去维护真理；他只知道去维护财产权，看赛马，买马票，吃牡蛎，装出对一切艺术都是内行的神气。又如一个演员，要是他扮演两三个角色，演得还不坏，那么以后他就不再用心研究他的角色，却戴上一顶高帽子，自以为是一个天才了。

整个俄罗斯就是一个又贪又懒的人的国家。人们拼命地大吃大喝，喜欢白天睡觉，闭上眼睛就打鼾。他们结婚是为了需要人料理家务，他们找情妇，是为了想在上流社会中得到方便。

他们有着狗的心理：挨了打就轻轻地叫几声躲到自己的窝里去；得到爱抚就仰面地躺在地上，四脚朝天，摇着尾巴……"

这些话里面有一种冷漠而忧郁的轻蔑。可是他一面轻视，一面也怜悯；安东·巴夫洛维奇要是听见谁在他面前讲别人的坏话，他马上就要替那个人辩护道：

"您为什么要说这样的话呢？他是一个老年人，他现在七十岁了。……"

或者说："可是他还年轻呢，这只是由于他糊涂……"

他这样说的时候，我在他的脸上看不到厌恶的表情……

一个人年轻的时候，对他来说，"庸俗"不过是一种有趣的或者无关紧要的东西；可是它逐渐把人包围住，它那灰色的雾像毒药或者炭气一样地浸入了他的脑子和血液，这样一来他就变得像一块起了锈的旧招牌：那上面一定写明白是什么行业店铺，然而究竟是什么呢，却已经认不出来了。

安东·契诃夫在他的初期的短篇小说中，就已经能够在那灰色的"庸俗"的海洋里面看出来它那些悲惨阴暗的玩笑；我们只要细心地读一下他那些"幽默的"小说，便可以明白这位作者怎样悲哀地发现了那么多的可憎可恨的残酷的东西，但是马上又不好意思地用一些滑稽的词句和情景把它们遮盖起来了。

他是很谦虚的，他的谦虚差不多到了贞节的地步，他不肯高声地、公开地对人们说："啊，你们应当……更正派点！"他白白地期待他们自己明白多么应当变得更正派些。他憎恨一切庸俗、肮脏的东西，他用一种诗人的崇高的语言和幽默家的温和的微笑来描写了人生的丑恶，很少有人在他那些短篇小说的美丽的外表下面，看出那个严厉斥责的含义来。

一般可敬的公众读着他的《阿尔比昂的女儿》的时候会发笑，他们很少注意到在这篇小说里面一位调养得很好的绅士极其可恶地戏弄一个对一切人和一切事物都很生疏的单身女人。在安东·巴夫洛维奇的每一篇幽默小说里面，我都听见一颗真正仁爱的心的轻轻长叹——这一声寂寞痛苦的叹息是为着怜悯人们而发的，就是怜悯那样的人：他们不知道尊重自己的人格，毫不抵抗地服从暴力，过着奴隶一般的生活，并且除了相信每天必须喝油多的白菜汤以外就什么都不相信，除了害怕挨到更强、更无礼的人的鞭打以外就没有任何的感觉。

没有人像安东·契诃夫那样透彻地、敏锐地了解生活的琐碎卑微方面的悲剧性，在他以前就没有一个人能够把人们生活的那幅可耻、可厌的图画，照它在小市民日常生活的毫无生气的混乱中间现出来的那个样子，极其真实地描绘给他们看。

"庸俗"是他的仇敌；他一生都在跟它斗争；他嘲笑了它，他用了一管锋利而冷静的笔描写了它，他能够随处发见"庸俗"的霉臭，就是在那些第一眼看来好像很好、很舒服并且甚至光辉灿烂的地方，他也能够找出那种霉臭来。……然而"庸俗"也用一个卑劣的恶作剧对他报了仇：就是把他的遗体——一个诗人的遗体——放在一辆运"牡蛎"的货车里面。

这辆货车的肮脏的绿色斑点，在我看来，好像是"庸俗"对它那个疲乏的敌人发出的胜利的狞笑，而那些在街上叫卖的报纸上发表的无数《回忆》文章都不过是一些虚伪的悲伤，在悲伤的后面我感觉到那个"庸俗"的又冷又臭的气息，它正在暗暗地高兴着它的仇人的死亡。

我们读安东·契诃夫的小说的时候会有这样一个印象：仿佛在一个悒郁的晚秋的日子里，空气十分明净，光秃的树木，窄小的房屋和带灰色的人都显得轮廓分明。一切都是奇怪地孤寂的，静止的，无力的。空漠的青色的远方是荒凉的，并且跟苍白的天空融合在一块儿，朝那盖着一片冻泥的大地吹来一股彻骨的寒气。作者的心灵跟秋天的太阳一样，用一种残酷无情的光照照亮了那些踏坏了的路，曲折的街，狭小龌龊的房屋，在那里面一些渺小可怜的人给倦怠和懒惰闷得透不过气来，他们的房间里充满了使人打瞌睡的胡乱的骚动声音。在这儿，像一只灰色小老鼠似的焦急地踱着那个"宝贝儿"，一个又温和又可爱的女人，她能够那么深而又那么卑屈地爱着人。这个温顺的奴隶，要是有人打她的脸颊，她连哼都不敢哼一声。忧郁地站在她旁边的是《三姊妹》中的奥尔加：她也能够爱得深，她毫不抱怨地顺从着她那个不中用的哥哥的庸俗卑鄙的妻子的古怪脾气；她看见她两个妹妹的一生在她眼前毁掉，她只有哭，她帮不了谁；在她的心里就没有一句有力的活的抗议的话来对付"庸俗"。

还有那个爱流泪的拉涅夫斯卡雅和其他的"樱桃园"过去的主人——他们像小孩那样地自私，像老年人那样地衰老。他们到了应该死的时候而没有死，他们悲叹着，对他们四周的一切完全看不见，完全不了解；他们是一群不能再适应生活的寄生者。那个毫无用处的大学生特罗菲莫夫滔滔不绝地谈论着劳动的必要，同时却过着寄生的生活，他为了排遣寂寞便不留情地挖苦那个拼命工作来使那班不做事的人过得舒服的瓦利雅。

韦尔希宁想象着三百年后生活会是十分的美丽，却不想到他四周的一切全在崩坏，而且就在他的眼前，索列雷因为厌倦和愚蠢正准备杀死那个可怜的屠旬巴赫男爵。（他们都是《三姊妹》中的人物。韦尔希宁是陆军中校，索列雷是二级上尉，屠旬巴赫是中尉。最后索列雷在决斗中杀死了屠旬巴赫）一长串一大队的男男女女走过我们的面前，有的是自己的恋爱的奴隶，有的是自己的愚昧的奴隶，有的是自己的懒惰的奴隶，有的是自己对于财富的贪心的奴隶；他们对生活有一种阴暗的恐惧，他们带着一种动摇不定的惶恐心情，他们觉得"现时"里没有他们的位子，所以拿一些关于"未来"的不连贯的谈话来充实他们的生活……

在这灰色的人群中间有时候会响起一下枪声：那是伊凡诺夫（伊凡诺夫，契诃夫的四幕正剧《伊凡诺夫》中的男主角，最后用手枪自杀）或者特列普列夫（特列普列夫，契诃夫的四幕喜剧《海鸥》中的男主角，最后用手枪自杀），他们后来明白了他们应当做些什么事，他们便自杀了。

他们里面有不少的人高兴地梦想着两百年以后生活的美丽，却没有一个人想到这一个简单的问题：要是我们只限于梦想，那么谁来使生活成为美丽的呢？

在这一群软弱无力的人的厌倦的灰色行列前面，走过一个伟大、聪明、对一切都很注意的人；他观察了他祖国的寂寞的居民，他露出悲哀的微笑，带着温和的但又是深重的责备的调子，脸上和心里都充满了一种绝望的苦恼，用了一种好听的、恳切的声音说："诸位先生，你们过的是丑恶的生活！

"我一连发了五天的热，可是我一点儿也不想睡。芬兰的淡灰色的雨在地上洒了一层潮湿的尘土。英诺炮台上响着大炮的声音，人们在'试炮'。夜里探照灯的长舌头舐着云，这是令人厌恶的景象，因为它使我们不能忘记魔鬼的把戏——战争。"

我读着契诃夫的小说。要是他没有在十年前去世的话，战争也会把他杀死的，它会先拿对于人的憎恨来毒他。我记起了他的葬礼。

这个被莫斯科"深爱着的"作家的灵柩是放在一辆绿色货车里运来的，车门上用大字写着"牡蛎"。到车站上来恭迎作家灵柩的小小的一群人中间有一部分竟然跟着从满洲运回来的克勒尔将军的棺材走了，他们很奇怪契诃夫的送葬行列中怎么会有一个军乐队。后来大家发觉了错误，几个兴致好的人就哧哧地傻笑起来。

伴送契诃夫的灵柩的人至多不过一百的光景。我特别记得两个律师，两个人都穿着崭鞋的皮鞋，结着颜色鲜艳的领带，好像新郎一样。我走在他们的后面，听见那个叫做符·阿·马克拉科夫的律师谈到狗的智慧。我不知道另一个律师的姓名，他在夸耀他的乡下别墅是多舒适，四周的风景又是多么美丽。一个穿紫红色衣服的太太，打着一把带花边的阳伞，正在努力说服一个戴角制镜框的眼镜的老年人："啊哟！他是多么和气，多么聪明啊！"

老年人带着一种不相信的神情咳着嗽。天气很热，尘土又多。一个肥胖的巡官骑着一匹又白又肥的马威武地走在送葬行列的前头。这一切和以后的其他一些事情都是极其庸俗的，并且跟纪念一个伟大而精细的艺术家很不相称。

在写给年老的阿·谢·苏沃陵的一封信里，契诃夫说："再没有比这种平凡的生存竞争更无聊，也可以说是更少诗意的——它破坏了生活的欢乐，把人引到冷漠无情上面去。"

这些话表示出来一种纯粹俄罗斯人的心境，然而据我看来，这却不是安东·巴夫洛维奇的心境。在俄罗斯，大多数的人都是这样想的（在俄罗斯什么东西都丰富，然而就缺少对劳动的爱心）。俄罗斯人赞美精力，可是他们不大相信它。像杰克·伦敦那样的一个有行动的心境的作家在俄罗斯是不可能有的。固然我们俄罗斯人高兴读伦敦的著作，可是我并不曾看到它们鼓舞俄罗斯人的意志变为行动，它们不过激发了他的想象。从这个意义上说契诃夫便不是纯粹俄罗斯的了。

拿他来说，从他很年轻的时候起，"生存竞争"就开始了，这个斗争采取了一种"为着每日面包的琐细焦虑"的阴郁的形式，其实这不止是为着他一个人——他需要的是大块的面包。这些没有欢乐的焦虑消耗了他的青春的全部力量，可是他居然能够保住他的幽默，倒是一件可惊奇的事情。在他看来生活好像只是一种想得到饱足和休息的无聊的渴望；他以为人生伟大的戏剧和悲剧都是隐藏在日常生活的厚层下面。只有等到他免去了关心他身边的人是否得到饱足的焦虑以后，他才能够用锐利的眼光看到这些戏剧的本质。

我从没有见过谁像安东·巴夫洛维奇那样深切地、完全地感觉到劳动的重要，认为它是文化的基础。他这种感觉可以从他的家庭生活的一切细节，他选择物品的态度，以及他对于物件的高尚的爱心中看出来，他的这种爱心里面绝对不含有搜集的欲望，它却只是把那些物件当作人类精神的创造品来不绝地赞美。他喜欢修造花园，种植花木，装饰土地；他感到了劳动的诗意。他怀着多么感动人的关切在园子里各处察看他自己栽的果树和点缀园景的灌木长得怎样了！他修建阿乌特卡的那所房屋的时候说："要是每个人都在自己的那块小小的地上做了他所能够做的事情，那么我们的土地会是多么的美啊！"

那时我正在写一个关于瓦希卡·布斯拉耶夫的剧本，我便把瓦希里的自负的独白念给他听：

啊啊！要是我的气力再大一点就好！
我吐一口热气就会把雪融化，
我要绕行大地，把它全部耕种！
我要走它一世纪，我要建造城市，
我要像教堂，到处开辟花园！
我要把大地打扮得像一个年轻的姑娘，
我要搂抱一个新娘那样地搂紧它，
我要把大地抱起来抱到我的胸上，
我要把它抱起来，送到主那儿去：
"主啊，看一下大地变成什么样子了，
瓦希卡把它打扮得多美啊！
您当它是一块石头扔在一边，
我现在把它变成了贵重的绿玉！
主啊，请看，请您高兴吧，您看
它在太阳光里发着碧绿的光！
主啊，我把它作为小小的礼物献给您，
不过我的损失太大了，因为我十分爱它！"……

契诃夫喜欢这一段独白。他感动地咳着嗽，一面对我和亚·尼·阿列克新医生说："这很好……这很真实，很通达人情！'一切哲学的意义'正是在这儿：

人把大地弄成可以居住的地方，他还要把它弄成住得舒服的地方。"

他坚决地把头向上一扬，再说一句："会弄到这样的！"

他要求我把瓦希里的自夸的独白再念一遍给他听，他一边望着窗外，一边听，并且给了我一个劝告："最后的两行用不着，这是胡闹。多余的……"

关于他的文学工作，他谈得很少，而且很勉强；我倒想用"贞节地"这个字眼，或者还可以说像他谈到列夫·托尔斯泰的时候那样的谨慎。只有偶尔碰到他高兴的时候，会带给我们说明他某一篇小说的主题——他拣的总是幽默故事。

"您知道，我要写一篇关于一个小学女教员的小说，她是一个无神论者，崇拜达尔文，她认为应当跟人民的偏见和迷信作斗争。可是半夜十二点钟她却跑到洗澡间去煮一只黑猫来取它的'锁骨'——这根骨头可以吸引男人的注意，引起男人的爱情。是的，就是这样的一根小骨头……"

他谈到他的剧本的时候，总是把它们当做"开心的"东西看待，而且我相信他真正以为他是在写"开心的戏"。沙瓦·莫罗左夫大概听见了他的这一类的话，所以坚持说："契诃夫的戏是应当做为抒情的喜剧来演出的。"

契诃夫对于当时一般的文学也非常注意，他对一班"新作家"尤其表示关心。他怀着极大的耐心读完了包·拉扎列夫斯基、尼·奥立格尔和别的许多人的大部头的原稿。他说："我们需要更多的作家。在我们日常生活里面文学还是一个新的东西，甚至是专门属于那些'优秀分子'的。在挪威，两百二十六个人里面就有一个作家，而在我们这儿一百万人里面才找得出一个作家来。"

他的病使他偶尔会有疑病患者的心境，有时甚至有厌人厌世者的心境。在这种时候他对于人和事的论断总是反复无常的，他对人们的态度也是很严厉的。

有一天他躺在沙发上，干咳着，一面玩着体温表，一面对我说："为了死而活着，已经不是一件有趣的事情，可是知道了自己不免早死而活着，这太愚蠢了……"

又有一次他坐在开着的窗前，望着远方，望着海，他忽然意外而恼怒地嚷道："我们习惯了在期待和希望中活着——我们期待好天气，期待好收获，期待美满的恋爱，希望发财，希望被任命为警察局长。可是我从没有看见过一个人希望自己变得更聪明的。我们心里想，换了一个新的沙皇，情形就会好转，两百年以后情形一定更好，可是并没有一个人出来努力使得这种好转明天就成为事实。总之，生活一天比一天地变得更复杂，它自己向着人们不知道的什么地方走去，而人们呢，却显著地变得更愚蠢，并且逐渐地跟生活越离越远了。"

他想了一会儿，便皱起前额加了一句话："就像宗教行列中那些残废的乞丐一样。"

他是一个医生，医生生病往往要比他的病人生病更痛苦。病人只是感觉到病痛罢了，医生却比病人知道得多些：他知道自己的组织正在败坏下去。在这样的一个场合里面，我们可以说，知识使人接近死亡。

他笑的时候两只眼睛非常美，它们有一种女性的温柔，而且十分柔和。他那种差不多是无声的笑特别可爱。他笑的时候，他真正在笑中感到了乐趣，他高兴了。我不曾见过一个能够像他这样"精神上"（我姑且用这个字眼）笑着的人。

那些粗俗的趣话绝不会使他发笑。

有一天他带着这种和悦、恳切的微笑对我说："您知道为什么托尔斯泰对您显得喜怒无常吗？这是因为他妒忌；他以为苏列尔席次基爱您比爱他更多些。是的，是的。昨天他对我说：'我对高尔基是不能够坦白的，我自己也不知道是什么缘故，可是我不能够。连苏列尔住在他那儿，也使我不高兴。这对苏列尔也有害处。高尔基是一个坏人。他好像是一个被人强迫修行的神学校学生，这使得他对任何人都不高兴。他有一个间谍的灵魂；他不知道是从哪儿跑来的，却跑到一个生疏的地方迦南来了；他什么都注意，什么都留心，把什么都向他的那个上帝报告了。而他的上帝却是一个怪物，是乡下人所说的树精或者水神一类的东西。'"

说到这儿，契诃夫笑出眼泪来了，他一边揩着眼泪，一边继续说下去："我说：'高尔基是一个好人。'他又说：'不，不，我知道他。他有一根扁鼻子，而这种鼻子是只有倒霉的人同坏人才有的！并且，女人也不喜欢他，女人就跟狗一样，她们嗅得出来谁是好人。苏列尔呢，他真正生就一种完全不自私地爱人们的宝贵特性。在这方面他是个天才。能够爱，就是无所不能。'……"

契诃夫停了一会儿，又说下去："是的，老头儿妒忌。……多么奇怪啊……"

他讲到托尔斯泰的时候，眼里总是现出一种特别的、几乎觉察不出来的和蔼而困窘的微笑；他压低了声音说话，好像在谈着什么虚幻的、神秘的东西似的，需要使用谨慎温和的词句。

他不止一次地抱怨着在托尔斯泰的身边没有一个像埃克曼那样的人，把这个老哲人的锐利的、随时发生的、有时还是矛盾的思想详细地记录下来。

"您应当担任这个工作，"他劝告苏列尔席次基说，"托尔斯泰那么喜欢您，他跟您讲得很多，而且讲得那么好。"

契诃夫跟我谈到苏列尔的时候，他说："这是一个聪明的孩子……"

他说得很对。

有一天托尔斯泰当着我称赞契诃夫的一篇小说，我相信，就是那篇《宝贝儿》吧。他说："这跟一位贞节的姑娘编织出来的花边一样。古时候有这种织花边的女工，她们是些'老姑娘'。她们一生都在编织花边，把她们所有的幸福的梦想全织在花纹上面。她们用花纹、图样来幻想她们所爱的一切；她们把自己所有纯洁而渺茫的爱情完全织进花边里面。"托尔斯泰非常感动地说，眼睛里充满了泪水。

这一天契诃夫在发热，他坐在那儿，头埋着，两颊发红，仔细地在揩他的夹鼻眼镜。他许久都不做声；后来他叹了一口气，带了一点窘相，低声说："里面有排错的地方。"

关于契诃夫本来还有许多可以写，可是这需要一种极干净、极细致的文笔，我觉得在我是办不到的。要是能够他自己写《草原》那样地来写他，那多好！这一篇小说是发香的，轻快的，并且有一种纯粹俄罗斯味的带沉思的忧郁——这是一篇为着自己写的小说。

回忆这样的一个人是一桩好的事情，勇气马上就回到你的生活里来了；而且你的生活又重新有了一种明确的意义了。

人是世界的轴。

那么有人会问：他的坏处呢？他的缺点呢？

我们大家都饥渴于对人的爱，而人饿着的时候，即使是烤得坏的面包，吃起来也是香的。

（巴金 译）

※ 谢尔盖·叶赛宁

1907年或1908年，斯蒂芬·热罗姆斯基在卡普里给我和保加利亚作家彼特柯·托多罗夫讲了一个农家孩子的故事。这孩子是日穆金人或马祖尔人，由于一件偶然的事情来到了克拉科夫，迷了路。他在城里的街道上兜来兜去，总是走不到他所稔熟的辽阔的田野。他终于感到城市不放他走，就双膝跪下祷告，然后从桥上跳下维斯拉河，希望这条河会把他带到他所期望的广阔的田野去。他没有淹死，他是摔死的。

这个简单的故事使我想起谢尔盖·叶赛宁的死。我第一次看见叶赛宁是在1914年，在一个什么地方遇见他和克柳耶夫一道。我觉得他的样子好像一个15至17岁的孩子。他头发鬈曲而发亮，穿一件淡蓝色衬衫，一件腰部带褶的外衣，一双靴筒带褶的皮靴，很像沙莫吉什-苏特柯芙斯卡娅的甜腻腻的明信片上画的那些容貌一模一样的贵族子弟。那是夏天的一个闷热之夜，我们三个人起初在巴仙街上行走，然后走向西米奥诺夫斯基桥，站在桥上观看黑糊糊的河水。我们谈论什么我已记不清了，大概是谈论战争，当时战争已经爆发。叶赛宁给了我这样一种模糊的印象：一个朴素而有几分惊慌失措的孩子，他感到自己在这偌大的彼得堡没有容身之地。这种干净利落的孩子都是偏僻的城市卡卢加、奥廖尔、梁赞、辛比尔斯克和坦波夫的居民。在那儿可以看见他们当商场售货员，细木工学徒，小饭馆合唱队的歌舞演员，处境顶好的也不过是那些拥护"虔信宗教的古风"的小商人的子弟。

后来，我读了他的奔放、明丽和动人心弦的诗篇，我不能相信写这些诗篇的就是那个故意穿着奇装异服、那一夜和我一起站在西米奥诺夫斯基桥上、对着那夹在花岗岩之间的黑色天鹅绒一般的河水啐唾沫的孩子。

六七年以后，我在柏林阿·尼·托尔斯泰的寓所里看见了叶赛宁。从前那个鬈发而漂亮的孩子如今只剩下一双亮晶晶的眼睛，而那双眼睛也好像经过烈日暴晒而褪色了。惊惶的眼光闪烁不定地在人们的脸上扫过,时而带着挑衅性的轻蔑,时而突然显出踌躇、腼腆和怀疑的神情。我觉得,一般说来,他对人是不怀好意的。看来他是个爱喝酒的人。眼睛肿胀,眼白发红,脸上和颈上的皮肤灰暗,像一个很少呼吸新鲜空气的、睡眠不足的人。他的手不停地动着,手腕像鼓手的手腕那样颤抖。他总是恍恍惚惚,心不在焉,好像忘掉一桩重要的事情,但究竟忘记的是什么,连他自己也记不清。

爱莎多拉·邓肯和库西柯夫陪伴着他。

"也是个诗人。"叶赛宁介绍后者说,嗓音低而嘶哑。

库西柯夫是个极为放肆的年轻人,我觉得他在叶赛宁旁边是不相称的。他拿着理发师所喜爱的乐器吉他,但是他好像不会弹。邓肯我是几年前在舞台上见过的,当时人们把她描写成一个奇迹,有一个新闻记者曾危言耸听地说:"她的天才的身体用光荣的火焰焚烧我们。"可我并不爱而且不懂那种出于理性的舞蹈,也不喜欢这个女人在舞台上来回奔跑的情景。我记得,当时我甚至忧郁地感到,她由于半裸着身体而冷得要命,只好奔跑着取暖。

在托尔斯泰家里,她预先吃了一点东西并喝了点伏特加,又跳起舞来。舞蹈所表现的仿佛是邓肯的年龄和她那被荣誉和爱情惯坏了的身体的动作之间的不谐调。这些话没有隐含任何侮辱这个女人的意思,这些话只是对老年的诅咒。

她上了年纪,身体发胖,脸孔红润而不漂亮,披着一件红褐色的外衣,在狭小的房间里回旋着,扭着身体,把一束揉皱而枯萎的花朵紧贴在胸前。她的胖脸上老是堆着毫无表情的微笑。

这个被欧洲成千上万的审美家和舞蹈艺术的精明鉴赏家颂扬备至的著名女人,在那像少年般矮小的出色的梁赞诗人旁边,像是他所不需要的一切东西的十全十美的化身。我这样说并没有丝毫偏见,也不是信口开河;不,我是谈那痛苦的一天的印象,当时我看着这个女人,心里想道:她怎么能理解诗人下面这些感慨的意义呢:

多好啊,如果对着草堆微笑,

张着一副月亮般的脸,嚼着干草!

他下面这些悲伤的讥笑会告诉她什么呢?

我戴大礼帽，不是为了女人。

愚蠢的情欲使我的心灵无法忍受。

戴它更便于减轻哀愁，

给我的母马捧一把燕麦的黄金。

叶赛宁和邓肯相互用手势、碰碰膝盖或肘弯来谈话。她跳舞的时候，他坐在桌子旁边，喝着酒，不时用眼角瞟瞟她，皱起眉头。也许就在这个时刻，他写出了一行流露出怜悯之情的诗句：

人们宠爱你，糟蹋你……

可以认为，他把自己的女友看做一个噩梦，这个噩梦他已经习以为常，不再使他害怕，可仍然让他感到压抑。他晃了几下脑袋，像一个谢顶的人的头皮被苍蝇叮了似的。

随后，疲乏了的邓肯跪了下来，脸上带着无精打采、醉意朦胧的微笑，瞧着诗人的脸。叶赛宁把一只手搁在她的肩上，可是立即扭过脸去。于是我又这样想：是否就在这一刹那，他心中迸发出了以下这些既冷酷而又带怜惜的失望的话：

你为什么用这蓝色的火花看着我？

莫非你要赏我一个耳光？

……亲爱的，我哭呢，

宽恕我，宽恕我……

有人请叶赛宁朗诵。他高兴地同意了，站了起来，开始朗诵赫洛普沙的独白。起初，流刑犯的惨叫有些矫揉造作。

疯狂、暴怒、血腥的混沌！

你是什么呢？是死神？

可是我很快就觉得，叶赛宁的朗诵使人非常激动，听他朗诵会难过而流泪。我不能说他的朗诵是优美的、熟练的，等等，所有这些形容词根本不能说明朗诵的特征。诗人的嗓音有点嘶哑、刺耳和紧张，而这却再清楚不过地强调了赫洛普沙的冷酷的话。流刑犯一再用不同声调发出的重复的要求，充满着惊人的诚恳和非凡的力量：

我要见这个人!

而且很好地表达出恐怖:

他在哪儿?在哪儿?莫非已不在人世?

这个矮小的人竟然有这么强烈的感情力量和完美的表情,简直使人难以置信。他朗诵时,脸色发白,连耳朵也变成灰色了。他挥着双手,不是按照诗的韵律——但是应该如此,因为诗的韵律是不可捉摸的,那些冷酷的话的重量也不是句句一样。他好像是把语句扔了出去,一句扔在自己脚下,另一句扔到远处,第三句扔在他所憎恶的某人脸上。总地说来,嘶哑而痛苦的声音,摇晃不定的姿势,摇摇摆摆的躯体,燃烧着苦恼的眼睛,——这一切和当时诗人周围的环境十分谐调。

他把普加乔夫的重复三次的询问,读得非常优美:

你们疯了吗?

起先大声而愤怒,然后放低声音,但更热烈:

你们疯了吗?

最后声音很小,绝望地喘息:

你们疯了吗?

谁告诉你们说,我们被消灭了?

他问得十分动人:

难道心情使你如此颓唐,像是承担着重负一样?

在短时间的停顿以后,他叹了口气,失望地、像告别似的说:

我亲爱的……

可爱的……

他使我感动得抽噎起来,我想号啕痛哭。我记得,我讲不出一句赞扬他的话,可是他,我想,也不需要赞扬。

我请他朗诵一首关于一只狗的诗,这只狗生下的七只小狗被人拉走,抛到河里去了。

"要是您不累的话……"

"我读诗是不会累的。"他说,并且怀疑地问:"可您喜欢写狗的诗吗?"

我对他说，在我看来，在俄国文学里，他是第一个这样熟练而又怀着这样真挚的热爱来描写动物的人。

"是啊，我非常喜爱各种动物，"叶赛宁若有所思地小声说，而当我问他是否知道克洛杰尔的《动物的天堂》的时候，他没有回答，双手摸摸脑袋，开始朗诵《狗之歌》。当他念出最后两行狗的眼珠滚动起来：

好像金色的星星落在雪上

的时候，他眼里也闪现着泪花。

听了这些诗以后，我不禁觉得，谢尔盖·叶赛宁与其说是人，还不如说是器官，是自然界为了诗歌，为了表达无穷尽的"田野的悲哀"，表达对世界上一切生物的热爱，和表达人首先所应得的仁慈而特地创造出来的器官。同时也使人更为明显地感到，库西柯夫和他的吉他，邓肯和她的舞蹈都是多余的，无比沉闷的勃兰登堡的柏林城是多余的，这个有独特天才的地道的俄国诗人周围的一切都是多余的。

他闷得发慌。他把邓肯抚爱了一阵，也许就像过去抚爱梁赞的少女那样，然后拍拍她的背，提议到什么地方去溜达溜达。

"找个热闹地方去走走吧。"他说。

我们决定傍晚到卢纳公园去。

我们在外室穿衣的时候，邓肯温柔地吻着男人们。

"罗仙人（俄罗斯人）真好，"她带着感动的语调说，"多么了不起呀！没有过……"

叶赛宁粗暴地演了一幕嫉妒剧，用拳头在她背上捶打了一下，嚷道："不要跟别人接吻！"

我觉得，他这样做，只是为了把周围的人称作别人。

卢纳公园的五花八门的玩意使叶赛宁活跃起来。他微笑着从一个奇怪的东西跑向另一个奇怪的东西，他瞧着那些可敬的德国人怎样消遣，怎样把球掷入一个丑陋的硬纸板做的假人的嘴里，怎样顽强地爬上一张摇摇晃晃的梯子，又沉重地跌在一个忽高忽低的平台上。那里有数不尽的简陋的娱乐，有许多灯火，四处大声地轰响着地道的德国音乐，这种音乐可称为"大腹贾的音乐"。

"玩意儿倒是不少，可是没有什么别出心裁的东西，"叶赛宁说，立即补上一句，"我不是诋毁。"

接着，他赶快说"诋毁"这个动词比"指摘"要好些。

"短词总比长词要好些。"他说。

叶赛宁匆忙地观看各种玩意儿，这种匆忙是令人怀疑的，并且会引起这样一种想法：这个人之所以要看到一切，是为了更快地忘掉一切。他在售货亭前面站住，亭内有一个五光十色的东西在打转并嗡嗡作响。他突然地而且很匆忙地问我："您认为我的诗是需要的吗？一般说来，艺术，就是说诗，是需要的吗？"

这个问题提得再恰当也没有了，因为即使没有席勒，卢纳公园也依然会有趣地存在下去。但叶赛宁不等我回答，就提议说："咱们喝酒去吧。"

饭馆大凉台上坐满快乐的人群，他在那儿又寂寞起来，变得漫不经心和任性。他不喜欢我们所喝的酒："酸的，有一股烧焦了的羽毛味道。向他们要法国红酒吧。"

就是红酒，他也喝得很勉强，仿佛是尽义务似的。他向远处凝视了3分钟左右；在那边高空，在乌云的背景上，一个女人正在穿过池子的绳索上走着。蓝焰烟火照耀着她，焰火仿佛追随着她似的在她头上飞舞，继而渐渐在乌云里熄灭并映在池水中。这景象几乎是美丽的，但是叶赛宁却低声含糊地说："人们总是愿意看可怕的东西。可我却喜爱马戏。您呢？"

他没有给人留下一个被宠坏了的自我夸耀者的印象，不，看来他是出于尽义务，或"出于礼貌"才到这个粗俗的娱乐场所来的，就像一个不信教的人上教堂去似的。他来了，却不耐烦地盼望祈祷快点结束。因为它丝毫没有触动他的心灵，他是在向别人的上帝祈祷。

（孟昌 译）

茨威格

施台凡·茨威格(1881—1942)，奥地利作家，无论小说、散文都极富艺术魅力。他出身于犹太工厂主家庭。后去世界各地游历，结识不少著名作家、艺术家。1942年在巴西与妻子双双自杀。茨威格的创作生涯以诗歌开始。但以小说著称，主要是中短篇，如《马来狂人》、《一个陌生女人的来信》、《象棋的故事》等均脍炙人口。他也擅长于传记小说，先后为十几位大作家立传，如《三巨匠》（巴尔扎克、狄更斯、陀斯妥耶夫斯基）、《罗曼·罗兰》、《与精灵相斗》（写克克莱斯特、荷尔德林、尼采)以及托尔斯泰、高尔基、司汤达、弗洛伊德等都曾出现在他的笔下。

※ 莱依纳·马利亚·里尔克

女士们，先生们！

在今天和在随后的几周里，你们将听到有关这位受到喜爱的诗人莱依纳·马利亚·里尔克的作品的许许多多最最重要方面的报告，这使我本人感到做一个引导是多余的和冒昧的了。但也许我确有某种权利在这里讲话，一种非常宝贵并同时是非常痛苦的特权，因为我在你们的国家里是认识里尔克本人的为数寥寥中的一个，也许是唯一的一个。一种诗人的现象从来就不可能完全认识的，若是人们不同时使人的肖像复活起来的话。正如人们在一本书里乐于在正文前面放上作者的一幅肖像一样，我也试着为你们描绘出这位过早辞世的人的一幅速写像。

在我们的时代，纯粹的诗人是罕见的，但也许更为罕见的是纯粹的诗人存在，一种完整的生活方式。谁有幸见到在一个人身上典范地实现了创作和生活的这样一种和谐，谁就有义务，为这种道德上的奇迹，给他的时代和也许给此后的佐证作出贡献。多年来我有机会经常见到莱依纳·马利亚·里尔克。我们在极不相同的城市里进行过很好的谈话，我保留有他的书信和他的最著名作品《爱与死的方式》手稿，这是一件珍贵的礼品。可即使如此我不敢在你们面前说是他的朋友，因为在我这方尊敬的距离是越来越大，并且在德语里"Freund"（朋友）这个词比英语"friend"（朋友）表达的是一种更为强烈的更为密切的关系。这个词只能很少使用，因为它限定了一种最内在的联系，一种里尔克极少对某一个人保持的联系——你们能在他的书信里看到，在30年中间或许他只有两次或三次使用这个词来作称谓的。这是他本性的异乎寻常的特征。里尔克对表述和袒露感情有着巨大的羞怯感。他喜欢把他本人和他的为人尽可能隐藏起来，如果我把我在一生中遇到的许多人在眼前过一遍，那我所记起的没有一个人能像里尔克那样做得自甘落寞，不求闻达。

有另一些诗人，他们为了抵御外界的挤逼，自己制造出一副面具，一副高傲的，冷峻的面具。有的诗人为了他们的创作而完全遁逃入他们的作品里，离群索居，自我封闭，可里尔克却不是这样。他看过许多人，他到许多城市旅游，但他的保护方法就是他的完全自甘落寞，不惹人注意，是那类无法描述的默默不语和轻手轻脚，这为他制造了一种令人无法与之接触的氛围。在火车车厢中，在饭店里，在音乐会上，他从不惹人注目。他穿着最简朴的但却是非常整洁和得体的衣服，他避免任何让人看出是诗人标志的举止，他禁止在杂志上发表他的照片。他的不可动摇的意志是能有自己私人的生活，成为众人中的一员，因为他不要被人观察，而是要观察别人。

你们试想一下，在慕尼黑或维也纳的某个社交场合，一二十个人在一起谈话。一个温和的、外表看来非常年轻的人走了进来，在场的人根本没有注意到这个进来的人，这种情况就是典型的。他一声不响，悄手悄脚地突然出现了，他也许同一两个人握握手，随后他就微微地垂下头，以免顾眼四盼，这是双神奇的和有灵魂的眼睛，只有它才会把他裸露出来。他安静地坐在那里把手交叉地放在膝上去听；我从没有看到听众有这样一种极佳的和积极投入的方式，像里尔克的那样。他完全屏声静气地倾听，当他讲话时，极其轻微，人们几乎觉察不到他的声音是那么优美和低沉。他从不激昂慷慨，他从不试图去说服去劝告别人，当他发现，人们听他听得太多了，他已成了注意力的中心，于是很快他就抽身退了出来。那些使人毕生怀念的真正的交谈可能就发生在这样的场合：人们单独同他在一起，最好是在晚上，昏暗把他稍许遮掩起来；或者在一座陌生城市的街道上。

但里尔克的这种克制绝不是傲慢，绝不是畏怯；把他想象成一个神经质的，一个性格扭曲的人，再没有比这更错误的了。他能完全豪放不羁，以最最自然的方式同那些坦诚的人交谈，甚至兴高采烈。只是他无法忍受喧闹和粗俗。一个吵吵嚷嚷的人对他是一种人身的折磨，崇拜者的每一种纠缠或逢迎使他明快的面庞露出一种畏惧的，一种惊恐的表情；看到他的安详有一种什么样力量，使纠缠者变得克制，使喧闹者变得安静，使张扬自我者变得谦逊，这真是奇妙极了。凡是他所在的场合都会产生类似一种纯洁的气氛。

我相信，有他在场的情况下绝不会有人敢于口吐脏字和粗话，没有人有勇气去谈论文学上的流言飞语和说些刻毒的言辞。他像动荡的水中一滴油一样，围着自己创造出一个安静的圈圈，在任何一种环境中他需要某种纯净。使环绕自己四周的一切变得和谐，使野蛮受到遏制，使丑恶消解在一种和谐之中，他身上的这种力量是令人惊奇的。他善于给他周围的人——只要他能跟他在一起——甚至给每一个空间，每所他居住的住宅立即印上这种标记。

他经常住在很糟的住宅之内，因为他穷，几乎总是租来的房屋，一间或者两间，在他居住的房间里都是些无关紧要的和平庸的家具。但正像弗拉·安吉利科善于把他斗室从简陋乏味变得秀美一样，里尔克懂得把他的环境立即弄得颇具个人特色。仅仅一些不起眼的小摆设就够了，因为他要的就是这样，他不喜欢奢华，木架上一只花瓶里插上一枝花，墙上一两幅复制画，这都是用几个先令买到的。

但是他知道如何安放这些东西，整洁和井然有序，使之完全与这样一个空间相配。他通过内在的和谐而使陌生变得协调。他拥有的一切并不是美的，不是贵重的；但是在形体上都必须是完整的，因为作为一个形式艺术家他无法忍受生活中那种无形式的、混乱的、偶然性的、无秩序的东西。当他用他那秀丽的圆熟的工整的字体写信时，他不允许有任何改动，任何墨污。若是他的笔滑落到信上玷污了，他毫不怜悯把它撕毁，再次从头写到尾。若是有人借给他一本书，他归还的时候，就非常细心地用棉纸把它包好，并用一条细细的彩带把它捆好，放上一束花或写上一句特殊的话。

当他旅行时，他的衣箱是井然有序的艺术典范，他善于把每一个小物件放在一个隐蔽的不显眼的地方，标上他自己的记号。给自己周围创造出一种协调的气氛，这是他的需要，就像自己四周有一个空气层一样，这就如同在印度，一方面有圣者，另一方有最低等级的人，即不可接触的贱民一样，没有人敢于触摸这样人的衣袖。这只是一个非常薄细的空气层，人们在这后面能感觉到他的本性的温暖，但它保护着他的纯洁和他个人的东西不受侵犯，就像果壳保护果实一样。它保护了对他说来是最最重要的东西：生活的自由。

我们时代中的没有任何有钱的和成功的诗人和艺术家像里尔克那样自由，他任何地方都不受束缚。他没有习性，没有地址，他也根本没有祖国，他喜欢生活在意大利，就像喜欢生活在法国和奥地利一样；人们从不知道他在什么地方。如果人们遇见他，几乎是纯属偶然；他会匆匆而来，出现在一个巴黎旧书商的面前或者维也纳的一个社交场合，向一个人露出友好的微笑，递出他柔和的手来，他也会同样匆匆而去。谁尊敬他，谁热爱他，那就不要问他，能在什么地方找到他，不要去探望他，而是要等待他的到来。但对于我们年轻人，每一次看到他，同他交谈都是一种幸福和一次道德教诲。

你们可以想到，看到一位伟大的诗人，这对我们年轻人意味着是怎样的一种教育力量，他不会使人感到失望，他不忙忙碌碌，他不疲于奔命，他唯一关心的是他的作品，而不关心他自己的影响，他从不读评论文章，从不使人感到好奇，从不接受采访，他固执，直到最后会被一种对所有新东西怀有奇妙的好奇心所左右，我听到过他一整个晚上对一些朋友读一个年轻诗人的诗而不是读自己的诗，我看到他用他的秀丽的书法手抄一整页别人的作品，为的是把它们赠给别人。

172

看到他对像保尔·瓦雷里这样的诗人是何等谦恭，看到他通过翻译为他服务，看到他一个50岁的人谈起一个35岁的人就像谈起一个不可企及的大师一样，是令人感动的。羡慕，这是一种幸福，这在他生活的晚年是必要的，因为，我不需要为你们加以描述，这个人在战争期间和在战后的时代，那时世界充满血腥杀戮，变得丑恶凶残，粗俗野蛮，那时他要在自己四周创造出安静已不再可能，他遭受的是怎样的一种痛苦。我永远不会忘记，当我看到他身穿军服时，他是多么心慌意乱，惶惑无措。在他重新能写出诗句之前，他不得不逐年地去克服他内心的瘫痪。这就是那部《杜伊斯哀歌》的完成。

女士们，先生们，我试图用一句话向你们说明里尔克纯洁的生活艺术，这位诗人在公众中从不出头露面，在人们中间从不提高嗓门，人们几乎听不到他的呼吸声音。但是，当他离我们而去时，没有人不会感到我们时代失去这样一位悄然无声的人，先是德国，随后是世界感觉到了存在于他本性中的那种一去不复返的东西。

有些时候会在一个民族出现这样的情况，当一个诗人逝世时，似乎创作本身也死去了。也许英国也有类似经历，那时在10年之内拜伦、雪莱和济慈都相继辞世而去。在这样悲惨的时刻，这最后一个人就像是成了他的时代的诗人的象征，人们会担心，这是我们所见到的最后一个。当我们今天在德国说起诗人时，我们还一直想到他，在我们还用目光在遇到他的地方寻找他那可亲的身影时，它正离我们这个时代而去，进入永恒，变成用大理石般的不朽之木雕成的塑像。

（1936年里尔克逝世10周年时在伦敦所作的报告）

（高中甫 译）

※ 告别里尔克

音乐铿然引来了这个时刻，它将在音乐中流逝。话语低着恭顺的额头，畏缩地走到了音乐鼓得瑟瑟作响的羽翼中间。

我的话语恭顺地走到了这个时刻，它恭顺地倾身于这座可敬的尚未撒花的坟头。因为唯独音乐才可能完美地表达对于我们今天共同哀悼的那个人，赖纳·马利亚·里尔克的离情别绪，而且唯独在他的身上，我们大家的话语才完全是音乐。只有在他的嘴唇上，话语才摆脱了那种习惯的烟雾——比喻在那里像长翅膀似的把话语的僵躯轻巧地抬到那个更高的现象世界，其中每件秘密都变得可以感觉，我们的日常谈话变成一种简直不可思议的魔术。他的别出心裁的话语，善于丰富多彩地造型，各种形式的生活在他的诗行叮当作响的反映中寻找它们的雕像，即使死亡——即使它也能作为最纯洁、最必然的现实从他的诗中宏伟而具体地走出来。但是，我们停留在尘寰中的人，我们只有闷声悲叹的份儿，为诗人、为他而悲叹，他永远像神一样，难得出现在尘世之间，我们却有一次能以粗俗的感官和强烈震撼的炙热心灵凝望他：我们从他的外表亲眼见到了这位稀世之才。

因为诗人这个名词，这个古老而神圣的、像金属一样厚实而又讲究的名词，我们这个可疑的时代过于随便地把它同作家、笔者之类的含糊概念混为一谈的这个名词，完全有效地适用于他，他，赖纳·马利亚·里尔克，一而再地在纯粹而彻底的意义上称得起诗人；正如荷尔德林所说，诗人就是"受过神授教育，本身无所作为而又无忧无虑，但为上苍所凝视而又虔诚"的人，其为诗人不仅由于圣灵的恩宠，同样还凭借高贵生命内部保持的纯洁。他是诗人，而且在他过早结束的一生所写每个字和所有每个行动上，他都始终不渝而又不可辩驳地是一位诗人。不像其他许多其气派同样配享如此自豪的名称的人，他之为诗人，仅仅是在意气风发的瞬间，在那些丰满得不可捉摸的间隙里，那时世界从外向内地投入到了一个人身上，再一次发展着出现在他惊愕的心灵中：不，他时刻显示自己是个纯粹的孜孜不倦的艺术家，我们不知道什么时候他不曾是诗人；他所说的每句话，他所写的每封信，从他温柔和谐的躯体产生的每个姿势，他的嘴唇的微笑和他的书法的圆润，所有这种一致性和一次性都遵循着使他的诗行达到尽善尽美的同一创造性规律。

就这样，从他的举止作风向我们发出了纯洁而协调的光辉，仿佛被水晶包围着，清澈透明如他的诗——还有对于他的使命的这种始终不渝的确信，它使我们从青年时代起就为他、为这个人、为这位艺术家五体投地，满怀敬畏。因为由于美在作风和作品中的这种普遍存在，我们曾经在他身上，在赖纳·马利亚·里尔克身上，看见了今天几乎难以想象的一切，我们曾经在面貌和气息中一见难忘地看见了纯粹的诗人。

他，赖纳·马利亚·里尔克永远是诗人，他历来就是诗人。他一生并没有他不曾拥有这显赫称号、世界不曾把他作为诗人来接待的发蒙期。学生时期的童手还不很懂书法，就已经写出了诗。嘴唇还没有寒毛的影子，就已经说出音乐了。他抛开许多童年的游戏，不知不觉找到了另一种游戏，即开始倒还容易、就特有丰富性而言却越来越难的语言游戏，语言乐于献身于儿童，那永远决胜者。到十六七岁，寻找者和尝试者就找到了最纯粹的旋律，这种旋律甚至无愧于日后高超的技艺。远在躯体的自身形式得以完成以前，形式的圆熟手段就已为精神造型者所有了。

这种诗才是如何在如此早熟的少年身上开始的，谁又说得清楚？以其根须伸向祖先和土地的黑暗中的这个秘密，又有谁谈到过呢？难道这是业已衰微好几代的古老贵族的血液最后的余响吗，那血液到最后一代又一次铺展开来，但已无力英勇地冲向生气勃勃的境地，只好和谐地减弱下去，像有节奏的呼吸一样缓缓消逝了？惊醒般感动过他那永远惊讶不已的童心的，可是古老布拉格胡同的阴影，可是他黄昏在田野上听到过的、或者一个使女每个星期独自在孤零零小屋里低唱过的斯拉夫歌曲？这些印象都不过是想象的偶然，因为谁能解释一个诗人、这个不可理解的人中异人的起源，在他身上千年古老的语言又一次有如第一次似的重新诞生，仿佛从没有被千百万嘴唇说烂过，从没有被磨碎成千百万字母，直到他，这个唯一者来了，以其令人惊愕的、有声有色地笼罩一切的、朝霞般的目光凝视着一切已有和将有的事物？不，这是决不可用人间的因果关系来解释的，例如在千百个麻木的人们中间怎么总有一个人成为诗人，即使不说为什么正是这一个在我们大家中间，而且正是在这一段时期，才成为诗人。

够奇妙的是，设想一下这件永远难以想象的事情，即诗人的经历一而再、再而三地发生在人类身上，设想我们这些同代兄弟之一竟然出身于如此高贵的家族，设想在这个瘦弱而腼腆的、紧裹着蓝色军服的少年身上，在那个醒觉感官下面，在他的血液中间，开始了随便一道血流，它后来奇怪地冲进了我们的感觉，在我们的感觉中潺潺流着，如此出色地历历在目，以致我们每一个，每个人，会不知不觉地记住赖纳·马利亚·里尔克的任何一句诗或者一句话——他的一次呼吸所造成的音乐，而他已不再呼吸了，也不再讲话了，却比我们大家的微不足道的生存和继续生活活得更为久远。

　　远在关于认真负责这个呼吁性字眼的最初预感在他身上投下阴影之前，赖纳·马利亚·里尔克就这样证明自己是诗人了。他童年的这些初作都写得谐谑而轻松，他以一笔不苟的圆熟书法把它们抄写出来，作为游戏中的游戏。他把它们抄在练习本上，几乎还是个半大少年，就把它们印成薄薄的小册子。不可思议的是，这第一次呼唤就已经在我们同龄人中间，在一个急切得相似而又近乎渴慕的青年身上得到了回响，正是这时，对于他的使命的意识使他睁开了眼睛，这种意识看来是严肃而又带有挑战性的。

　　到20岁，他已经有了荣誉，但他从这危险的突飞猛进中并没有尝到甜蜜和开心，从中只尝到责任的苦味和义务的沉重。这个妙人儿老早就意识到旁人后来常常永远不知道的事情，即真正诗人的天赋必然是通过难以估量的辛劳又一次重新挣得，即男子汉有责任把天赋开头仅仅作为儿戏送给他并仿佛是借给他的一切，持续地变成坚忍不拔以致令人难受的严肃事业。而且从这个早年的认识起，在赖纳·马利亚·里尔克身上，就开始了那个向尽善尽美进发的艰苦过程，在这个过程中他从没有疲倦过，从没有退却过一步——这可是他为人纯正之最高的荣誉！正是他，这个谨慎的人，这个温和的人，这个古怪的人，竟被那些葬送一切价值的蠢材们以轻浮的拒绝手势称之为颓废派。

　　他，外表显得温柔、伤感而软弱，却像他的少数同代人一样，认识到并运用过创造者所承担的巨大的劳动，他愿意让他的作品这样问世。他，赖纳·马利亚·里尔克，早就认识到，一个心灵必须不断充满自身，才能从自身流出丰满来，他早就知道，诗人而且正是他必须采集，让他的感官像蜜蜂一样如醉如痴，以便诗歌的金色蜜汁浓烈、透明而流畅地形成。当代所有抒情诗人也许没有一个、没有一个为了达到完美境界而比他更高地为自己预计过并更充足有效地付出过等价劳动，非凡的劳动，他在他的《马尔泰·劳里茨·布里格》中为诗歌制定出最讲究的公式。其中写道（令人永远难忘的话啊！）："诗并不如人们所说是感情——(感情早就够了)——它是经验。为了一首诗的缘故,必须观看许多城市、人和事物,必须认识动物,必须感觉鸟怎样飞,知道小花早上借以开放的姿势。

必须能够想得起陌生地区的道路,不期而遇的会晤,眼见要来的别离——想得起还没搞清楚的童年日子,想得起一定很伤心的双亲,当他们为你带来某种乐趣,而你并不理解他们的时候(这可是别的孩子欢喜的乐趣啊)——想得起如此稀罕地传染又如此深重地变化无常的儿科疾病,想得起静静的关闭的小室里的日子,想得起海上的早晨,尤其是海,茫茫的海洋,想得起在高空呼啸而过、并与群星共飞的旅途之夜——想到这一切还不够。还必须记得许多彼此不同的做爱之夜,记得临产妇的呼喊,记得柔和的、惨白的、熟睡的已经愈合的产妇。

但是,甚至还必须同临终者待在一起,必须坐在小室里伴守着死者,窗户开着,沙沙声阵阵作响。有记忆还不够,还必须能够忘却它们,如果记得太多的话,还必须有很大的耐性,等待它们再来。因为记忆本身还不是紧要的。只有当它们在我们身上变成血液,变成目光和手势,不可名状而又不再和我们区别开来,只有这时才会发生,在一个非常稀罕的时刻,在它们中间出现并从它们走出来一首诗的第一个字。"

年轻的里尔克是在采集和倾听这个意义上,为了从事高级创作的缘故,才来到世上,作为永恒的无家可归者,一切街道的巡礼者,走遍了一切国土。他到过俄罗斯,因而在他的诗中响起了克里姆林宫的钟声;他正视过托尔斯泰的眼睛,为了从这片察看万物的天蓝色中知道,有千百万幅人与命运的图画由此经过。

他见过西班牙、意大利、埃及和非洲,为了以创造性的神经和感官得知,太阳在无叶国土怎样画出不同于我们多林世界的光线;他到过斯堪的纳维亚,为了体验白色的午夜,然后能够内行地解说南方山谷的蓝天鹅绒般的暮色。他到过一切地方,几乎永远是一个人,很少讲话,永远倾听,以便所有这些被热情观察到的事物,这些被沉默纳入自身的事物,有朝一日在诗中变成话语和音乐,并在譬喻的创造性反衬下相互发明。没有人知道,在那些巡礼的岁月里,他这个自愿的无家可归者到过些什么地方,但是这本从内部成长出来的图像作品却向每个人表明,这位观察者那时是如何深刻地探究了现实事物和可变事物,因为他的诗一年比一年充满日益浓郁的色彩,然后从《图像集》意想不到地开发了他的抒情语言的那笔永不知足而又永不枯竭的财富,相互溢流的譬喻的那种伟大光辉,此后没有一个当代抒情诗人能对此加以刷新了。从前青年诗人只以一丝铿锵的情绪模糊地理解为一个偶然的世界,而今有声有色、多姿多彩地挤近过来,日益丰满地为视觉、听觉、触觉的感官所掌握,也许他当时就是从自身写出这样的诗句:

事物对我变得日益亲近,

一切形式日益熟识。

但把它们个别地更替地来看,不久对他便不怎么费力了,因为一个譬喻能用发出银铃声的韵脚链条把每个现象的姊妹譬喻连续不断地拉到自己身边来,一种连续不断的从一个到另一个的回忆将空间生存之松弛的分散状态圆满成一种不停地流,宛如一道从思想最黑暗深处涌起、同时为永远在流中不断更新的语言之最高的灯光所普照的喷泉。

但是,这个沉静的塑造者越是有力抓住事物,越是深刻地从根部突出它们,他便越是强烈地产生这种要求,不但要像歌曲般给它们引人注目的形式归还这种可观看而又可捉摸的内容,还要像交响乐似的解说它们身后的内在力量,把一切团结起来的创造性力量:神。在以紧张飞翔的心灵围绕他、有如"云彩围绕塔楼"的无数譬喻中,在日益迫切的呼唤中,有一种崇高的祈祷中,他的神秘的忘我境界日益热情地迫向了这个无限,并且由于这种塑像般的围绕,从《图像集》的仍然零星而破碎的形式中,终于产生出那座敬神的大教堂,即《定时祈祷文》,一个当代诗人所尝试的也许最纯洁的宗教修行。大海,深不见底的、感觉能够不停歇地流入其不可测量之中的大海,被发现了,从温和的谦恭变成了虔敬,那"从神的深处对心灵发生作用的稳定而沉静的重力"从温柔的感动变成了一种战栗的狂喜的沉醉,从个别的如为风吹成音乐的诗节变成了伟大诗篇的铜钟轰鸣。

对于安吉鲁斯·西利修斯和诺瓦利斯这两位神秘的神眷而言,在一个被锻炼得务实而又明确的德意志世界,居然产生了一个温存的却决不较次的兄弟。短短几年从如此腼腆的起步进而成为一种传遍环球的渴慕——这个雄伟的成长过程，这种自我扩张和这种崇高的变形，我们、我们这一代正是带着敬畏的惊讶共同经历过的。我们觉得不可思议的是体验到这一点，体验到一个诗人这样与时俱进，年复一年，令人感到日新月异，使我们永远着迷地感觉到，这一艺术是如何被充满和被实现的，他的书中最初薄薄的小画是如何燃烧成熊熊图像的，语言是如何渗透了色彩，譬喻是如何日益知情地抓住每个现象的核心，整个尘世是如何感性而有效地从诗句的脆弱元素中升起，千锤百炼的诗节连同日见稀罕的初创韵脚又是如何那么热情地将似乎极其遥远的事物同眼前的事物联系起来，以致我们整个心灵存在果真似乎为这片柔软的织物所包围。我们还感觉到，在这种语言创造的圆满境界之外，只可能出现一种自我重复，而不再是进步了，因为这些诗篇，它们已经被丛生的韵脚压弯了腰，正如树木俯身于果实的重量，诗句由于其过量的音乐几乎嗡嗡作响了。

但是，在我们敢于清楚地觉察到，这里已经到达一个抒情限度，一种无与伦比的诗歌定局，再也不曾容忍超越，在自我重复中只有降低自己之前，他本人，伟大的艺术家，已经认识到他自己的危险。而且在半途中，或者毋宁说在他的初次达到圆满的高处，赖纳·马利亚·里尔克又一次停顿下来，又一次开始了一个全新的抒情方式，因为即使"安于重压"（按照他的豪言壮语），这种卓越的不知足心态也靠不住了。那种被称之为偶然的命运那时把他驱向了巴黎，他在那里当了罗丹的秘书，住在远到默东的那间宽大的发出回响的展厅，那儿立着一件件白净的作品，一座石林，而且由于空间的空阔及其轮廓的内在定型，它们一个和另一个隔离开来。

他在那儿见到了大师，虽已年老，仍具有可以划分的精力，他强烈地希望像他一样生活，像那一位用雕塑材料，从他这方面来说，用抒情材料同样严格而又确定地塑造出人间群像，像那一位以沾着泥土的石头之光滑而沉重的材料，他则以诗句之纤细而无重量的元素迫使轮廓表现出同样的硬度。人们应理解这种转移方向的勇气，因为这位再次开始者正试着表现他的以往所作一切的反面：不再像迄今那样去表现尘世空间事物的形而上学的联系与隐喻性的近似，无所不包的感觉中一切现象之神秘的兄弟姊妹关系，反之里尔克现在试图——可怕的冒险！——极其真实地实现命运般的孤独，每个个别物在生活空间与另一物的悲惨的隔绝。所以，他在作品中将自己已经掌握的语言弃如敝屣，以便为自己创造另一种新的语言；他从已被征服的音乐元素勇敢地跨进大理石雕刻的尚未被踩过的元素，他身上的旋律学者把自己严格地教育到坚硬起来，首先他力求从诗中排除他自己，他的在场和共感，在一定程度上为了不以自己倾听时的呼吸打扰世上每个生物独自进行的神圣的独白。因为，他现在按照这种新的更知情的相位感觉到，诗人在这种新的石头似的诗歌中不可同刚被强行获得的被观察事物成为共语者，不可对它们饶舌而增加自己的陈述，他必须学习沉默，在作品中守口如瓶，以便让每件事物最独特最可爱的本性完美地表现出来。他亲自向自己和一切多么优美地提出这种严格的要求：

……啊，诗人们古老的困厄

他们抱怨，在他们应当说话的地方

他们永远只判断他们的感觉，

而不是塑造它们；他们一直猜想，

他们所知道并在诗中所应

惋惜或赞美的，在他们身上

究竟是悲还是喜。像病人一样

他们伤感满怀地使用语言

以便描写他们哪儿感到痛苦，

而不是坚定地把它们变成文字，

如同一座大教堂的石匠

坚韧地转化为石头的镇定。

这就是后期里尔克重新英勇地被要求承担的新任务：把自己变成、完全彻底溶解成陌生的形象，不再感应性地同它联系在一起，而这仅仅作为形象的形象在两卷《新诗集》中已变成为作品和奇迹。在这部书的光滑地面上，音乐熄灭了，像一朵多余的火焰被踩熄了；一道实事求是的光线现在透明地给每个现象划清了界线，达到一种几乎严峻的清晰度。这些新诗每一首都是作为一座大理石像，作为纯粹轮廓而独自存在着，同各方面划清了界线，被封锁在它的不容更改的草图中，有如一个灵魂在其尘世的躯体中。

这些诗篇——我且提《豹》、《旋转木马》——是从笨拙的冷石切出来的，其明亮如白昼宛如浮雕宝石，只有精神的目光看来才是透明的——是德语抒情诗迄今为止从未以同等尖锐的硬度拥有过的产物，是一种知情的客观性对于单纯预感的胜利，是一种完全变成雕塑的语言之决定性的凯旋。每件个别物在那里以其坚定不移的重量严实无缝地封闭在它的自我之中。它不再像早期的音乐那样呼吸，每一个都以其不可比拟的明晰性，简直像几何形式一样，只表现出它天赋的形状和它的灵魂的意义。我再重复说一遍，令人意想不到地摆在我们面前的是这样一种诗歌，以如此稀罕而又怪僻的可臻完善性，以如此有把握的对于姊妹艺术的模拟而论，在德语抒情诗中实在得未曾有。

这个孜孜不倦的寻求者就这样终于再次将模棱两可的世界整顿出新的未曾设想到的秩序来，像这几百座抒情立像，诗人曾经能够按照这个有幸找到的公式铸造出成千上万个，把每个动物，每个人，每个生存现象铸造成它们最独特的形象。一个顶峰，一个高得令人眩晕而又孤独的圆满境界的顶峰，在短短几年内就完全到达了，就此还获得一个铸模，里尔克一生曾经能够不倦地一模一样地塑造整个世界：但是这个首创者再一次不愿仅以他自己的重复者的身份继续起作用，而是渴望——用他的豪言壮语来说——"从日益伟大者成为深深被征服者"。

这个沉默的搏斗者一而再、再而三地企图英勇地摒弃被创造出来从而变得无关紧要的一切，从自身获得一个再次显得新颖的抒情形式，并把它迎着高不可攀的无限境界向上推进。10年以前，他的最后的诗篇《致俄耳甫斯十四行》和《杜伊诺哀歌》就是从这种高峻地步开始的，那是向一种自己选择的孤独的高攀。因为大多数人的惯于较温和形式的感觉几乎再也跟不上语言气流的这种最遥远区域，超光和最后昏暗的这种宏大而陌生的对立。德国人把他撇在这儿，只有少数人在场，对他的创造精神在他晚年这些最玄妙的诗篇中所从事的多么大胆的尝试表示同情。因为在这里，在他的最后成熟期这个神圣的秋季，里尔克向语言发出了最大限度的挑战，要求试图表现几乎不再可表现的事物：不再是从事物回荡出来的音响，不再是它们可凭感官觉察的特征，而是像灵魂一样看不见地浮荡在它们之间的最玄妙的联系，有如嘴唇上的呼吸。

这种无字状态，至此不容文字表达的状态，正是这种状态想在这里表明他的永不知足的创造意志，仅可意会的画像，不再可觉察物的一种隐喻技巧。为了达到这一点，语言必须无限地跨越自己的边缘，它必须向下探入最低的深不可测处，它必须超越可理解事物迎着不可思议以至不再可言说的境界探索。在这些《杜伊诺哀歌》中，里尔克这位一度是抒情诗人、后来成为弗朗西斯教派诗人、最后是俄耳甫斯式的神秘诗人的作者，充满着那种神圣的幽暗，它如此壮丽地胜过另一些德国早期被劫持者的诗，诺瓦利斯和荷尔德林的诗。我们那时不胜惊讶，几乎不能领会那些最后诗篇的意义，而今它才令人悲痛地向我们的认识敞开了自己：这不再是生者在这儿所尝试的发言，而是同别人，同事物和感觉的彼岸的对话。这已经是从此地开始的无限的对白，是同死亡，同他自己的久已准备好而今变得成熟的死亡的兄弟般的对答，死亡从黑暗中向寻求者挑战性地抬起了眼睛。

这是他的最后的攀登，我们几乎不能测量他独自在这最后的道路上所抵达的冰川。这一次的圆满有如一次结束，连他自己也感到有休息一下的必要。语言已经给予他一切，他在他的抒情话语中舀干了它最深的魔泉，专横地迫使它讲出几乎讲不出来的话；于是发生了这种情况：他为了考验永远消耗不完的精力，屏住了呼吸，从如此险峻的攀登中选择一种尚未制伏的、一种陌生的语言；他当时试图在新的元素中，在法语诗节中找到一种韵律，一种新的、更其棘手的可能性。直到棘手事物、几乎不可实现事物的爱好者的最后一瞬，他为自己选择了极端的劳顿作为休息，这场劳顿也许仍然只是向无限进发的新的攀登的间隙。

但是，这场最剧烈的、20年内英勇实现的为抒情辞藻的耗费神力，一个诗人为了永远了结不了的形式而作的这项持久不懈的工作，在赖纳·马利亚·里尔克的情况下，不过是在他的作品中看得见的：创作本身则如同命运一样仍然被掩盖着。没有人完全认识他的内心生活，谁也没有见过他最后的工作室。他的作品悄悄地成长起来，如伟大业绩常有的那样沉默着，孤寂地形成着，如一切尽善尽美事物一样形成着。这位奇人以胜任者的预感才智得知，决定性事物永远只能通过一次同时伟大的舍弃而被完成；艺术家始终、他就这样开始纯粹地完成一件经得起考验的作品，首先必须对吵嚷的日子和每种与邻近世界的混淆实行坚决的拒绝，因为——他的话不可或忘：

因为任何地方都有一种古老的仇恨

在生活和伟大工作之间……

生活粗鲁地呼唤人，它更其粗鲁地呼唤艺术家，要求后者在它身上实际地起作用，在可见物身上一同发展：始终在眼前被料理的生活要求眼前性，它要求诗人为了它的现实性而掺和并参与进来。但是，诗人同时却被他的尚未形成的、唯有转向未来的作品从内部专横而忌妒地督促着，他得同生活隔开，得拒绝它的要求，只为心灵，从事雕塑的心灵服务。每个人需要作出这样一个决断，他必须下决心采取唯一无二的立场，无论是完全为了持久的作品，还是为了毕生朝气蓬勃。

赖纳·马利亚·里尔克，他只献身于艺术，献身于作品的神圣的孤僻和寂静的苦行。演说家的讲坛并不认识他，他对舞台和一切日常工作一直很陌生，他的肖像不在市场上，在任何事件和世俗的斗争中听不见他的话语，他的对答；因此，很少有人真正认识他的面貌，了解他的生活。他经常在一些城市里，而且就在这个城市里，但总有一层看不见的帷幕把他掩蔽着，没有一个在场者感觉他在场，他是如此羞怯，如此充满倾听者的孤僻感。他悄悄走进任何房间，是怕打搅人还是怕被人打搅，谁也不知道，甚至他在交谈中都更是亲切的倾听，而不是讲个滔滔不绝。他的嘴唇常常留着一丝善良的微笑，但其中防御和隐蔽不少于动人的爱意。人们害怕走近他，他周围是那么多深沉的寂静，但当他的话语清新、纯净而又友好地从这种寂静中向我们传来，我们又确实感到很幸福。但他自己从不往前站，他在艺术中一味苛求，在生活中却如此谦让，他永远只是吟唱自编歌曲的腼腆的儿童："我那么害怕人们讲话"，他始终惶恐不安，担心粗暴的现实过于猛烈地逼近了他，把他兢兢业业捧在手上的发响的水晶杯盏砸得粉碎。于是他屈身走向内心，羞怯地穿过当代喧嚣的文学，宛如被裹在一层云雾里。而且就像一朵云，悄然无声而又从容不迫，为无限的返照所映红，他飘然而去了。

就像他走进任何房间一样悄然，像他走过我们渴望轰动的时代一样隐蔽，他那么静悄悄地离我们而去了。他生着病，却没有人知道。他死去，也没有人预料到：连他的痛苦、他的疾患、他的死亡这个秘密，他都全部纳入自身，以便把它富于诗意而又优美地塑造出来，以便把这件最后的久已准备的作品——他的独特的死——纯净地加以完成。他早就开始了，他的瘦弱而缄默的、一辈子安详缓慢的躯体内的他的死亡，他从一开始就创造性地进入了他这个最后的衰微的家族，他不停地、不被觉察地同它的成长一起成长。有时这种彼岸的声音在他的最神秘的诗句中一齐说话，然后在诗篇中听得见那种令人震撼的振幅，恰如在济慈和诺瓦利斯这些绝非来自尘世的早逝者的作品中一样。一个幽灵般的音响，既甜蜜又阴沉，有时胜过他的话语和诗章，是另一领域的黑色的写法，一种仿佛来自游移开去的灵魂的阴影的交谈，因为：

只有那和死者一起

吃过他们的罂粟的人，

才不会重新丧失

最细微的声音。

马尔泰·劳利茨·布里格的那些对于异域死亡的散文哀歌，《安魂曲》的熟练的近乎阴森的诗节，如果不是对于自己的死亡预感到的葬歌和呼唤，它们又会是什么呢？多年以来，他已经从内部感觉到它，但是把它像所有被感觉到的事物一样，大大加以颂扬并转化为诗，直到它的悲剧性不如说是发声的哀悼，而劝告则变成了刹那以至永恒。然而我们，我们这些深情的倾听者，为这种音乐所迷惑，便毫无猜疑地连同他的生一起爱上他身上成长起来的死，并把这稀罕的甜蜜，这极乐的自化，作为一种赠品来享受。一旦这死亡汹汹然闯进世上来，有如一扇突然关闭的门，那时我们便吓了一跳，惊惶失措地看见破门而入的虚无和我们这些未死者的贫困。

但是，同死亡算账，称之为残忍的夭折，不，这可不是它的意思。我们必须对于这死亡肃然起敬，为了对他的敬畏的缘故。尽管这死亡从我们这取走了那许多未曾言说的事物和不可言说的可能性，我们仍然不得不感谢它：它为我们毫无矫饰地保持一个高大的雕像直到最后的时刻，对赖纳·马利亚·里尔克的忆念由于我们的爱而成为一种完美的忆念，成为对于每次精神劳动的一种崇高的担保，成为对于每个青年的一种尊贵的保证；感谢它：通过心灵的专注与生存的纯洁，诗人即使在今天也还可能留在我们这个已经疏远诗意的世界上。他就是这个诗人，他到嘴唇呼出最后一口气也仍然是诗人，我们可以说，我们亲眼见到过他，这就是对于我们的悲伤的唯一的安慰。

由于如此崇高，如此稀罕的事变，连悲伤都变成谦恭与哀叹，它被淹没在谢意中。于是我们不愿哀叹，而愿从我们的悲伤中来颂扬他，正如人们向敞开的坟墓扔三次土块告别一样，但愿语言的土块也三次跟着他沉下去。我们愿意以我们的过去的名义，以我们的眼前和尚在等待来临的时间的名义感谢他。我们愿意感谢他：

荣耀与崇敬归于你，赖纳·马利亚·里尔克，为了过去的缘故，它看见你通过谦恭与忍耐从狭隘的开端成长为伟大的完美——你是每个青年的一个楷模和每个未来艺术家的一个榜样！

荣耀与崇敬归于你，赖纳·马利亚·里尔克，为了我们的眼前的缘故，你向它展示了最稀罕、最必然的东西，你向它又一次把诗人的画像展示为一种真正的单一与纯洁！

荣耀与崇敬归于你，赖纳·马利亚·里尔克，你这为永远完成不了的语言大教堂劳动的虔诚的石匠，为了你对于不可到达境界之爱的缘故——荣耀与崇敬归于你，为了你的诗与作品长存于这个德语所持续的整个时期！

（绿原 译）

门肯

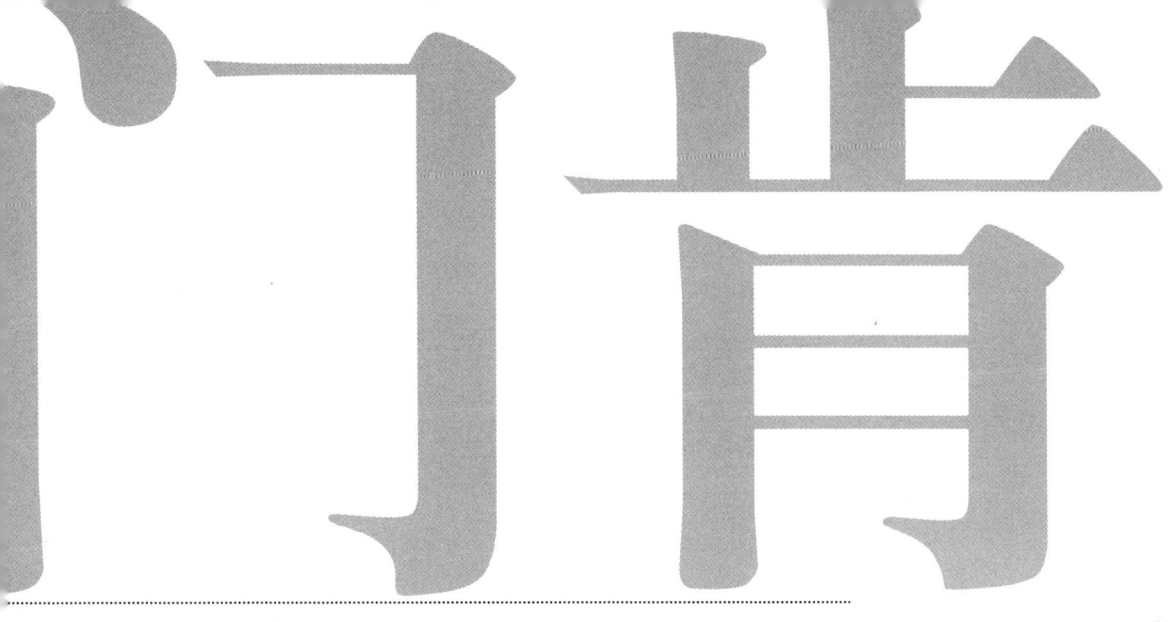

亨利·路易斯·门肯(1880—1956)，美国作家，评论家。门肯才华横溢，思想尖锐；他的评论涉及政治、宗教、教育、女权等各个方面，产生了巨大的社会效应，尤其在第一次世界大战后的10年中影响深远。
他最重要的著作是《美国语言》和《偏见集》。

※ 致威·杜兰特书

你所问我的话，扼要地说，是我从人生得到什么满足以及我为什么要继续工作。我之所以要继续工作，正与母鸡继续生蛋的理由相同。每一个活的生灵里都潜藏着一种朦胧而强大的、要积极行动的冲力。生命要求你积极地生活。无所作为对于一个健康的生物体来说既痛苦又有害，事实上几乎是不可能的，除非是作为一次次迸发出来的积极行动之间的恢复过程。唯有垂死的人才能真正地懈怠。

一个人确切的活动方式当然是由他与生俱来的机能所决定的。换句话说，他的活动方式取决于他的遗传。我不能像母鸡一样生蛋是因为我生来完全没有这样的机能。由于同样的道理，我不能当选为国会议员；不能拉大提琴，不能在大学里讲授形而上学，也不能进钢铁厂做工。我只能做我得心应手的工作。我恰好生来就对思想具有非常强烈、永不餍足的兴趣，因此我喜欢玩思想游戏。此外，我恰好生来就比一般人更善于把思想化为文辞。结果我就成了作家兼编辑，也就是说，成了一个贩卖和编造思想的人。

在这一切之中，几乎没有我的自觉意志。我做的事并不出于我的选择，而是由不可思议的命运所决定的。我童年时由于对精确的事实怀有强大的、然而还是次要的兴趣，我曾想当化学家；与此同时，我那可怜的父亲想让我当商人。又有些时候，我像一般家境比较贫寒的人一样，很想靠什么轻巧的欺骗手段发财致富。但我还是成了作家，并且将保持这个身份直到我写完人生的篇章，这就像一头母牛终生只得不断产奶一样——尽管按它自己的心愿，它是宁肯生产杜松子酒的。

我远比大多数人幸运，因为我从童年起就能靠工作谋得优裕的生活，我所做的恰恰就是我一直想做的事——要是不给我报酬，我照样会干的，而且还很乐意。我相信像我这样幸运的人不会很多。千百万人不得不为了生活而从事他们其实是不感兴趣的工作。至于我，除了也曾遭逢人生难免的不幸之外，一直过着非常愉快的生活。因为我在不幸中仍享受到自由行动所带来的巨大满足。总地说来，我所做的恰好是自己想做的事。我对自己所做的事可能会对别人产生什么影响不感兴趣。我写文章、出书并不是为了取悦于人，而是为了自己的满足，正如一头母牛产奶不是为了使牛奶商获利而是为了自己的满足一样。我希望自己的大部分思想是健全的，但我其实并不在乎。世人可以对它任意取舍。反正我在构思时已经得到了乐趣。

我认为，获取幸福的手段除满意的工作以外，就要数赫胥黎所谓的家庭感情了，那是指与家人、朋友的日常交往。我的家庭曾遭受过重大的痛苦，但从未发生过严重的争执，也没有经历过贫困。我和母亲和姐妹在一起感到完全幸福；我和妻子在一起也感到完全幸福。经常和我交往的人大多是我多年的老朋友。我和其中一些人已有30多年的交情了。我很少把结识不到10年的人视为知己。这些老朋友使我愉快。当工作完成时，我总是怀着永不消歇的渴望去找他们。我们有着共同的情趣，对世事的看法也颇为相似。他们中的大多数都和我一样爱好音乐。在我的一生中，音乐比任何其他外界事物给我带来更多的欢愉。我对它的爱与年俱增。

至于宗教，我可以说是完全没有。我成年以后从未有过任何堪称宗教冲动的经历。我的父亲和祖父在我面前都是不可知论者，虽然我小时候也曾被送进主日学校，接触基督教神学，但他们从没有教我信仰宗教。我父亲认为我应该学习宗教知识，但他显然从未想到过要我信教。他真是一位优秀的心理学家。我在主日学校的收获——除熟悉了大量的基督教赞美诗以外——就是建立了这样一个坚定的信念：基督教信仰充满着明显的荒谬之处，基督教的上帝是反常、悖理的。从那时以后，我读了大量的神学著作——也许远比一般的牧师读得更多——但我从未发现有任何理由要我改变自己的想法。

在我看来，基督教徒所奉行的礼拜式只能贬低基督教而不是使它变得崇高。它让人们在上帝面前顶礼膜拜，要是那个上帝确实存在，他非但不应当受到尊敬，而且还应当遭到谴责。在这个世界上，我几乎看不到有所谓上帝的善行的证据。相反，在我看来，根据他平日的所作所为，我们就得把他看做是一个愚蠢、残忍和邪恶的家伙。这么说，我可以问心无愧，因为他一直待我很好——事实上简直太客气了。但我还是不得不想到他对其他大多数人的肆意折磨。我简直不能想象怎么能尊敬那个战争与政治、神学与癌症的上帝。

我不相信有什么永生，也不想得到它。这种信念来自低能儿们的幼稚的自我。这仅是他们以基督教的形式对于在世上享受较好生活的人们的一种报复手段而已。我不知道人生的意义是什么：我倾向于认为人生根本没有任何意义。我对人生的全部了解仅在于——至少对我来说是这样——活着总是非常有趣的。甚至人生的困苦确实也可以是有趣的。再者，困苦将有助于培育起我最敬慕的人类美德——勇敢和其他类似的品质。我想，最高贵的人就是与上帝作战并战胜他的人。我从来还没有这样做过。在我死的时候，我将满意地归于寂灭。一场再好的戏也不能指望它好得没有尽期。

（薛鸿时　译）

伍尔芙

维吉尼亚·伍尔芙(1882—1942)，英国女作家，对现代西方小说影响很大。
主要作品有《黛洛维夫人》、《海浪》，还出版了有5卷本《日记》和6卷本《书信集》。
此外，伍尔芙又是富有特色的评论家，主要文章收在名为《普通读者》的集子中。

※ 多萝西·华兹华斯

  两个迥然不同的人，玛丽·沃尔斯顿克拉夫特和多萝西·华兹华斯，曾经一前一后出外旅行。1795年，玛丽带着她的婴儿在易北河上的阿尔托那住过一时；3年以后，多萝西跟着她哥哥和柯勒律治也到这里来了。她们两个人都写了旅行记——两个人游历的地方完全一样，但她们看待这些地主的眼光却大不相同。玛丽所看到的一切，促使她思考某种理论，思考政府的效能、人民的状况以及她自己心灵的奥秘。船桨拍打着水波的声音使她发出了这样的疑问：

"生命，你究竟是什么？这一口气究竟要飘流到何方？我还是像这样活着的我吗？在它发出并吸收了新的能量之后，它究竟要融化到什么样的元素中去呢？"

有时候，她只顾盯着沃尔佐根男爵，而忘了观看夕阳残照。而多萝西却将她眼前所见之物，用准确细密的文字实实在在、原原本本地记录下来。

"从阿尔托那散步到汉堡是非常愉快的。在一大片栽种着树木的土地上，有一条条沙砾小路穿过。……易北河对岸的地面上看来却是沼泽纵横。"

多萝西从来不去骂那"专制主义的魔鬼"。她从来不提那些关于出口、入口一类的"男人们的问题"；她也不会把自己的灵魂和天空搅混在一起。"这样活着的我"，对她来说，是无条件地从属于那些花草树木的。因为，如果她让"我"和它的是是非非、哀乐苦痛介入到好和客观事物之间，那么，她就得把月亮叫做"黑夜的女王"，她就得大谈什么黎明时"灿烂夺目的光芒"，她就要翱翔于梦幻和狂想的缥缈之境，而无心去为那湖面上月光粼粼的景色找出确切的词句加以描绘。

还有，"水底的鲱鱼"——如果她尽顾想自己的心事，当然也就无暇去写了。因此，当玛丽一次又一次碰壁，高叫着："在这颗心里一定存在着某种永生不灭的东西——人生绝不是幻梦一场"，多萝西却在阿尔富克斯登慢条斯理地记录着春天到来的脚步："野李树开花了，山楂丛发青了，公园里的落叶松也由黑变绿——这都是在两三天之内发生的事。"第二天，即1798年4月14日，写道："黄昏，风狂雨暴，我们足不出户。收到《玛丽·沃尔斯顿克拉夫特传》等书。"

次日，他们在乡绅的空地里散步，看到"不少为人力损毁得不成样子的东西，正由大自然着意装点、使之美化——荒废的房址，隐者的旧居，等等，等等。"对于玛丽·沃尔斯顿克拉夫特则一字未提——似乎她那充满暴风雨的一生，用一个简单的"等等"就打发掉了；然而，下边的一句话好像是某种不自觉之中流露出来的评论："幸好，我们无权根据个人意志去塑造大山，开辟峡谷。"是的，我们无权去改动什么，更不去抗拒；我们只能接受并尽量理解大自然的信息。

——日记就这么样地写下去。

春去，夏来，夏又到秋；冉冉便是冬天，于是野李树又开了花，山楂树又发了青，再一次春回大地了。现在是北英格兰的春天，多萝西和她哥哥住在格拉思弥尔高山丛中一个小村子里。

经历了艰苦备尝、骨肉分离的少年时代，他们终于在自己的家屋中相聚；现在，他们生活在大自然的怀抱里，可以不受干扰地从事自己一心向往的事业，天天努力领会大自然的启示。

他们手头宽裕，足够维持生活，无须为衣食奔走。既无家务之累，也无职业任务分他们的心。多萝西可以整个白天在山上跑着玩儿，晚上和柯勒律治谈上一个通宵，没有舅妈骂她不像个女孩儿家的样子。日出到日落，时间都属于他们自己，作息方式可以根据季节变化来加以调整。天气好，不必待在屋里；下雨天，躺在床上不起。什么时候睡觉都行。如果有一只杜鹃在山头兀自啼叫，而威廉一直想不出什么确切的词句来描写它，那就让做好的饭放凉也没关系。

星期天跟其他日子没有什么区别。习惯，传统，一切，都得从属于那必须全神贯注、付出极大努力、令人疲惫不堪的唯一任务——在大自然的怀抱里生活、写诗。那真是把人磨得筋疲力尽。为了寻找一个准确的字眼儿，威廉用尽心血，累得头疼。每首诗，他总是推敲了再推敲，所以多萝西不敢提什么改动意见。她偶尔说了一句半句话，被他听见，记在脑子里，他的心情就再也无法平静下来。有时候，他下楼来吃早饭，却坐在餐桌旁，"衬衣的领口不扣，背心也敞开，"写着一首从她谈话中得到构思的咏蝴蝶诗，写着写着把吃东西都忘了，而且对那首诗改了又改，直到又是筋疲力尽为止。

这部完全由只言片语所构成的日记，竟能使这一些如此活灵活现地重现在我们眼前，想来真有点奇怪，因为任何一个性格沉静的妇女都能像这样地把她花园里的变化、她哥哥的种种心情和季节的转换记载下来。一整天的雨后（她记述道），天气温暖而和煦。她在田野里碰见一头母牛。

"那头母牛望着我，我也望着那头母牛；我只要稍微动弹一下，那头母牛就停止吃草。"她还遇见过一个挂两根棍子走路的老人——一连多少天，除了吃草的母牛、走路的老人，她再也看不到什么不寻常的事情。而她记这些日记的目的也很平常——"因为，一来，我不想一个人在那里自寻烦恼；二来，等威廉回家，可以让他看了高兴一下。"

只是，渐渐地这部简括的札记与其他札记的不同之处就显露出来了：随着这些短短的日记在我们心目中一点一点地展开，我们眼前便呈现出一片广阔的景象，这才看出那质朴无华的记述紧扣所描写的事物，只要我们的眼光朝着它所指出的方向看去，定可如实地看到她所见到的事物。

"月光像雪一样落在山上。"

"空气一片寂静，湖水现出亮亮的蓝灰色，群山一派苍茫。湾流冲向那低低的、幽暗的湖滨。羊群在休息。一切都是静悄悄的。"

"那上游和下游的瀑布，好像并不是一个一个的瀑布，而像是从天而降的涛声——天上的声音。"

即使在这样短短的日记中，我们也可以感觉到那种并非属于博物学者、而是属于诗人天赋的暗示能力，也就是说，抓住非常普通的事实，略加点染，那整个景象，宁静的湖水，壮丽的群山，就以浓郁的色调、天然的姿态出现在我们眼前。

然而，她却又不是一般意义上的描写文作者。她首先关心的是力求真实——优美和对称都得附丽于真实才行。而真实之所以需要加以探索，又是因为如果在描写中把微风拂动湖水的景象稍加歪曲，也就有损那支配着表面风貌的精神。正是这种精神刺激着她，推动着她，使得她的才能得到充分发挥。每一种景象，每一种声音，只要她有感于心，她总要把这一感觉的来龙去脉进行一番探索，并且用文字把它记录下来，不管这文字多么质朴无华；或者把它凝练为某种形象，不管形象多么生硬拙笨。大自然是一个严峻的女监工，她要求：无论那浩浩茫茫、幻影一般的外形轮廓，还是那毫发毕现的平凡细节，都得描摹出来。

甚至当梦境般壮丽的远山在她面前巍巍颤动，她仍然要一丝不苟、原原本本地记下"羊群脊背上那闪闪烁烁的银白色的轮廓线"，并且写道："向远处望去，在阳光下飞翔的乌鸦变成了银白色；当它们向更远处飞时，就像水波荡漾似的在绿色的田野上滚动。"由于经常练习、运用，她的观察力磨炼得非常纯熟、敏锐；在外边步行一天，就能给她那心灵的眼睛贮存下好大一批奇闻逸事，足够她在暇日从容加以拣选。

譬如说，在丹巴顿城堡外，羊群和士兵混搅一起，又是多么奇怪的现象啊！不知什么原因，那些羊群看去和实物一样大小，而那些士兵却像是些木偶；那些羊群的动作姿态自自然然、无所畏惧，而那些侏儒似的士兵的行动却是躁乱不安、看起来毫无意义。——这真是奇怪极了。有时候，她躺在床上，仰望天花板，觉得那些上了油漆的屋梁"发出光泽，好像是在阳光下一条条冰封着的乌黑岩石"。是的，它们"相互交叉，使我想起自己见过的一株浓荫覆顶、风雨剥蚀的大山毛榉树——它那枝柯交错、纷歧披离之状仿佛与这些屋梁近似……天花板好似我假想中的一个地下洞窟或宫殿，窟顶潮湿滴水，月光曲曲折折泄入，色调犹如颜色浑然冲淡的宝石。我躺着仰望，直到炉火熄灭……一夜很少成眠。"

确实，她似乎总是把眼睛睁得大大的，不停地观察着，不光是为了那不知疲倦的好奇心，也是由于崇敬的心情，觉得有某种极关重要的秘密隐藏在事物的表面底下。有时候，由于她尽量控制自己的热烈感情，她的笔下不免吞吞吐吐，正像德·昆西说的，她说话时因为热情与羞怯相冲突而有点儿口吃。但她还是控制住了自己。她的脾气本来是容易感情冲动的，为那几乎支配了她的情感所折磨，她的眼睛常常带着"狂热而吃惊的神情"，但她必须控制自己，压抑自己，不然的话，她就无法完成自己的任务——她就只好停止自己的观察活动。然而，对于一个能克制自己，能捐弃自己的隐秘激情的人，好像作为报偿一样，大自然就要给予一种异乎寻常的满足。

她写道："雷德尔的景色非常美丽，天空上泛出好像一片片叶子似的发亮的钢灰色条纹。……这使得我的心归于宁静。我本来是非常忧郁的。"因为，柯勒律治不是曾经翻山越岭，深夜来到他们居住的农舍敲门——而她不是也曾经把柯勒律治的一封信深深藏在怀里带回来吗？

这样，一方面向大自然作出奉献，一方面又从大自然得到报偿，随着这辛勤、刻苦的岁月的流逝，在大自然和多萝西之间似乎发展出某种水乳交融般的共鸣——这共鸣并不是冷冰冰、木呆呆、无人情味的，因为在它的核心之中还燃烧着对于"我亲爱的人"、亦即对于她的哥哥的热爱，而他实际上是这一共鸣的中心和鼓舞者。威廉，大自然，多萝西，岂不就是同一个存在吗？无论在室内、户外，他们岂不总是构成一个万物皆备、无求于人、独立不羁的三位一体吗？他们在室内静坐，这时——

大约十点钟，在一个静悄悄的夜晚。炉火摇曳，钟声嘀嗒。除了我亲爱的人呼吸之外，我什么声音也听不见——他不时推推书本，翻过一张书页。4月里的一天，他们带上破斗篷，到屋子外边的约翰丛林里躺下。

威廉时而听见我的呼吸声和衣服沙沙声，但是我们两个人都静静地躺着，谁也看不见谁。他认为如果像这样躺在坟墓里，谛听大地宁静的声音，而且知道自己亲爱的朋友就在身边，倒是很美妙的事。湖水平静；有一只小船在湖面上。

这是一种奇异、奥妙而且几乎是无声的爱，好像这一对兄妹生长在一起，不仅语言、连心情也是完全相同的，因此他们简直不知道两个人之中究竟是谁在感受，谁在说话，谁在欣赏水仙花，谁在观看入睡的城市——不同之处仅仅在于：多萝西先把这种思绪写成散文、储存下来，然后威廉也来沉浸于其中，并把它写成诗歌。但两个人缺一不可。他们必须共同感受，共同思想，共同生存。这时正是如此：他们先在户外山坡上躺了一阵儿，起来回家弄茶；然后，多萝西给柯勒律治写信；接着，他们一块儿播种红花菜豆；然后，威廉写他的《采集水蛭的人》，多萝西为他抄写诗稿。既是心荡神移，又能有所控制；既是无拘无束，又能井然有序——这部日记娓娓叙来，既描写令人迷醉的山上风光，也述说着烤面包、熨衬衣以及在农舍里给威廉端晚饭这些家常琐事。

这所农舍，虽然后园延伸到荒野之中，门前却临着大路。从她的起居室窗口向外望去，多萝西可以看到路上走过的每一个人：一个高高大大的女乞丐，在她脊梁上也许还背着她的婴儿；一个老兵；一辆华贵的四轮马车，坐在里边游山玩水的贵妇人们好奇地向外窥看。那些有钱的贵人们，她都放过不管——她对于他们的兴趣，也不过像对于大教堂、画馆和大城市的一样。但是，如果她在门口遇见一个乞丐，她就一定要把他叫进屋里来，详详细细地打听一番：他从什么地方来？见过些什么？他有几个孩子？她对这些穷人们的生活寻根问底，仿佛其中也像群山似的隐藏着什么秘密。

一个流浪汉在她的厨房里一边烤火、一边吃着冷咸肉，这对于她来说就如那星光灿烂的夜空一样神奇；她仔仔细细打量着他，甚至于看清楚在他那破烂的外衣上"衬补着三块深蓝色、喇叭花形的补丁——那里原来该是三个扣子"，他那半个月没有刮的胡子就像是"灰色的长毛绒"。

当这些人信口谈着什么航海呀、拉兵呀、葛兰贝侯爵呀等的故事的时候，她总会捕捉住他们话里的一言半语——它，在那些故事早被忘记的时候，还能久久地保留在她的心灵之中："怎么，你要往西方走吗？"

"当然，童贞的少女到了天堂就大有出息啦！"

"在那些夭折的年轻人坟墓旁边，她才能轻轻松松地走路呀。"

穷人们，就像群山一样，也有自己的诗意。但是，只有走出农舍，到户外，到路上，到旷野里，她的想象力才得到最自由的发挥。当他们傍着一匹慢慢腾腾的马，在潮湿的苏格兰道路上徒步前进，既不知道能不能找到住的地方，也不知道能不能吃上晚饭的时候，他觉得那才是她最幸福的时刻。

那时候，她只知道在前方有某个名胜，有一片丛林值得一记，有一个瀑布应该探访。他们一个小时接一个小时地向前走着，大部分时间里谁也不说话，只有柯勒律治（这次出游他参加了）不定什么时候突然大声讨论着"威严的"、"崇高的"和"雄伟的"这三个字眼儿的真正含义。他们不得不一步一步艰难地行走，因为那匹马在一个堤岸上把车弄翻了，断了的缰绳、肚带刚刚用小绳子、小手绢接了起来。

此外，他们还饿着肚子，因为华兹华斯把鸡肉和面包都掉到湖里去了，此外又没有什么东西可以当饭吃。他们路也不熟，不知道该到哪里去找住的地方——只知道前边儿有一个瀑布。最后，柯勒律治受不了啦。他有风湿性关节炎；那辆爱尔兰式的双轮马车根本不能遮风避雨；他那两个旅伴尽是在那里想自己的心事、不说话。他离开他们，自己走了。但是威廉和多萝西只管往前走。这时候，他们两个人的模样就跟流浪汉差不多了。多萝西面颊棕红，像个吉卜赛人；她衣服破碎，步子急促，走路的样子歪歪扭扭。但她不知疲倦，目光炯炯，注意观察一切。

他们终于来到瀑布之下。于是，多萝西的全部身心都集中到瀑布上面了。她以发现者的热情、博物学家的细心、情人的狂喜探索它的特征，记下它的外貌，阐明它的与众不同之处。她终于占有了它——把它永远储存在自己的心灵之中了。

从此，它便形成为一个"内心幻影"，她随时都可以清清楚楚、仔仔细细回想起来。即使多年以后，她老了，记忆力不好了，它还会袭上心头；它袭上她的心头，静止了，纯化了，并且与她生平中所有最幸福的回忆——与她关于瑞思多恩、关于阿尔富克斯登、关于柯勒律治朗诵《克丽思塔贝尔》、关于她那亲爱的哥哥威廉的回忆，交错在一起了。它给她带来的，是无人可以可望而不可即、也是一般人与人的关系所无法提供的东西——抚慰与安宁。因此，如果玛丽·沃尔斯顿克拉夫特那激昂的呼声曾经传到她的耳边："在这颗心里一定存在着某种永生不灭的东西——人生绝不是幻梦一场"，那么，她自己的答案也是明确无疑的。她大概会简简单单地答道："我们只要观察周围的一切，就会觉得自己是幸福的。"

※ 蒙田

有一次，蒙田在巴勒丢克看到西西里国王勒内的一幅自画像，他想："为什么不允许每个人用文字来给自己画像，就像用画笔那样？"我们立刻会回答，不但允许，而且这再简单不过。别人也许不好画，但我们自己的面孔简直是太熟悉了。让我们开始吧。然而，真正去尝试时，钢笔却从我们手中滑落，这是一件艰巨的不可思议的工作。

毕竟在整个文学史上，有多少人曾成功地用文字为自己画像？也许只有蒙田、佩皮斯和卢梭。《虔诚的美第奇》是一面彩色的镜子，从中可以看见飞舞的星星和一个奇特的、骚动的灵魂。在那本著名的传记中，一面明亮的镜子照见博斯韦尔在别人肩膀之间探出头来。但是，讲述自己，追踪自己的奇思异想，给出整个灵魂的图像、重量、色彩和边界，包括它的混乱、多变和不完美——这种艺术只属于一个人：蒙田。多少世纪以来，总有很多人围在这幅肖像前，朝画中凝望，看到里面映出自己的面孔，凝视得越久看到得越多，却永远说不清楚他们看到的到底是什么。新印版本证明了这本书永久的魅力。英国的那伐尔书社把柯顿的译本重印成精美的五册书；法国的路易·柯纳尔公司正在发行附有各种版本译文的《蒙田全集》，阿曼古博士为此项研究付出了毕生的心血。

如实地讲述自己，发现自己近在咫尺，这并非易事。

我们只听说有两三位古人走过这条路（蒙田说），此后再没有人涉足；这是一条崎岖的道路，没有看上去那么好走。追随灵魂那散漫不定的步伐；穿透它内部的曲折深幽；选择并捉住那么多灵活的小动作；这是一件崭新而不寻常的工作，它使我们退出世上普通的和最受推荐的职业。

首先是表达的困难。我们都沉湎于那称为"思想"的奇妙愉快的过程，但当要向别人，哪怕是向对立者讲述我们的思想时，我们能表达的是多么少啊！没等我们在它尾巴上撒盐，那幻影就从窗户逃走了；或是飘忽地闪亮片刻，又缓缓地沉回黑暗的深处。表情、声音和腔调弥补了语言的不足，给讲话加上了个性。但钢笔却是个刻板的工具，它能说的很少，并有它自己的各种习惯和仪式。它还很专制：总是把普通人变成预言家，把人们讲话时那自然的磕磕绊绊变成钢笔那庄严的行进。因此蒙田以其不可抑制的活泼在无数古人中脱颖而出。我们一刻也不会怀疑他的书不是他本人。他不肯说教，不肯布道，他总是说他和别人一样。他所有的努力就是这是一条"崎岖的道路，没有看上去那么好走"。

除了表达自己的困难之外，还有一个最大的困难，做自己。我们的灵魂，或内心生活，与我们外部的生活根本不同。如果谁有勇气询问他的想法，他说的总是跟世人说的正好相反。例如，世人早就决定病弱的老人应该待在家里，用他们婚姻的忠贞不渝来教导我们。蒙田的灵魂却说，恰恰相反，在老年应该旅行，婚姻很少建立在爱情的基础之上（这说得很对），在晚年它往往会成为一种形式上的束缚，不如把它打破。关于政治，政治家们总是赞美帝国的伟大，宣传用文明去教化野蛮人的道德义务。但是看到西班牙人在墨西哥的所作所为，蒙田愤怒地大声疾呼："这么多城市被夷为平地，这么多民族被消灭……为了贩运珍珠和胡椒，世界上最美丽富饶的地区被搅得天翻地覆！机械的胜利！"当一些农民来对他说，他们发现一个男人受了伤奄奄一息，但是把他丢在了那里，因为怕受到法律控告。蒙田质问道：

我能对这些人说什么呢？这种人道主义的帮助无疑会给他们带来麻烦。

……没有什么东西像法律这样错误百出。

在这里，变得桀骜不驯的灵魂在抨击蒙田所深恶痛绝的两样东西，习俗和仪式。但是走进那座虽与其他建筑分离却能俯瞰整个庄园的高塔，看她在最里面的房间中对着炉火沉思。她真是世上最奇特的生物，远非那么英勇，并像风向标一样多变，"害羞，傲慢；贞洁，好色；多话，沉默；勤勉，娇弱；聪敏，笨拙；忧郁，愉快；说谎，诚实；博学，无知；慷慨，贪婪，奢侈"——总之，如此复杂，如此不确定，与她在公共场合的那个替身如此不符，以至于一个人可以花一辈子的时间来追逐她。这种追逐的快乐超过了它可能给个人世俗前程带来的任何损害。了解了自己的人从此便独立了；他永远不会感到无聊，只会觉得生命太短，他沉浸在一种深刻而有节制的快乐中。只有他真正地活着，其他人都是仪式的奴隶，让生命在睡梦的状态中流逝。一旦顺从习俗，别人做什么便跟着做什么，灵魂中所有较高级的神经和才能就会受到睡意的侵袭。她完全成为外在的表演，内在空无一物：迟钝、麻木而冷漠。

那么，如果我们请这位生活艺术的大师介绍他的秘诀，他准会建议我们退进高塔最里面的房间，在那里翻动书页，追逐一个接一个飞出烟囱的幻想，把天下的治理留给他人去操心。退隐和沉思——这一定是他的处方中的重要成分吧。然而不是，蒙田可没那样明确。没有办法从这位垂着眼皮、一副梦幻和揶揄的表情，半带微笑、半带忧郁的敏感男子那里得到一个清楚的回答。事实是，与书本、蔬菜和花草为伴的乡村生活往往是极其无聊的。他从来看不出自家的豌豆比别人家的好到哪儿去。

巴黎是全世界他最喜欢的地方——"只因为它的形象和色彩。"至于读书，他读任何书很少能连续读一小时以上，而且他记性很坏，从一间屋走到另一间屋，就会把脑子里想的事忘掉。书本知识没有什么可骄傲的，至于科学的成就，它们的意义有多大呢？他经常与聪明人来往，他父亲很敬重这些人。但他观察到，尽管他们有好的时候，有狂热，有眼光，但最聪明的人也在愚蠢的边缘摇摆。观察你自己：这一刻得意扬扬，但一块碎玻璃就会使你神经紧张。一切极端的东西都是危险的。最好取中庸之道，走人们走惯的辙印，不管有多么泥泞。写作时选择普通的词语，避免狂言和雄辩——但诗歌是美妙的，最好的散文是最富有诗意的散文。

那么，我们似乎应当追求一种平民化的简单。我们可以享受高塔中的房间、粉刷过的墙壁和宽敞的书橱，但在下面的花园里有一个人在挖地，他今早刚埋葬了他的父亲，是他那样的人在过着真正的生活，说着真正的语言。这里面当然有一定的真理。在席上地位较低的一边有很多精彩的谈话。也许无知者中具有的重要素质比有学问者中更多。然而，乌合之众是多么可恶！"无知、不公正和不讲信义的根源。智者的生活竟要依赖于傻瓜的判断，这合理吗？"他们的思想软弱，没有反抗能力。必须要有人告诉他们需要知道什么。他们不能直面事实。真理是只有天生高贵的灵魂才能懂得的。那么，这些天生高贵的灵魂是谁呢？要是蒙田能够更明确地指出，我们或许可以仿效他们。

但是不。"我不教诲，我只是叙述。"毕竟，他对自己的灵魂都不能"用一个词简单而切实地概括，没有模糊或混淆"，又如何能阐释别人的灵魂呢？事实上，他觉得他的灵魂一天天变得更加神秘。也许有一个特点或原则——不应做出规定。我们愿意仿效的灵魂，例如艾蒂恩·德·拉·波阿蒂厄，永远是最灵活的。

"由于需要而依附和受制于一个系列，这只是存在，而不是生活。"法律只是常规，完全不能反映纷繁复杂、变化多端的人类冲动；风俗习惯是为那些生性胆怯、不敢让自己的灵魂自由驰骋的人而制定的。但拥有私人生活并视之为最珍贵的财产的我们，最信不过的就是表态。只要一开始抗议，开始表态，开始做出规定，我们就会死亡。那样我们就会为别人活着，而不是为自己而活。我们必须尊敬那些为公务而牺牲了自己的人，给他们戴满荣誉，同时怜悯他们不得不做出无法避免的妥协；但是对自己，让我们放走名声、荣誉和各种使我们对他人承担义务的职位。让我们守着自己变幻不定的熔炉、迷人的混乱、复杂的冲动，我们永远的奇迹——因为灵魂每时每刻都在抛出奇妙的内容。运动和变化是我们生命的本质；僵化便是死亡；因循便是死亡：让我们想到什么就说什么，重复自己，反驳自己，发出最荒唐的胡言乱语，追逐最稀奇古怪的幻想，不管世人怎么做、怎么想或怎么说。因为除了生命（当然，还有秩序），其他一切都不重要。

这么说，构成我们生命本质的这种自由必须要受到控制。可是很难看出我们可以借助于什么力量，因为所有对个人意见的限制或公共法律都受到嘲讽。蒙田从未停止过嘲弄人性的可悲、软弱和虚荣。那么，也许我们应该寻求宗教的指引？"也许"是他最喜欢的词语之一；"也许"和"我想"，以及所有那些修饰人类无知之轻率假设的词语。它们能把那些直率地说出来的很不明智的意见变得含蓄。因为并不是什么都要说出来；有些东西目前最好只是暗示。文章只是为少数能够看得懂的人而写的。

我们当然可以寻求上帝的指引，但对于那些过着私人生活的人来说，还有一个看不见的内心的检察官，内在的保护人，他的批评比任何人的都可怕得多，因为他知道真相；但也没有任何东西比他的赞许更加悦耳动听。这就是我们必须服从的法官；他将帮助我们实现天生高贵的灵魂所能达到的那种秩序。

"将秩序一直保持到私人生活，这样的生活是美妙的。"但是他要靠自己的判断来行动；靠某种内部的天平，达到那不稳定的、时时变化的平衡，它能够控制而又毫不妨碍灵魂探索和实验的自由。没有其他指引，也没有先例可循，过好私人生活无疑比过好公共生活要困难得多。这是一种各人必须独自学习的艺术。尽管或许有两三个人，古人如荷马、亚历山大大帝、伊巴米南达斯，今人如艾蒂恩·德·拉·波阿蒂厄，其榜样对我们可能有些帮助。但这是一种艺术，它要塑造的材料是复杂多变和无限神秘的——人性。我们必须接近人性。

"……应当在活人中生活。"

我们应当警惕任何怪癖或清高使我们与自己的同类隔离。能够轻松地与邻居谈论他们的娱乐、房子或争吵，并真正喜欢听木匠和园丁讲话的人是幸运的。交流是我们的主要任务；社交和友谊是我们的主要乐趣；阅读，不是为获取知识，不是为了谋生，而是为了把交流扩大到我们的时代和地区之外。世界是如此奇妙：翠鸟和未被发现的土地，长着狗的脑袋、眼睛长在胸口的人，还有很可能比我们的高级得多的法律和风俗。或许我们都在这世上酣睡；或许对感官比我们发达的生物来说，还存在着另外一个世界。

这里，在所有的矛盾和限制之中，终于有了一点明确的东西。这些随笔试图揭示一个灵魂。

至少在这一点上他是明确的。他不是想出名，不是想让后世引用他的话，他不是在市场上立起雕像，他只是想揭示他的灵魂。交流是健康，交流是真实，交流是幸福。分享是我们的任务，勇敢地挖下去，把那些隐秘的、最病态的思想暴露到阳光下；不隐瞒，不伪装；如果我们无知，就实话实说；如果我们爱自己的朋友，就让他们知道。

……因为，正像我从一次太确凿的经验中懂得的那样，当失去友人时，最大的安慰莫过于能知道我们没有忘记对他们说任何东西，并与他们达到了完全彻底的交流。

有些人旅行的时候用沉默和怀疑把自己封闭起来，"防止受到陌生空气的传染"。他们吃饭时必须吃和家里一样的东西。凡是不跟他们自己的村子相似的景观或风俗都是坏的。他们旅行只是为了回家。这种做法是完全错误的。我们出发时不应想好晚上在哪里过夜，或打算什么时候回来；旅行就是一切。最需要但也是最难得的是，我们应当在出发前找到一个性情相投的人同行，在途中可以随时向他倾吐我们头脑里产生的想法。因为快乐若无人分享便没有意思。至于危险——可能有头疼脑热，但为了快乐冒这点小风险总是值得的。

"快乐是头等重要的利益。"况且，做自己喜欢的事时，我们总是在做对自己有益的事。医生和聪明人也许会对，但让医生和聪明人去研究他们沉闷的科学吧。对我们这些普通人来说，让我们好好利用大自然赐予的每一种感官，以此感谢她的慷慨。尽可能多改变我们的状态；一会儿把这一面，一会儿把那一面转到阳光下，在太阳下山之前，尽情享受年轻的亲吻和美妙歌喉唱出的凯特拉斯。每个季节都很可爱，雨天或晴天，红酒或白酒，结伴或独处。就是那令人遗憾地缩短了生之快乐的睡眠，也可以充满美梦；最平常的行动——一次散步、一次谈话、在果园独处，均可以因联想而趣味盎然。美无处不在，而美与善之间只有两指宽的距离。因此，以健康和理智的名义，让我们不要老想着旅行的终点。让死神在我们种菜或骑马的时候降临，或让我们躲到某个乡村小屋里，由陌生人为我们合上眼睛。最好，让死神发现我们在姑娘和好的同伴中间，做着平常做的事情，既不抗议，也不悲叹；而"有的是游戏、欢宴、玩笑、流行的娱乐、音乐和抒情诗"。但是不要再说死亡了，重要的是生命。

当这些随笔不是结束，而是在全速前进中戛然而止时，生命越来越清晰地显露出来。当死亡临近时，越来越吸引人的是生命，自我，灵魂，活着的每个事实：夏天和冬天都穿丝袜；在葡萄酒里加水；在饭后理发；必须用玻璃杯喝水；从来不戴眼镜；咬舌头；脚动来动去；爱挠耳朵；喜欢肉的味道浓郁；用餐巾擦牙齿（感谢上帝，牙齿倒很健康！）；床上必须挂帘子；还有，很奇怪的是，一开始喜欢萝卜，后来倒了胃口，现在又喜欢了。没有一件事细小到可以让它从指缝间流走。

除了事实本身的意义外，我们还有一种奇妙的能力，可以用想象来改变事实。观察灵魂怎样时时在投射她自己的光与影；她使重要的变得空洞，轻微的变得重要；使白天充满幻梦；为幻影与为事实一样地激动；她临死之时还在拿小事开玩笑。观察她的两面性和复杂性。她听说一位朋友死去，感到同情，但又掺杂着一些幸灾乐祸的感觉。她相信，同时她又不相信。观察她多么容易受影响，尤其是在年少时。一个富人偷东西，因为小时候父亲不肯多给他钱花。这堵墙不是为自己砌的，而是因为父亲喜欢造房子。总之，灵魂被无数神经和同情所交织，它们影响着她的每一个行动，然而，即使到了1580年，还没有人弄清她的行为方式或她是什么——我们是如此怯懦，如此留恋稳当的常规做法。只知道在所有事物中她是最神秘的，自我是世界上最大的怪物和奇迹。

"……我越思考和了解自己，就越对我的畸形感到吃惊，越不能对自己达成一致。"观察，不断地观察，只要笔墨存在，蒙田就将"不停地不费力地"写下去。

但还有最后一个问题，如果他能从那迷人的工作中抬起头来的话，我们想要请教这位生活艺术大师。在这些由短而支离、长而博学、逻辑清晰和相互矛盾的语句构成的不寻常的著作中，我们听到了灵魂的脉搏节奏，日复一日，年复一年地在纱幔后面跳动，这纱幔随着时间的推移变薄到近乎透明。这里有一个人在"生活"这项危险事业中取得了成功；他曾为国效力，过退隐生活；身为地主、丈夫和父亲；款待过国王，爱过女人，也曾独自对着古书沉思良久。通过不断的试验和观察，他最终奇迹般地调顺了构成人的灵魂的那些捉摸不定的成分。

他用双手抓住了世界的美。他获得了幸福。他说，如果要他再活一遍，他还会以同样的方式度过。但是，当我们着迷地注视着一个灵魂在我们眼前完全敞露地生活时，问题浮现出来，快乐是一切的目的吗？对灵魂本质的这种压倒一切的兴趣是哪儿来的？为什么会有如此不可抑制的与人交流的欲望？这个世界的美就够了吗，是否在别处还有神秘的解释？对此能有什么回答呢？没有回答。只有最后一个问题："我知道什么？"

※ 笛福

百年纪念的记录者有时会担心他在度量一个逐渐缩小的幽灵，不得不预言它即将消失。这种担心对于《鲁滨孙漂流记》不仅不存在，而且连想一想都是荒谬的。《鲁滨孙漂流记》在1919年4月25日就有两百岁了，这或许是事实，但是不仅没有像通常那样令人猜测现在和将来是否还有人读它，相反，两百周年令我们惊讶《鲁滨孙漂流记》这本不朽的作品居然只存在了这么短的时间。这本书像是民族自发的无名作品，而不是一个人头脑的成果。说到它的百年纪念，我们觉得还不如去设想巨石阵的百年纪念。这一定程度上可以归结到我们在孩提时都听大人念过《鲁滨孙漂流记》，因此对笛福和他的故事的感情很像希腊人对荷马的感情。

我们从未想到有笛福这么个人，如果听说《鲁滨孙漂流记》是一个人用笔写出来的，我们会感到不舒服，或是觉得很扫兴。童年的印象是最长久最深刻的。现在我们仍然觉得丹尼尔·笛福的名字没有权利出现在《鲁滨孙漂流记》的扉页上，如果纪念这本书的二百周年，我们仿佛在有点不必要地暗示它像巨石阵一样依然存在。

这本书的家喻户晓对它的作者有一些不公；它虽然给他带来了某种匿名的光荣，却掩盖了他还写过其他书的事实。可以有把握地说，这些书我们小时候没有听人念过。因此，当《基督教世界》的编辑于1870年呼吁"英国的男孩和女孩们"在被闪电劈坏的笛福墓上立一块纪念碑时，大理石上镌刻的是纪念《鲁滨孙漂流记》的作者。没有提到《摩尔·佛兰德斯》，鉴于该书以及《罗克珊娜》、《辛格顿船长》、《杰克上校》等作品的主题，我们无须对这种省略感到惊讶，尽管可能会感到不平。我们可能同意笛福传记的作者莱特先生所说，这些"不是摆在客厅桌子上的作品"。然而，除非我们认可将那件有用的家具作为品位的最终裁判，否则我们定会惋惜，这些作品表面上的粗糙，或是《鲁滨孙漂流记》的盛名使它们的名气比应得的小得多。在任何像样的纪念碑上，至少《摩尔·佛兰德斯》和《罗克珊娜》应该和笛福的名字刻得一样深。它们排在称得上无可争议的伟大的少数英国小说之列。它们名气更大的同伴的二百周年生日也令人思考它们的伟大从何而来（这伟大与它的伟大有如此多的共同之处）。

笛福晚年才成为小说家，比理查逊和菲尔丁早了许多年，是小说的最早创始人之一。不过关于他的先导地位没有必要多讲，只需提到他写小说时有一些概念，部分地来自他是最早实践这种形式的人之一。当时小说必须用讲述真实的故事和宣传正确的道德来证明自己存在的理由。"用虚构来提供一个故事当然是最可耻的罪恶，"他写道，"这是一种说谎，它在心中留下一个大洞，说谎的习惯逐渐形成。"所以他在每本书的前言或正文中，总要费心地强调他没有虚构而是以事实为依据，他的目的很高尚，希望劝转堕落者和警告天真者。幸好这些原则与他的自然禀赋十分吻合。在他开始写小说前，60年的丰富阅历已将许多事实播撒在他心底。他写道，"我曾经用这两句话概括我的生活"：

没有人尝过更多的命运变幻，
我十三次从富有变成穷光蛋。

写《摩尔·佛兰德斯》之前，他曾在纽盖特监狱待过18个月，同小偷、海盗、土匪和伪造货币者交谈。然而，生活和偶然把事实塞到你面前是一回事。贪婪地吞下它们并保持不可磨灭的烙印是另一回事，笛福不仅了解贫困的压力并与其受害者交谈过，而且那种不受保护的生活，暴露在环境中，被迫自谋生路，对他的想象力来说是他艺术的恰当材料。在他每本伟大小说的开头几页，他总是让男主人公或女主人公陷入孤立无援的悲惨境地，以致他们的生存必须是不断的挣扎，能否活下去完全凭运气和自己的努力。摩尔·佛兰德斯在纽盖特监狱出生，母亲是个罪犯；辛格顿船长小时候被拐走，卖给了吉卜赛人；杰克上校尽管"出身高贵，却沦落为扒手的学徒"；罗克珊娜开始运气好些，但15岁结婚之后，她目睹丈夫破产，留下她和五个孩子，"处境惨不堪言"。

所以，这些男孩和女孩一开始就要在世界上挣扎，为自己奋斗。这样造成的情形很符合笛福的口味。他们中最突出的摩尔·佛兰德斯从一出生或最多过了半年，就受到"最可怕的魔鬼——贫穷"的驱使，从刚会缝补起就不得不自己谋生，四处漂泊，不需要她的创作者提供他不能提供的微妙家庭氛围，而需要利用他对陌生的人情风俗的全部知识。从一开始她就必须证明自己存在的权利，她必须完全依靠自己的机智和判断，用她自己头脑中形成的经验道德来处理每个紧急情况。故事的活泼一定程度上是由于她在很早时就违背了公认的法律，从此便享有了被驱逐者的自由。她真正过舒适安定的生活是不可能的事。但是从开头作者特殊的才华就显示出来，避免了奇遇小说的明显危险。他让我们了解到摩尔·佛兰德斯是一个独立的女人，而不只是一系列奇遇的材料。

为证明这一点，她开始像罗克珊娜一样，热烈地（尽管是不幸地）陷入恋爱。她必须唤醒自己，嫁给另一个人，非常仔细地考虑她的财产和前途，这并不能辱没她的感情，而应归咎于她的出身。她像笛福笔下的所有女人一样，是一个理解力很强的人。因为她在自己需要的时候会毫不顾忌地说谎，所以当她说真话的时候，那些话中有一种不可否认的东西。她没有时间浪费在精细的个人感情上；一滴眼泪，片刻的绝望，然后"故事继续进行"。她有一个喜欢面对风暴的灵魂。她喜欢使用自己的力量。当发现她在弗吉尼亚嫁的男人是她的亲哥哥时，她感到极端的厌恶，坚持要离开他；但一到布里斯托尔，"我就去巴思散心了，因为我还远远不老，我一向快活的心情还是非常快活"。

她并不是没有心肝，也不能说她轻浮；只是生命让她高兴，生气勃勃的女主人公让我们大家跟着她走。而且，她的野心中有一点想象力，使之可以列入高尚的感情。她固然是精明实际，但也渴望浪漫和她心目中绅士应当具备的素质。

"他真是一个侠义的人，这更让我难过，栽在一个好汉而不是一个恶棍的手里甚至有一点安慰。"她在对一个拦路强盗隐瞒了她的财产之后写道。与这种脾气一致，她对她最后的伴侣感到自豪，因为他们到种植园后，他拒绝干活而喜欢打猎。她乐于给他买假发和银柄的宝剑，"好让他看上去像个非常高贵的绅士，他实际上就是。"她喜欢热天气也与此一致，还有她亲吻儿子踩过的土地时的那种激情，她大度地宽容每种缺点，只要不是"完全的人格卑鄙，在上面时专横跋扈，在下面时垂头丧气"。对于其他一切她都只有善意。

这位老练的女罪人的品质和优点还远没有列完，因此我们可以理解为什么博罗提到的伦敦桥上买苹果的女人称她为"神圣的玛丽"，把她的书看得比自己摊上所有的苹果还贵；为什么博罗把这本书拿进摊棚里，一直看到眼睛发疼。但我们细述这些性格的表现只为证明摩尔·佛兰德斯的创作者不只是一个精确地记录事实而没有心理学概念的记者。的确，他的人物自己发展丰满，仿佛不顾作者的想法，也不完全合他的心意。他从不花时间强调任何微妙或感伤之处，而是平静地写下去，仿佛不知道它们的存在。一点想象的笔触，如王子坐在儿子的摇篮边，罗克珊娜注意到"他多喜欢看他睡觉"，对我们似乎比对他更有意味。他写到需要把重要的事情告诉另一个人，以免像监狱的那个小偷一样在睡梦里讲出来。在这段现代得令人惊奇的论述之后，他又请读者原谅他的离题。他似乎把他的人物深深记在心里，能够以自己也不完全清楚的方式体验他们。像所有不自觉的艺术家一样，他在作品中留下的金子比他同时代人能发掘出的更多。

因此，我们对他的人物做的诠释很可能使他感到迷惑。我们能发现他对自己都小心隐藏的意义。所以我们对摩尔·佛兰德斯的欣赏会远远超过对她的批评。我们也不能相信笛福对她的罪过的程度有精确的定论，或是他不知道自己在思考放荡者的生活时提出了许多深刻的问题，并且暗示了（如果没有明说）与他宣称的信仰有很大出入的答案。从他关于"妇女教育"的文章中我们看出他想得很深，远远领先于他的时代。他对妇女的能力评价很高，并认为她们受到的待遇很苛刻。

我经常想这是世界上最野蛮的风俗之一，作为一个文明的基督教国家，我们却不让妇女享有学习的权利。我们天天指责女人愚蠢和无礼，但我相信，如果她们受到和我们同等的教育，她们身上这些毛病会比我们少。

女权倡导者们也许不愿意把摩尔·佛兰德斯和罗克珊娜作为他们的偶像；但显然笛福不仅想让她们就此问题说出一些非常现代的观点，而且把她们放在特定的环境中，使她们特殊的艰辛引起我们的同情。摩尔·佛兰德斯说，妇女需要的是勇气，"站定脚跟"的力量，并随即对这样做的好处作出实际的证明。罗克珊娜，一位具有相同信念的女性，更敏感地抗议婚姻的奴役。那位商人对她说，她"在世界上开创了一件新鲜事"；"这是一种对普遍做法提出异议的方法"。但笛福是最不会有赤裸裸说教的嫌疑的作家。罗克珊娜吸引我们是因为她全然不知她会在任何好的意义上成为女性的榜样，因而她能够承认她的部分观点"有点高级，其实一开始根本没在我脑子里"。知道自己的弱点，并因此而诚实地怀疑自己的动机，这使她保持有血有肉，而那么多问题小说中的殉道者和先驱们都萎缩到只剩了各自教义的空架子。

但笛福令我们钦佩之处不在于可以说他提前表达了梅瑞狄斯的某些观点，或写了一些可以由易卜生改编为剧本的情节（有这样奇怪的提议）。无论他对妇女地位持什么看法，它们都只附属于他的主要优点，这就是，他描写事物重要而持久的一面，而不是琐细而短暂的一面。他常常是单调的。他能模仿科学考察者那种精确的平铺直叙，直至我们想不到他的笔能够描写或他的大脑能够想出算不上事实的东西来减轻它的枯燥。他省略了整个植物世界，以及大部分的人性。这些我们都可以承认（尽管我们必须承认许多被我们称为伟大的作家身上同样严重的缺陷），但这并不损害剩下的特殊优点。一开始就限制了他的范围和目标，他达到了一种洞察的真实，这比他自称追求的事实的真实要珍贵得多，也更持久。

摩尔·佛兰德斯及其朋友们令他感兴趣，不是因为他们（像我们说的那样）"别具一格"；也不是因为他们（像他断言的那样）是堕落生活的例子，可以让人们引以为戒。吸引他的是他们那由艰苦生活而养成的本性的诚实。他们没有借口，没有仁慈的保护来遮掩他们的动机。贫穷是他们的主人。

笛福对他们的缺点只做了口头上的评判，但他们的勇气、机智和诚实令他喜欢。他发现他们的交往中充满了有益的谈话、有趣的故事、相互的信任，以及朴素的道德。他们的命运有他一生中赞美、喜爱和惊叹的那种无限多样性。首先，这些男人和女人能自由地公开谈论从远古起就驱动人类的那些激情和欲望，因而即使现在他们的活力也没有减少。坦率面对的每样东西都有一种尊严。就连肮脏的金钱，这个在他们经历中起了如此大作用的东西，当它不是代表安逸和地位，而是代表荣誉、诚实和生活本身时，也变得不再肮脏，而是悲剧性的。你可以说笛福单调，但绝不能说他只注意琐碎的事情。

确实，他属于那一类伟大的朴实派作家，其作品建立在对人性中最持久、尽管不是最诱人的东西的了解上。从汉格福桥看到的伦敦让人想到他，灰蒙蒙的，庄严厚重，混合着交通和贸易的嘈杂声，如果不是船桅和城中的高塔和圆顶，会显得平凡乏味。街角捧着紫罗兰的衣衫褴褛的女孩，耐心地在拱门下摆出她们的火柴和鞋带的老太婆，看上去像他书中的人物。他属于克雷布、吉辛一派，不是他们的同学，而是他们的鼻祖。

※ 艾迪生

1843年7月，麦考莱勋爵宣告约瑟夫·艾迪生以"生命力和英语一样长久的"著作丰富了我们文化。但当麦考莱勋爵发表意见时，那不仅仅是一个意见。即使是现在，事隔76年，那些话还似乎是从选中的人民代表口中发出的。它们有一种权威，一种洪亮，一种责任感，令人想到一位首相代表一个伟大帝国发表宣言，而不是一位记者在为一家杂志描述一位已故的文人。写艾迪生的那篇文章确是最有力的散文名作之一。既华丽，又极为坚实，那些语句仿佛堆成了一座纪念碑，方方正正，同时饰有丰富的花彩，只要威斯敏斯特教堂还有两块石头垒在一起，这座碑就可为艾迪生遮风挡雨。然而，尽管我们无数次（读任何东西超过三次以上就称为无数次）阅读和欣赏过这篇散文，奇怪的是，我们却从未想到去相信它是真的。

麦考莱散文的崇敬的阅读者们常常会这样，对它们的华美、有力和多样而欣喜，但发现每个判断，不管多么有力，在文中多么恰当，却很少让我们把这些笼统的断言和不可否认的信念与一个具体的人联系起来。麦考莱写道，"如果我们想找到比艾迪生最好的文章更生动的描写，就必须去读莎士比亚或塞万提斯"。"我们毫不怀疑如果艾迪生写了一部长篇小说，它将比我们现在拥有的任何长篇更优秀。"而他的散文"使他完全有资格跻身伟大诗人的行列"；为使这座纪念碑更加完美，我们看到伏尔泰被称为"小丑们的王子"，与斯威夫特一起被贬抑，使艾迪生作为幽默作家居于他们之上。

单独来看，这种华丽的装饰似乎很怪诞，但是在文中它们却是装饰的一部分；它们完成了这座纪念碑——整体设计的说服力就是如此。无论下面埋的是艾迪生还是其他人，它都是一座非常精美的墓碑。但如今自艾迪生的遗体于一个夜晚被葬在教堂地下后，已经过去了两百年，我们有了一些资格（尽管不是由于我们自身的长处）来检验这座假想的墓碑上的第一个华饰，虽然这墓碑或许是空的，但我们67年来以一种正式的方式对它表示敬意。艾迪生作品的生命力和英语一样长久。因为每一刻都证明我们的母语比那些完全静止或纯洁的语言更生气勃勃，所以我们只需要考虑艾迪生的生命力。

《闲谈者》和《旁观者》当前的状况看来不能用生气勃勃来形容。粗略的调查可以发现在一年中有多少人从公共图书馆借阅艾迪生的作品，一个例子揭示了不大令人鼓舞的情况：在9年中每年只有两人借阅过《旁观者》第一卷。

第二卷借的人更少。调查结果不让人兴奋。从一些旁注和铅笔记号看，这些难得的光顾者们只找出最著名的段落，并（照他们的习惯）画出我们斗胆认为是最不值得赞美的语句。不，如果艾迪生还活着，那也不是在公共图书馆，而是在明显私人性质的藏书室里，在丁香树掩映中，深棕色的对开本间，他还保持着微弱、均匀的呼吸。如果当代任何人要在6月的太阳在天边消失前用一篇艾迪生来慰藉自己，那就是在这种惬意的地方。

但我们可以相信，在全英国无论什么年代什么季节，隔一定距离（也许是很长的距离）总会有人阅读艾迪生。因为艾迪生是很值得一读的。必须抵制读蒲柏论艾迪生、麦考莱论艾迪生、萨克雷论艾迪生、约翰逊论艾迪生，而不读艾迪生原文的诱惑，因为如果细读《闲谈者》和《旁观者》，看看《卡托》，再翻翻6本不太厚的文集里其余的几本，你会发现艾迪生既不是蒲柏的艾迪生，也不是其他任何人的艾迪生，而是一个独立的人，仍然能够在1919年的人们如此纷乱的意识中留下一个清晰的形象。

较淡的影子的命运往往有点危险，它们很容易被遮蔽或扭曲。往往似乎不值得进行接触二流作家时需要的那种亲切化和人性化的过程，因为他们最终可能没什么给我们。泥土已在他们上面结硬，他们的特征已被湮没。也许我们最后擦干净的不是最佳时期的一颗头颅，而只是一只旧陶罐的碎片。

读次要作家时的主要问题还不仅在于花的工夫，而在于我们的标准变了。他们爱好的不是我们所爱好的；如果他们作品的魅力更多地依赖于口味而不是信仰，风气的改变往往足以使我们完全失去联系。这就是我们与艾迪生之间最麻烦的障碍之一。

他对某些性质看得非常重要。他对我们习惯所说的"高雅"的定义有非常精确的看法。他很喜欢说男人不应是无神论者，女人不应穿大的衬裙。这令我们感觉到的与其说是反感，不如说是差异感。我们（也许会）忠实地竭力在脑海中想象这些教导的对象。

《闲谈者》创办于1709年，《旁观者》晚一两年。那时候英国是什么样子？为什么艾迪生如此坚持正派和乐观的宗教信仰的必要性？为什么他如此经常地、大体上和善地强调女性的弱点和改造？为什么他对政党政治的弊端感触如此之深？任何历史学家都可以做出解释；但是不得不求助于历史学家总是一种不幸。作家应当能给我们直接的确信；解释好比是往葡萄酒里掺大量的水。实际上，我们只能感觉这些忠告是提给穿裙箍的女士和戴假发的先生们的——这些消失的听众已经接受了教诲，和劝诫者一起走远了。

但这不是阅读的方法。如果认为过去的人们应受这些指责，欣赏这些道德，把我们觉得无味的雄辩奉为精妙，把我们觉得肤浅的哲学奉为深刻，如果对这类古代的痕迹有一种收藏家的爱好，那就是把文学当做一只年代无疑很古老但美学价值令人怀疑的破坛子，应该摆在玻璃门的柜子里。使《卡托》至今仍很有可读性的魅力大部分是这种性质。塞法克斯惊呼：

> 在我们辽阔的努米底亚沙漠上，
> 突然一阵猛烈的狂风从天而降，
> 在空中盘旋，卷起一个个炫涡，
> 撕扯着黄沙，把整片平原刮走。
> 无助的旅行者大惊失色，
> 看着沙漠在他周围升起，

> 被沙尘的旋风窒息而死。

我们不禁会想象到拥挤的剧院里激动人心的情景，女士头上的羽毛使劲地一点一点，绅士们身体前倾，用手杖敲打地面，每个人都对邻座说这是多么精彩，并高声叫好。但是我们怎么激动得起来？还有荷德主教和他的笔记——他那"明察秋毫的"、"观点和表达都精确之极的"安详的论断：相信当目前崇拜莎士比亚的风气过去之后，《卡托》终会"受到所有公正而明智的批评家的高度推崇"。这些都很有趣，可引起愉快的幻想，想象我们祖先思想的已褪色的浮华，和我们自己思想的明显的丰富。但这不是平等的交流，更不是那种把我们与作者放在同一时代，让我们相信他的目标与我们相同的交流。在《卡托》中偶尔可以看到几个没有过时的句子；但大体上讲这部被约翰逊博士认为"无疑是艾迪生的天才的最高贵的作品"的悲剧已经变成了收藏家的文学。

也许很多人读这些散文的时候还暗自怀疑是不是需要一点屈尊俯就。问题是，艾迪生这样重视文雅、道德和品位的特定标准，会不会成为那种模范性格、彬彬有礼的人物，使人不能跟他谈任何比天气更令人兴奋的话题？我们有点怀疑《旁观者》和《闲谈者》只是用完美英语包裹的关于今年晴天天数与去年雨天天数的比较。与他平等交流的困难可以从《闲谈者》较早一期中的这个小寓言看出："一位年轻的绅士，智力中等，但非常活泼，他……有点知识，足以成为无神论者或自由思想家，但不足以成为哲学家，或理智的人。"

这位年轻绅士去乡下探望他的父亲，试图"开阔乡下人狭隘的思想；他做得很成功，餐桌上的高谈阔论迷住了男管家，令他的大姐目瞪口呆……直到有一天，谈到他的狗……说他不怀疑特雷和家里任何人一样不朽；在激烈的争论中他对父亲说，他期望像狗一样死去。老头子激动地跳起来，嚷道，'那么，先生，你会活得像狗一样，'拿拐杖把他痛打了一顿。这对他产生了良好的效果，他从此开始发奋，开始读好书，现在是中殿律师学院的主管委员。"这个故事中有很多艾迪生的特点：他对"阴暗和不愉快的前景"的反感；他对"构成所有公共团体以及私人的支柱、幸福和光荣的原则"的尊重；他对男管家的关切；他相信读好书和成为中殿律师学院的主管委员是所有活泼的年轻绅士的正确归宿。

这位艾迪生先生娶了一位女伯爵,"给他的立法机构提供法律,"并在派人去请年轻的沃里克阁下时说出了看一个基督教徒怎样死去的名言,它碰到今天这堕落的时代,我们同情的是那愚蠢的、也许是稀里糊涂的年轻人,而不是那位躺在病床上,临终之际还表现出最后一阵自满的古板的绅士。

让我们擦去由于蒲柏的才智侵蚀或是维多利亚中期的泪水沉淀造成的那些痂壳,看看对我们的时代还剩下一些什么。首先是可读性,在两百年之后看,这是个不可藐视的优点。艾迪生当之无愧。然后,随着那流畅优美的散文的潮水,滑来小小的旋涡、微型的瀑布,令人愉快地点缀着光滑的表面。我们开始注意到随笔作家的兴致、奇想和癖好,它们照亮了道德家那一本正经的面孔,使我们相信不管他的嘴绷得多紧,他的眼睛却是非常明亮,并不浅薄。

他灵敏到手指尖。小皮手笼、银袜带、花边手套都吸引他的注意;他目光敏锐,并非不仁慈,充满兴趣而不是批评。当然,那个时代荒唐事很多。咖啡厅里坐满了政客,议论着国王和皇帝,把他们自己的小事务荒废不理。每天夜里观众为他们一个字都没听懂的意大利歌剧鼓掌喝彩。批评家们谈论统一性。男人们花一千英镑买一把郁金香球茎。至于女人——或是艾迪生喜欢说的"美丽的性别",她们的荒唐之处数不胜数。他带着一种喜爱的挑剔尽力去列数,这态度引起了斯威夫特的不悦。但他做得很漂亮,对这工作带有一种自然的爱好,例如下面这段文字:

我认为女人是美丽浪漫的动物,可以用兽皮和羽毛、珍珠和钻石、金属和丝绸来装饰。猞猁应把毛皮脱在她脚下给她做披肩,孔雀、鹦鹉和天鹅应为她的手套贡献羽毛;搜寻海洋中的贝壳,深山中的宝石;自然的每一部分都为装饰它的最高杰作而提供材料。这些我都会纵容她们,但对于我前面提到的衬裙,我不能也不会允许。

在所有这些问题上艾迪生站在理智、品位和文明的一边。在每个时代都有一小群不引人注目而又不可或缺的人,体会到艺术、文学和音乐的重要性,观察、区分、批评和欣赏。艾迪生便是其中之一——出色并与我们出奇地相通。可以想象,拿给他一本原稿是非常愉快的事;他的意见对我们是极大的启迪,也是极大的荣幸。尽管有蒲柏之言,但我们觉得他的批评会是最好的那种,对新事物态度开明，但最终在标准上坚定不移。那种体现了活力的大胆可从他对《彻维山追猎》的辩护中看出。他对什么是"好文章的灵魂"有如此清晰的概念，能够从古朴的民谣中捕捉到它，又在《失乐园》"那部神圣的作品"中重新发现它。而且，他不仅能鉴赏过去的静止的、固定的美，而且了解当代，严厉地批评它的"哥特式情趣"，警觉地保护语言的权利和尊严，提倡简洁平和。这里我们看到了在韦尔咖啡馆和巴顿咖啡馆里的艾迪生，坐到深夜，喝了对他来说过量的酒，渐渐摆脱沉默，健谈起来，然后他"抓住了每个人的注意力"。蒲柏说"艾迪生的谈话中有一种比我从其他人那里发现的更迷人的东西"。

我们完全可以相信这一点，因为他最好的散文保存了谈话那轻松而控制自如的节奏——微笑在变成大笑之前即被抑止，思想轻巧地避开浅薄和抽象，观点自然而然地涌出来，明快、新鲜、活泼，他似乎想到哪里说到哪里，从不提高嗓门。但他用鲁特琴的特点对自己作了描述，比其他任何人描述得更好。

鲁特琴的特点和鼓完全相反，它在独奏或是在小型协奏中非常好听。它的音调非常优美，非常轻柔，在许多乐器中很容易被淹没，甚至在几件乐器合奏时也会给盖过，除非你特别注意去听。鲁特琴的听众很少超过5人，而鼓在500人的场合显出优势。所以，鲁特琴演奏家有优雅的天赋、不凡的思想、温婉亲切的态度，主要为高雅之士所欣赏，它们是这种愉快柔和的旋律的唯一合适的鉴赏者。

艾迪生是一位鲁特琴演奏家。其实，没有什么赞扬比麦考莱勋爵那番话更不恰当。以艾迪生的散文而把他称为伟大的诗人，或是预言如果他写出一部长篇小说，它将"比我们现在拥有的任何长篇更优秀"，便是把他与鼓和小号相混淆；这不仅是过誉了他的长处，而且是忽视了他的长处。约翰逊博士精彩地并且（以他的风格）断然地总结了艾迪生的诗才：

首先来看他的诗歌；必须承认它不是常有巧妙的语言给感情增加光彩，或强烈的感情给语言增加生气；很少热情、激越或狂喜；极少伟大的庄严，也不大有夺目的光华。他的思考很正确，但他的思考是微弱的。

"罗杰·柯弗利爵士"系列表面上看是他最接近于小说的文章。但这些文章的价值在于它们没有预示、引出或开创什么；只是作为它们自身而存在，完美、完整、安全。如果把它们当成包含着未来伟大的种子的初次犹豫的尝试，就是忽略了它们的特色。它们是一位安静的旁观者从外部做出的观察。合起来读，它们构成了一位乡绅和他周围人物的肖像，各人处于典型的姿势，——有的拿着杆子，有的带着猎狗，但每人都可以和其他人分开，而不会损坏整个构图或他自己的形象。在小说中，每一章都得力于前一章或为后一章增色，这种分离是不可容忍的。速度、复杂性和整体结构会受到损害。艾迪生或许缺少这些特性，但他的方法有很大的优点。每篇文章都非常完美。人物用一系列极其简洁的线条勾勒出来。当然，在如此窄小的篇幅里——每篇文章只有三到四页长，不可能写得非常深刻或复杂细腻。《旁观者》中的这段描写很好地展示了艾迪生怎样干净利落地绘出一小幅肖像：

　　松布利是一位悲哀之子。他认为悲伤和忧郁是他的义务。他认为突然大笑是违背他洗礼时的誓言。无辜的玩笑像玷污神灵一样令他震惊。告诉他谁晋升了，他举起双手仰望上苍，对他描述一个典礼，他摇头；给他看一辆漂亮的马车，他喊"上帝保佑"。生活中所有的装饰都是浮华虚荣。欢乐是轻浮，机智是亵渎。年轻人的活泼、小孩子的顽皮均令他反感。他参加洗礼或喝喜酒时，像参加葬礼一样，听完有趣的故事他叹息，其他人高兴的时候他变得肃穆。归根到底松布利是个虔诚的人，如果生活在基督教普遍受到迫害的年代，他的行为会非常合宜。

　　小说不是从这种形式上发展出来的，因为沿这些线条不可能再有发展。这种肖像就其本身而言是完美的；当我们在《旁观者》和《闲谈者》中看到许多这种由想象和奇闻组成的相同风格的小杰作时，不可避免地会对这种空间的狭小性产生一些怀疑。散文的形式允许它达到自身的完美；如果什么东西是完美的，它完美的大小就变得不重要了。我们很难决定到底更喜欢一滴雨水还是泰晤士河。当尽情地批评之后——许多文章很乏味，另一些很肤浅，讽喻已经褪色，虔诚是老一套，道德陈腐——我们最终还是要承认艾迪生的散文是完美的散文。

　　在任何艺术的最高峰总有一个时刻，仿佛一切都协同来帮助艺术家，他的成就达到一种自然的妙境，在后世看来他似乎是半不自觉的。艾迪生也是这样，一天接一天，一篇接一篇地写着，本能地确切地知道怎么做。无论它是高级还是低级，无论史诗会不会比它更深刻，抒情诗会不会比它更热烈，毫无疑问，是艾迪生使散文成为现代的散文——让智力平常的人能够把自己的思想传达给世人的文体。艾迪生是无数后裔的尊祖。随便拿起一份周刊,"夏天的乐趣"或"步入老年"等文章反映出他的影响,但除了我们唯一的散文家——比尔博姆先生署名的文章外,它们也反映出现代人已经丢失了写散文的艺术。由于我们的观点和我们的价值、我们的感情和深度,那滴匀称晶莹,包含了天空和那么多小小的明亮的人生画面的小珠,现已变成了一个被匆匆装入的行李塞得鼓鼓囊囊的手提袋,尽管如此,散文作者们还是会(也许是不自觉地)努力像艾迪生那样写文章。

艾迪生以他那温和而理智的方式,不止一次饶有兴趣地想象过他的文章的命运。他对它们的性质和价值有正确的认识。"我重新磨砺了所有嘲讽的枪尖",他写道。然而,由于他的许多投枪都是针对暂时的愚行,"荒唐的时尚、可笑的风俗、做作的说话方式",他认为,有朝一日,也许一百年之后,他的散文会"像许多旧盘子,价值还会被考虑,但时髦已经不在了"。两百年过去了,盘子已经磨平,图案几乎看不出了,但质地是纯银的。

※ 简·奥斯丁

如果依了卡桑德拉·奥斯丁小姐的心思,我们除了简·奥斯丁的小说之外得不到她的任何遗物。她只对她的姐姐畅书胸臆,只对她一个人倾诉了她的希望,以及(如果谣言属实的话)她一生中最大的失望。但当卡桑德拉·奥斯丁小姐年迈时,她妹妹名气的增大使她怀疑有一天会招来陌生人的窥探,学者们的揣测,她忍着个人的巨大损失,焚毁了每一封可能满足他们的好奇心的信件,只留下了她认为不会引起兴趣的几封。

所以我们对简·奥斯丁的了解是从一些流言、几封信件和她的书中得来。说到流言,能够传到后世的流言从来不是可鄙视的,稍加整理它就可以极好地满足我们的需要。例如,简·奥斯丁"一点都不漂亮,一本正经,不像一个12岁的小姑娘……简的性格古怪而做作",小费拉德尔菲亚·奥斯丁这样评价她的堂姐。然后是米特福德夫人,她认识年轻的奥斯丁姐妹,认为简是"她记得的最漂亮、最傻气、最做作、一心想找丈夫的花蝴蝶"。然后是米特福德夫人的匿名的朋友，"她去看过她，说她已变成了最生硬、刻板、沉默寡言的'单身贵族'，直到《傲慢与偏见》显示出那只硬邦邦的盒子里藏着多么名贵的宝石之前，她在社交场合只被看成是拨火棍或是挡火板……但现在大不相同了，"那位善良的女士继续说，"她还是一根拨火棍——然而是每个人都害怕的拨火棍……一个不说话的才女、刻画性格的人的确是很可怕的！"另一方面，当然还有奥斯丁家的人，一个不喜欢自夸的家族，但他们说，她的兄弟们"很喜欢她并很为她自豪。他们喜爱她的才华、她的品德、她可爱的举止，每人后来都喜欢在某个侄女或自己的女儿身上寻找亲爱的简的影子，但他们不指望能看到真正比得上她的人。"迷人而生硬，受家人喜爱而令陌生人惧怕，言辞锋利而内心温柔——这些矛盾不是不相容的。读小说时，我们也会为作者身上的这种复杂性而感到迷惑。

首先，那位被费拉德尔菲亚认为不像12岁孩子的一本正经、古怪做作的小姑娘，很快便将成为一个惊人的、不孩子气的故事——《爱情与友谊》的作者。尽管令人难以置信，但这本书是15岁写的。它显然是写来给学习室里取乐的；书里有一篇故事假装郑重地题献给她的兄弟；另一篇有她的姐妹用水彩画的头像插图。有些玩笑让我们感到是家庭财产；讽刺淋漓尽致，因为所有小奥斯丁们都共同模仿嘲笑那些"惊叹一声，晕倒在沙发上"的娇滴滴的女士。

当简大声读出她对他们共同痛恨的毛病的最后一击时，兄弟姐妹们肯定笑作一团。"失去奥古斯提奥斯的悲痛使我不幸殉难。一次致命的晕厥夺去了我的生命。当心晕厥，亲爱的劳拉……生多少次气都可以，但不要晕倒……"她滔滔不绝，以她最快的速度写下去，快过她拼写的速度，讲述劳拉和索菲娅那些不可思议的奇遇，费兰德和古斯塔夫斯，那位隔日驾马车往返于爱丁堡和斯特灵之间的绅士，放在桌子抽屉里的财产失窃，挨饿的母亲，扮演麦克白的儿子。毋庸置疑，这些故事在学习室里引起了阵阵欢笑。但再明显不过的是，这个15岁的女孩，坐在厅堂中她自己的角落里写东西，不是为了博兄弟姐妹一笑，不是为了家庭消遣。她既是为所有人，又不为任何人，既为我们的时代，又为她自己的时代；换言之，就是在那个小小年纪简·奥斯丁已经在写作了。这一点可以从她句子的节奏、匀称感和严肃性中听出。"她只不过是一个好脾气的、礼貌、随和的姑娘；因此我们几乎不能不喜欢她——她只是一个轻蔑的对象。"这样一个句子是打算留存到圣诞节日以后的。活泼、轻松、充满乐趣，自由得接近于胡言——《爱情与友谊》就是这一切，但那个在全书中清晰而有穿透力地响着，一直未被淹没的声音是什么？是笑声。这个15岁的女孩在她的角落里嘲笑世界。

15岁的女孩总是在笑。当宾尼先生要拿糖而拿了盐时，她们格格地笑。当老汤姆金斯夫人坐到猫咪身上时，她们几乎要笑死。但她们过一会儿又会哭起来。她们没有一个固定的瞭望所，能够看到人性中永远可笑的东西，男人和女人身上的一些永远引起我们讽刺的特点。她们不知道故意冷落的格里维尔夫人，和被冷落的可怜的玛丽亚，是每个舞厅永恒的角色。

但简·奥斯丁生来就知道这些。肯定有一位守在摇篮边的仙女在她出生后带她在世上飞了一圈。被放回摇篮里时，她不仅知道了世界是什么样子，而且已选择了自己的王国。如果能让她统治那片领土，她将不贪求其他。因此在15岁她对他人很少幻想，对自己更是没有。她写的任何东西都很完美，不是与教区，而是与宇宙相联系。她冷静客观，高深莫测。当作家简·奥斯丁在书中以最非凡的素描笔法写下格里维尔夫人的一些对话时，没有一丝对牧师的女儿简·奥斯丁曾经受到的冷落所感到的怨愤。她的目光直接投向了那个标记，我们准确地知道那个标记在人性的坐标图上的位置。我们之所以知道，是因为简·奥斯丁紧紧保守着自己；她从来不越过她的界限。即使是在15岁这样易感的年龄，她也没有因为害羞而出卖自己，因一时冲动的同情而删去某句讽刺，或在狂热的迷雾中模糊了轮廓。她仿佛用棍子一指说，冲动和狂热到那里为止；界限清清楚楚。但她不否认月亮、山峦和城堡的存在——在界限那边。她甚至有自己的一点浪漫。那是对苏格兰女王。

她确实非常钦佩她，称她为"世界上顶尖人物之一"，"一位迷人的公主，她那时唯一的朋友是诺福克公爵，她在今天仅有的朋友是惠特克先生、雷夫罗伊夫人、耐特夫人和我本人"。这些话巧妙地限定了她的热情，用一个玩笑把它圆了起来。回忆不久之后年轻的勃朗特姐妹在她们的北方教区以怎样的词语描述威灵顿公爵，两者对照是很有趣的。

那个一本正经的小姑娘长大了，变成了米特福德夫人记得的"最漂亮、最傻气、最做作、一心想找丈夫的花蝴蝶，"顺便还成了一本叫做《傲慢与偏见》的小说的作者。它是在一扇吱呀作响的房门的掩护下偷偷写成的，许多年没有发表。稍后，据说她开始写另一个故事：《沃森一家》，但因某些原因对它不满意，没有写完。与那本众所周知的精美名著相比，这本未完成的不成功的作品，可以让我们对作者的天才有更多的了解。在这书稿中她的困难更加明显，她用来克服它们的方法掩饰得没有那么巧妙。

首先，开头几章的生硬和光秃证明她是那类在第一稿中相当粗糙地列出事实，然后回过头反复修饰，给它们添上血肉和气氛的作家。如何做法——通过怎样的抑制、插嵌和巧妙手段，我们说不上来。但奇迹会诞生；那14年家庭生活的平淡历史会变成另一段看似毫不费力的细腻的介绍；我们不会猜到简·奥斯丁强迫她的笔写过多么艰难的初稿。这里我们看到她毕竟不是魔术师。像其他作家一样，她必须营造一个氛围，使她自己特殊的天才能够结出果实。这里她在摸索，这里她还在让我们等待。突然，她做到了；现在事情可以按她希望的方式发生。爱德华一家去参加舞会。汤姆林森家的马车经过，她可以告诉我们人家给查尔斯"拿来了手套，叫他一直戴着"；汤姆·穆斯格罗夫带着一桶牡蛎退到一个僻静的角落，十分惬意。她的天才开始释放。

我们的感觉立刻兴奋起来；我们被只有她才能传达的那种特殊的强烈感所支配。但它是由什么构成的呢？一个乡下小镇的舞会；几对夫妇在会客室见面握手；吃吃饭喝喝茶；至于结局呢，一个男孩被一位年轻女士冷落，被另一位温柔女士相待。没有悲剧也没有英雄事迹。但不知为何这小小的场景具有与表面的沉闷不相称的动人魅力。小说让我们看出如果爱玛在舞厅里是这样的举止，她在人生更重大的时刻会有怎样周到、温柔、感情真挚的表现，当我们观察她的时候，这样的时刻不可避免地出现在我们眼前。因此，简·奥斯丁所表现的感情比表面上深刻得多。她激发我们去提供书中没有的东西。

她提供的看上去是一些琐事，但却含有某种东西，它在读者的脑海中扩展，给外表琐碎的生活场景赋予最持久的生命形式。重点永远放在人物性格上。当奥斯本先生和汤姆·穆斯格罗夫在三点差五分，玛丽正在拿进托盘和刀盒之时登门拜访，我们不禁猜想爱玛这时会怎么做。这是个极其尴尬的情况。两位年轻男士习惯于文雅得多的场合。爱玛可能会显得没教养、粗俗、让人瞧不起。对话的曲折发展给我们造成悬念。我们的注意力一半放在当时，一半放在将来。当最后，爱玛的表现证实了我们对她的最高期望时，我们好像目睹了一个最重要的事件那样激动。

实际上，在这本未完成的、大体上质量较差的故事中包含了简·奥斯丁的伟大艺术的所有要素。它有文学的永久性。忘掉表面的生动与生活的形似，剩下来可提供的是一种更深刻的乐趣，对人类价值观的敏锐辨别。把这也从脑海中除去，我们可以带着极度的满足享受那更抽象的艺术，在舞厅那一幕中，感情的变化、各部分的比例，让人能够像欣赏诗歌一样欣赏它本身，而不只是使故事这样或那样发展的一个环节。

但流言说简·奥斯丁生硬、刻板、沉默寡言——"一根人人害怕的拨火棍。"这也是有迹可寻的；她可以相当无情；她是整个文学史上最一贯的讽刺作家。《沃森一家》那笨拙的开头几章证明她不是热情奔放的天才；她不像艾米莉·勃朗特那样，只要打开门就可以让人感觉到她。她谦卑而快乐地捡拾着搭巢用的树枝和稻草，把它们整齐地摆在一起。树枝和稻草本身有一点干枯和灰暗。大房子和小房子；茶会、宴会、偶尔的野餐；生活受到重要关系和充足收入的保障；还有泥泞的道路、打湿的双脚、女士们容易疲劳的倾向；一点金钱，一点地位以及住在乡下的上层中产阶级家庭普遍享受的教育支持着它。恶习、冒险、激情被挡在外面。但是在这一切平凡、一切琐屑之中，她没有回避任何东西，没有任何东西被忽略。她耐心而精确地告诉我们，他们怎样"哪儿也没停，一口气走到纽伯里，在那里一顿可口的饭菜，作为午餐兼晚餐，结束了当天的快乐和疲乏"。

她对习俗也不仅仅是口头上表示尊敬；她不仅接受，而且相信它们。尤其是当她描述一位牧师，例如埃德蒙·伯特伦，或是一位水手时，他的职业似乎禁止她自由使用她的主要工具，喜剧天才。因此她往往变为礼貌的赞颂或平常的描述。但这些是例外；总体上她的态度令人想起那位匿名女士的评论——"一个不说话的才女、刻画性格的人的确是很可怕的！"她不想改良，也不想消灭；她一言不发；那的确是很可怕的。她一个接一个地塑造出她的傻瓜、她的道学先生、她的俗人、她的柯林斯先生、她的沃尔特·艾略特爵士、她的班尼特夫人。她用鞭子似的语句环绕着他们，抽打着他们，削出了他们永恒的轮廓。但他们留在那里；没有借口，没有怜悯。

当她写完时，朱丽亚和玛丽亚·伯特伦没有留下任何东西；伯特伦夫人永远地"坐在那里喊她的哈巴狗，防止它闯进花圃"。做出了神圣的审判；格兰特医生一开始喜欢吃嫩鹅肉，最后"因一星期内暴食三顿，中风而死"。有时让人觉得她的人物生下来只是为了让简·奥斯丁享受将他们斩首的莫大快乐。她心满意足；她不会改动任何人的一根头发，或是移动世界上的一块砖头或一片草叶，因为这世界给她提供了这么大的乐趣。

我们也不会。尽管受伤的虚荣心或道德上的义愤要求我们去改变一个充满恶意、卑琐和愚蠢的世界，但这工作超出了我们的能力范围。人们就是那样——那个15岁的女孩知道这一点；那个成熟的女人证明了这一点。就在此刻也会有某位伯特伦夫人感到防止哈巴狗闯进花圃太困难了；她让查普曼去帮助范妮小姐，有一点晚。辨别是那么准确，讽刺是那么正当，以致它虽然贯穿始终，却几乎逃过了我们注意。没有一点琐碎、没有一丝怨恨将我们从沉思中吵醒。愉悦奇怪地与好笑相混合。美照亮了这些愚人。

实际上，那种难以捕捉的性质是由许多很不相同的部分组成的，需要特殊的天才把它们结合起来。与简·奥斯丁的才智相配的是她那完美的鉴赏力。她的傻子就是傻子，她的势利小人就是势利小人，因为他偏离了她心目中健康和理智的模型，她将这模型准确无误地传达给我们，即使是当她使我们发笑的时候。没有哪个小说家更多地使用对人类价值的正确感受力。她以一颗无过失的心、无懈可击的品位、近乎严厉的道德作衬托，揭示那些偏离善良、诚实和真挚的行为，它们属于英国文学中最可爱的描写。

她描写玛丽·克劳福德那好坏混合的性格时便是完全以这种方法。她任由她喋喋不休地批评牧师，或津津乐道准男爵和一年一万英镑；但是间或弹出一个自己的音，很轻，但非常和谐，玛丽·克劳福德唠叨顿时显得那么无聊，尽管听起来还是很有趣。她小说的深度、美感和复杂性便是由此而来。从这些对比中产生了一种美，一种严肃性，它不仅和她的才智一样引人注目，而且是其不可分割的一部分。

在《沃森一家》中她向我们预示了这种才能；她让我们感到惊奇，为什么一个普通的善行，由她描述出来，会变得如此意味深长。在她的名著中，这种才能发挥到完美的程度。这里没有任何异常的事情；北安普敦郡的中午，一个迟钝的年轻男子和一个相当虚弱的年轻女子在楼梯上交谈，他们是上楼去更衣准备吃饭，女仆们在旁边经过。但是，在琐碎、平凡中，他们的话语突然充满了意义，这一刻成为两人生命中最难忘的时光。它充盈，闪耀，发光；它深邃，宁静，微微颤抖地悬在我们眼前；然后，女仆们走过，这一幕集中了生活中所有幸福的场景又渐渐退去，成为普通日子里潮涨潮落的一部分。

认识到日常琐事中的深刻性，简·奥斯丁选择描写这些琐事，描写宴会、野餐和乡村舞会，不是再自然不过的吗？摄政王或克拉克先生"希望她改变文风的建议"诱惑不了她；浪漫、历险、政治或阴谋都不能与她在乡村住宅楼梯上看到的生活相比。摄政王及其图书馆长碰到了一个非常顽固的障碍；他们试图影响一个不可腐蚀的良心，打扰一个从不失误的头脑。那个15岁就写出那么好的句子的小孩从未停止过组织句子，她从未为摄政王或其图书馆长写作，而是为整个世界写作。她很清楚她的才能是什么，按作家的要求看它们适合描写什么素材，因为作家对成品的标准是很高的。有些印象在她的领域之外；有些感情她无论通过怎样的努力和技巧也表现不了。例如，她不能让一个女孩热烈地谈论标语和礼拜堂。她不能全心全意地投入一个浪漫的时刻。她有各种方法来回避激情的场面。对自然界及其美景她以独有的侧面方式来处理。她描述一个美丽的夜晚，而一次也没有提到月亮。但当我们读到那工整的寥寥数语："没有云的夜晚的清辉与树林的暗影的对比"，立刻感到这个夜晚像她简单地告诉我们的那样"肃穆、宁静、可爱"。

她的天才异乎寻常地均衡。她完成的小说中没有一部失败之作，她的诸多章节里很少有哪一章明显低于其他章的水平。但是，她毕竟42岁就去世了。她在才华鼎盛时期死去，未曾经历往往使作家生涯的最后阶段成为最有意思的阶段的那些变化。生气勃勃、不可抑制、有充沛的创造力，如果活得长一些的话，她无疑会写得更多。我们不禁猜想她会不会写得不一样。

界限已经画定，月亮、山峦和城堡在那一边。但她有时会不会想越一下界？

她会不会开始,以她自己那愉快的有才气的方式,考虑来一次探索之旅?

让我们由最后一部完成的小说《劝导》,来看看她如果多活几年会写出什么样的作品。在《劝导》中有一种特殊的美和特殊的乏味。那种乏味往往标志着两个不同时期之间的过渡。作者有一点厌倦。她对自己的世界已经太熟悉了;不再有新鲜的发现。在她的诙谐中有一种严酷,表明她几乎不再对沃尔特先生的虚荣或艾略特小姐的势利感到有趣。讽刺是苛刻的,幽默是粗糙的。她不再新鲜地感到生活中的趣味。她的心思不完全在对象上面。但是,我们虽然感到简·奥斯丁以前做过这些,而且做得更好,但同时也感到她在试图做一些她从未尝试过的东西。

《劝导》中有一种新的成分,也许就是使威维尔博士兴奋地坚称它是"她最美的作品"的那种特质。她开始发现世界比她以前想得更大、更神秘、更浪漫。我们感到她对安妮的描写也适用于她自己:"她在年轻时候被迫审慎,年龄大后学会浪漫——不自然的开始所导致的自然结局。"她经常写到大自然的美和忧伤,以前习惯于描写春天,现在则经常描写秋天。她写到"秋天对乡村如此美好而又如此悲伤的影响"。她注意到"黄褐色的树叶和枯萎的树篱"。她说"人不会因为在一个地方吃过苦,就减少对这个地方的喜爱"。但变化不仅是在对自然的新感受力中。她对生活的态度本身发生了转变。在书中大部分章节,她通过一个女人的眼睛观察生活,这女人虽然自己不快乐,但对他人的快乐与不幸有一种特别的同情,她一直只能默默地加以评论,直到最后时刻。所以与以往相比,观察到的内容中事实较少,感情较多。在音乐会那一幕和关于女人的忠贞的著名议论中,有明显的感情流露,不仅从传记意义上证明简·奥斯丁恋爱过这一事实,而且从审美意义上证明她不再害怕承认这一点。

凡是重大的经验,必须沉得很深,彻底经过时间的消毒之后,她才能允许自己在小说中描写它。但是现在,1817年,她准备好了。从外部看,她的生活环境也即将发生变化。她的名气增长得非常缓慢。奥斯丁·利先生说:"我怀疑有没有可能举出另一位重要作家,其个人如此默默无闻。"只要她再多活几年,一切就会不一样。她会留在伦敦,出去赴宴,会见名人,结交新朋友,读书,旅行,带着大量观察所得回到僻静的乡间小屋,供闲暇时回味。

所有这些会对简·奥斯丁没有写的6本小说产生什么影响呢?她不会描写犯

罪、激情或历险。她不会因出版商的催求或朋友的吹捧而草率马虎或不真诚地写作。但她会懂得更多。她的安全感会动摇。她的诙谐会减损。她会更少依靠对话而更多依靠沉思来让我们了解她的人物（这一点在《劝导》中已经可以看出）。

那些在几分钟的闲谈里就永恒地概括出我们对克罗夫特将军或穆斯格罗夫人需要了解的一切的精彩对白，那种包含分析和心理描述的速记式的、碰运气的方法，会显得太简单粗糙，不足以表现她如今认识到的人性的复杂。她会发明一种方法，像过去一样清晰和沉着，但是更加深刻，更有启发性，不仅表现人们说的东西，还表现他们没有说的东西；不仅表现人们是什么样，还表现生活是什么样。她会站得离她的人物更远一些，更多地把他们看做一个群体，而不是个人。她的讽刺，尽管不会用得那么频繁，却会更加严厉。她会成为亨利·詹姆斯和普鲁斯特的先驱——但是打住吧，这些猜测都是徒劳的：这位最完美的女艺术家、不朽名著的作者"正当她开始对自己的成功感到信心之时"溘然长逝。

劳伦斯

戴维·赫伯特·劳伦斯(1885—1930)，英国小说家、诗人、文学评论家。代表作有《虹》《儿子与情人》、《恋爱中的女人》、《查泰莱夫人的情人》、《羽蛇》等。因在作品中存在大量的性描写而广受争议。

※ 我的小传

有人问我："你觉得走上创作生涯并获得成功难吗？"对此，我得承认：如果说我称得上是走上了轨道，并获得了成功，那么，我觉得一点也不难。

我从没有在阁楼上挨饿，从没在焦虑中等待邮差送来编辑或出版商的消息，也没有呕心沥血地写什么伟大的巨著，当然，也没尝过一觉醒来便一举成名的滋味。

我曾是个穷孩子。在我成为一个收入菲薄且名声好坏尚未定局的作家之前，我本应该在恶劣的环境中挣扎一番，承受生活的考验。但我没那样做。一切都自然而然地发生了，我从没有叹息、呻吟过。

这似乎很遗憾。因为当时我确实是个劳动阶级的苦孩子，前途黯然。不过，说到底，我现在又算是什么呢？

我在工人阶级中出生，在工人阶级中成长。我父亲是个矿工，而且仅仅是个矿工，没有半点值得称道的地方，甚至也不可敬，因为他老是酗酒，连教堂的边都不沾。对于矿上那些顶头上司们也比较粗鲁。

他一直是采煤承包人，但基本上从来没摊上过好的矿坑，因为他老是对矿上的头头冷嘲热讽。他几乎是有意把他们一个个都得罪了，因此怎能指望他们会关照他呢？但一得不到好处，他便嘟嘟哝哝地发牢骚。

我想，我母亲要高级得多。她是市镇上的人，实际上属于小资产阶级阶层。她说一口皇族标准英语，不带任何地方口音。她一辈子从未模仿过一句我父亲说的那种方言，我们几个孩子一出门也是说那种话。

此外，她还能写一手漂亮的意大利文，只要她高兴，她还可以写出十分精明、有趣的信件。

随着年事增长，她又读起小说来：小说《East Lynne》使她异常激动，而《Diana of the Crossways》又使她很不耐烦。

但她终究只是个工人的妻子，戴着一顶廉价的黑色无边帽，帽下面是一张聪慧、轮廓分明、"与众不同"的脸孔。她极受人尊敬，正如父亲极不受人尊敬一样。她生性敏捷、敏感，也许真可算得上是高级的。然而，她却地位低下，低得同其他穷苦的矿工妻子一样，处在劳动阶层的最低层。

那时我是个脸色苍白、身体孱弱、老是抽鼻子的小家伙。大多数人也只是把我当成一般的弱孩子，待我相当温和。12岁那年，我得到县政府颁发的奖学金，1年12镑，因而得以去诺丁汉中学读书。

中学毕业后，我过了3个月的职员生涯，然后得了严重的肺炎。那年我十七岁，这场病损害了我终生的健康。

1年后，我成了中学教师，给矿工子弟进行了3年原始教学，我便去了诺丁汉大学读师范课程。

正如我巴不得离开中学一样，我也迫不及待地离开了大学。对我来说，读大学并非与人进行活的接触，而只是幻想的破灭。大学毕业后，我到了伦敦附近的克罗伊登，在一所新开办的小学教书，年薪是一百镑。

正当我在克罗伊登教学时，当时我23岁，一个姑娘——我少年时代主要的朋友，她自己当时也在家乡矿区一所学校教书——在事先未同我打招呼的情况下，把我写的几首诗抄寄给了《英语周报》。该刊当时在福特·马道克斯·许弗的领导下，正开始其辉煌的重建工作。

许弗这个人挺好。他把我的诗登了出来，并约我去见面。就这样，那姑娘轻而易举地就把我推上了文学生涯，就像某位公主砍断绳索，放船下水一样。

我当时已奋斗了4年，从意识的底层把《白孔雀》一点一点地写了出来。该书的大部分，我大概写了至少五六遍，但从来不是把它当做一项神圣的劳动，也没经历那种分娩的痛苦，而是断断续续地完成的。

我常常是一鼓作气写上一段，交给那姑娘看。而她总是大加赞赏。但过后，我又发现那不是自己想写的东西，于是又再来一次。但在克罗伊登时，我白天教书，晚上比较经常地把时间花在它上面。

这样，时断时续地干了四五年，《白孔雀》终于完成了。许弗立即要求看初稿。他一刻不耽误，以一种最愉快的仁慈和坦率读完了它。后来，在伦敦的公共车里，他用他那十分奇怪的声音冲着我的耳朵喊道："英国小说具有的一切毛病，它全都有。"

当时，同法国小说相比，英国小说被认为缺点重重，简直难以生存。"不过，"许弗在车里大声嚷道，"你很有天才。"

这句话使我差点笑出声来，因为它听起来那么滑稽。我小时候，人们老是说我有天才，就好像因为我没有他们那种无法相比的优势而要安慰我一番似的。

但许弗没有这个意思。我一直认为他自己就很有那么一点天才。不管怎样，他把《白孔雀》的手稿寄给了威廉·海涅曼，他立即就接受了，只让我修改了四小行。删掉这几行字今天看来只会使人莞尔一笑。当时说定，书出版后我可得到酬金50镑。

与此同时，许弗继续在《英语周刊》上刊登我的诗和短篇小说。有人读到了便告诉我，使我大为难堪和愤怒，我讨厌成为人们眼里的作家，尤其是我当时还在教书。

我25岁那年，母亲去世了。两个月后，《白孔雀》出版了，但我对它没多大兴趣。我又教了一年书，然后又一次严重的肺炎使我中断教学。康复后，我便没有再回学校。从此，我开始了以卖文为生的创作生涯。

自从我弃教从文，过起作家的独立生活以来，17个春秋已经过去了。此间，我从未挨过饿，也从未感到在受穷，尽管头十年我的收入并不比我当小学教师多，有时甚至更少。

但对一个出身贫寒的人来说，手头有点钱也就心满意足了。我父亲可能会认为我很富，即使其他人并不这样认为。而我的母亲则会认为我已经在这个世界上高升了，虽然我自己并不这样想。

但总是有点什么不对头，也许是我自己，也许是这个世界，也许是我们俩都有份儿。我去过很多地方，碰到过不少人，形形色色的，情况各异的，其中有许多我真心喜欢和敬重。

人，就单独的个人来说，大多都是友善的。我们在这儿不谈论那些批评家，他们是和一般的人完全不同的一种动物。我一直都想同人真诚地友好相处，至少是同我的一些同胞人类和睦相处。

然而，我一直都不太成功。我在这个世界上到底能否发展是个问题；不过，有一点可以肯定：我同这个世界相处得并不很协调。我也不知道自己是否真的算是成功了，但我的确感到：

作为人，我并没有取得成功。

我的意思是：我并不感到自己和社会，和其他人之间建立了任何诚挚或基本的联系。我们之间有个裂口。我所接触的是某种非人、非语言所能表达的东西。

我曾以为这同欧洲的古老、陈旧有关。但到过别的地方之后，我发现这不是原因所在。欧洲也许是最不陈旧的大陆，因为在这里居住的人最稠密，而居住稠密的地方是有生命力的。我从美国回来之后，才严肃地自问：为什么我和自己认识的那些人接触这么少？为什么这种接触毫无根本的意义？

如果我把这个问题写下来并试图写下答案，是因为我感到这是个使许多人困惑的问题。在我看来，问题的答案同阶级有关。阶级造成鸿沟，在跨越鸿沟时，人类一切最优秀的东西都失去了。不是中产阶级的成就本身，而是中产阶级那个东西的胜利造成了这一僵局。

作为一个来自劳动阶级的人，我感到自己同中产阶级在一起时，自己身上的某种最重要的振波被他们切断了。我承认，他们有魅力，有教养，是好人，但他们总是使我的某些部分不能正常工作。我的某些部分被丢在一边了。

那么，我为什么不同自己的劳动阶级生活在一起呢？因为他们的振波只是朝着另一个方向。

他们狭窄，但比较深沉，充满激情。中产阶级则豁达，但肤浅，没有感情。相当没有感情。至多，只代之以温情，这可算是中产阶级的最可肯定的情感了。

劳动阶级的狭窄，体现在视野、偏见与知识上。这些都可以构成束缚。人最好不属于任何阶级。

然而我发现，比方说在这里，在意大利，我同在这别墅周围干活的农民有着一种默默的联系。我对他们并不亲切，除了问好之外，很少交谈。他们并不是为我干活，我也不是他们的老板。

然而，正是他们构成了我的环境，人类之流正是从他们那里传到我身上。我并不想和他们一起住在那些小农宅里——那只会是一种变相监狱。但我却希望他们在这儿，在我周围，他们的生活同我的一起同步并进，和我建立某种联系。我不想美化他们，这种蠢事已经做得够多了！这比让小学生用自我意识的废话来表达自己的思想还要糟。我并不期望他们现在或将来在地球上能活上一千年，但我希望住在他们身旁，因为他们的生活依然在流动。

我现在明白为什么自己不能步巴里或韦尔斯的后尘。他们俩都来自平民百姓，而且都取得了很高的艺术成就。我现在明白，为什么自己不能在这个世界上成名，哪怕是变成一个小有名气或稍稍富有的人。

我无法把自己从自己的阶级转入中产阶级的行列。无论如何，我不能因为那另一个单薄而不合逻辑的思想概念———且它把自己排除在外，思想意识所剩下的也只不过是这些东西——而失去我充满激情的意识，失去我同我的同胞人类、同这片土地以及生长在它上面的生物的血肉联系。

（姚暨莱 译）

尼赫鲁

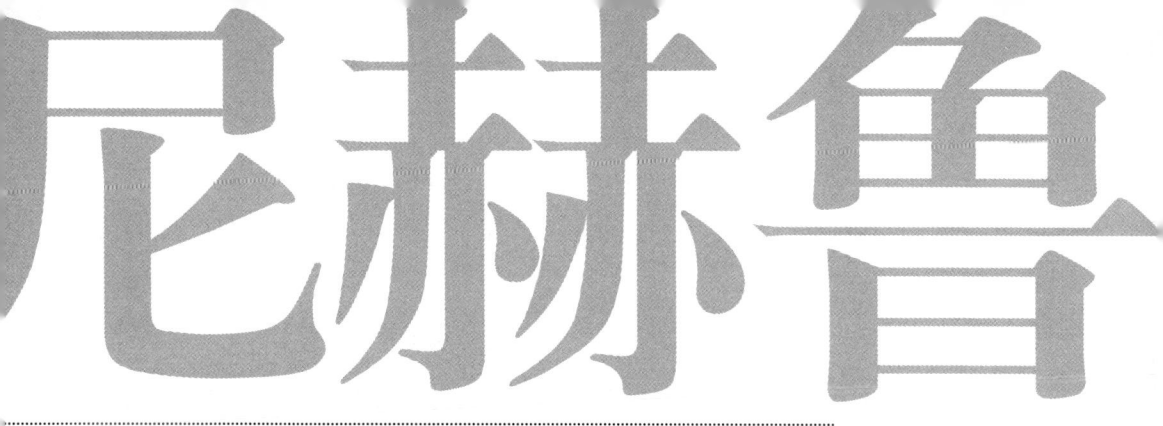

贾瓦哈拉尔·尼赫鲁(1889—1964),印度民族独立运动领导人之一,曾任印度总理。主要作品有《尼赫鲁自传》、《印度和世界》等。

※ 光辉逝去

　　先生,我可以将我自己与您曾说过的话联系起来吗?在这议院的大厅向故去的伟人致以敬意,并以景仰之词寄托哀思,已成惯例。但在此时此刻,我心中不敢肯定我或是这大厅中的任何人是否有资格多言什么,因为无论是作为个人还是印度政府的首脑,我都为我们没能保护好我们时代最伟大的财富而感到十足的耻辱。正像过去的岁月里我们没能保护好许多善良的男人、女人和孩子一样,这是我们的失败；或许对我们或任何政府来说，这是个难以承受的负担和责任，然而，无论如何这是个失败。眼前的事实是，我们无限敬爱的巨人因我们没有保护好而逝去了，这对我们大家是个耻辱。我为自己作为一个印度人感到耻辱，因为居然是一个印度人对他这个当代最伟大的印度人举起了手；我为自己作为一个印度教徒感到耻辱，因为居然是一个印度教徒对他这个当代最伟大的印度教徒犯下了这种罪行。

我们可以挑选恰当的词语赞美某人，以一定的尺度估量某人的伟大，但是我们该如何敬仰、如何评估非同凡人的他（指甘地先生——译者注）呢？他来到世上，走完了他够长的人生旅程，而今去了。在此，我们的任何赞美之词都是没有必要的，因为他平生得到的赞美胜于历史上任何一个活着的人。自他逝去的两三天内，世界人民已对他表示敬意；对此，我们还能做些什么呢？我们如何能对他赞美？我们作为他的子孙，或许会比他肉体上的子孙情谊更重，因为我们在或大或小的程度上都是他的精神子孙，但我们怎能如此不配？

光辉已逝，温暖并照亮我们的太阳已落，我们在寒冷与黑暗中战栗。然而，他的意志不允许我们这样。毕竟，这么多年来沐浴着我们的光辉，那与圣火在一起的他，已改变了我们——现在我们就处在这种情形之中，这些年来，我们的情操一直受到他的陶冶。从那圣火中，我们很多人取得了给我们以力量的火花，使我们能够在一定程度上像他那样工作着。所以，如果我们赞美他，语言便显得卑微；如果我们赞美他，一定程度上便是在赞美自己。伟大或天才有人们为他们塑造的纪念碑，而这个终生和圣火在一起的人却是我们亿万人心中的神龛，这使得我们成为他的一部分，尽管是在一定的程度上。他的精神就这样影响了全印度，不仅是大厦中或集会场所，而且遍于底层受难着的村庄和小屋。他活在亿万人的心中，并将与世长存。

在这个时刻，除了感到羞耻之外，我们还能说些什么？我们不能赞美他，因为语言在这里是无能为力的。用语言来哀悼他的逝去，我们几乎是在犯罪，因为他要求我们工作、劳动和奉献。在过去30年还多的日子里，很大程度上是他使我们这个国家富于崇高的、无与伦比的奉献精神。他在这个事业上成功了，然而最后发生的事必定又使他受到莫大的苦难，尽管他从不呵责人，尽管他温和的面孔从不失却笑容。或许他注定要受此磨难——为他养育的我们这一代人的失败受此磨难，为我们偏离了他所指引给我们的道路而受此磨难。他最后的时刻是他的孩子——此人毕竟也像其他任何一个印度人一样是他的孩子——用手把他击倒了。后世会对我们经历的这个时期做出评价，评价其成败得失——我们离这段历史太近了，难以恰当地评价它，难以明了已经发生的和没有发生的。我们只知道曾经有光辉照耀着我们，而今这光辉已逝；我们只知道眼前是黑暗，只是收视于内心时，才能发现他为我们点燃的火花。有此火花存在，大地将不会黑暗下去。想着他，走他的路，用我们的力量，我们将会使这片国土再次明亮起来；尽管我们渺小，但我们有他点燃的心灵之火。我想，无论是过去的时代里，还是将来的岁月中，他可以说是印度最伟大的象征。我们目前所处的便是过去和将来之间这个危险的时间边缘，我们面临着各种险境，我们看到代表着理想的他已经离开航船，我们只能在口上谈论他了。生活中发生着某种变化，我们能经受挫折吗？我们能在心灵和精神上不消沉吗？我们会失却信仰吗？这是我们面临着的最可怕的险境。然而，我坚信我们会很快地走出险境的。

在他活着的时候，他是圣雄；在他死后他依然是圣雄。我丝毫也不怀疑，他的死正像他的生一样已奉献于伟大的事业。我们哀悼他；我们将永远思念他，因为我们是人，我们不会忘记我们敬爱的导师。但我知道他不喜欢我们哀悼他。当他最亲近的亲人逝去时，他不曾落泪——他只有一个坚定的决心支持着他，这就是服务于他所选定的伟大事业。所以如果我们只是哀悼他，他会责怪我们的。这不是我们对他表达敬意的方式，唯一的方式应该是下定决心，以恰当的方式方法为他所从事并已取得极大成就的伟大事业作出自己的贡献。因此我们必须工作，必须劳动，必须奉献。由此至少在一定程度上证明，我们无愧于他的后继者。

很明显，正如大家所言，这个事件的发生，这个悲剧，不仅仅是一个疯子的孤立行动。它源生于那种仇恨与暴力和氛围之中，这种氛围长期以来，尤其是近几个月中笼罩了这个国家，它包围着我们，如果我们要完成他交付于我们的事业，我们必然要与这种氛围进行斗争，进行拼搏，直至根除这罪恶的仇恨与暴力。

就目前的政府而言，我相信它会采取一切手段不遗余力地解决这个问题，因为如果我们不这样做，如果我们出于软弱或是别的什么充足的理由，不去采取有效的措施来制止这种暴力，制止通过口传、语言或行动而流播的仇恨，那么我们这个政府便不称其职；我们当然也不配当他的继承人，更不配对已离我们而去的伟人进行赞美。所以此时此刻或是每当我们想起我们故去的伟大导师的任何时候，就让我们想到工作、劳动和奉献，想到与我们随时碰到的邪恶进行斗争，想到坚守他带给我们的真理；这样的话，尽管我们能力有限，我们也尽了我们的职责，并以此向他的精神致意。

　　他走了，全印度有着一种凄凉与孤寂的感觉，我们所有人都处在这种感情之中，我不知道我们何时才能走出这种感情的世界，然而与此同时，在我们与这位伟人联系在一起的一代人心中也有一种自豪的感激之情。在未来的岁月中，或许是我们之后的千万年中，人们会想起是在我们这个时代这位来自上帝那里的人降临人世，人们会想起我们，尽管我们渺小，也能沿着他的路，踏着他的足迹，行走在神圣的国土上。让我们无愧于他。

（石海峻 译）